Tori to Minato

Hikari Sahara

鳥と港

佐原ひかり

小学館

鳥と港

装画　shunshun
装丁　須田杏菜

1

会社、燃えてないかな。

地上に続く階段の中ほどで、消防車のけたたましいサイレンが聞こえてきて足を止めた。目をつむって、耳をすます。甲高いサイレンの音は少しずつこちらに近づいてくる。思い浮かべるのは、階段の右手に建つビルの五階と六階。職場の窓という窓から、炎とどす黒い煙が吹き出るところ。消防車が来たって間に合わない、手がつけられない全焼コースだ。これでは今日の勤務は難しい。私はやむなく帰宅して、会社からの指示を待つ。次の日も、またその次の日も。来る日も来る日も自宅待機を続ける。そのうち、会社からは「辞める」という選択肢が与えられる。こちらにはなんの非もない状態での退職。「会社都合」という四文字の甘美な響き。

頭の中で、もーえろよもえろーよ、という合唱が始まったが、サイレンはいつの間にか聞こえなくなっていた。

目をゆっくりとあけ、息を大きく吐き出す。最近、この階段を上りながら会社が燃えている夢想をよくするから、幻聴だった可能性もある。

骨までかじかむような風が吹き下りてきて、ぶるりと震える。コートの衿《えり》をかき合わせ、マフラーに顔をうずめた。マフラーには、焦げた吐瀉《としゃ》物のような臭いがついている。昨日連れていかれた居酒屋とタバコの臭いだ。中に入れていた髪を外に出し、軽く括《くく》る。冬の乾いた空気を吸い直し、なんとか一段、上る。昨日のお酒が残っているのか、体が鉛のように重い。一段。もう一段。上るごとに風が強く感じられる。このまま風に負けて後ろに倒れたら、どうだろう。どのくらいの怪我《けが》なら会社を長く休める？　脚や腕が一、二本折れたくらいでは無理なんだろうか。打ちどころが悪ければそのまま死ぬが、二度と会社に行かずに済むのなら悪くはない気もする。

金曜日。今日をやり過ごせば、二日は仕事に行かなくていい。でもその前に今日も田島《たじま》課長と飲まないといけない。昨日はサシ飲みで、今日は課の懇親会。気をつけないと。今まで言われてきたことができていなかったら叱られる。

『あのね、上司に暖簾《のれん》上げさせちゃだめだろ。ほらやり直し。さっさと上げて』

『ちょっと、上司が脱いだ靴は部下が揃《そろ》えるもんだよ』

『えっ、自分の分だけ頼んじゃったの？　俺も空いてるでしょ、グラス』

『春指《はるさし》がタバコ嫌いなのは自由だけどな、上司が吸ってるんだから、その顔はマナー違反だよ』

思い出したくないのに、田島課長の大きな声と共に、今まで受けた指導がまざまざとよみがえってくる。

入口に暖簾がかかった店では、さっと前に出て課長のために暖簾を上げること。靴を脱いで座敷に上がる店なら、課長が脱いだ靴は部下が揃えること。課長がグラスを空けていたら、メニューを渡してオーダーすること。気管が弱くても、顔に当たったタバコの煙に咳《せき》はしないこと。

それらの最後に、田島課長が付け足す言葉は決まっている。「これだから、高学歴のやつは」、だ。

課長が国立の大学院を出た新入社員を受け持つのは初めてのことらしい。入社したての頃は、それを誇らしげに他部署にまで自慢していたのに。いつの間にか、私の仕事のできなさや気の回らなさの、すべての原因になってしまった。

四月に行われた歓迎会でも、すでにその兆候はあった。「新入社員による出し物」。五人の男性社員は当時流行《はや》っていた裸芸で、三人の女性社員はダンス。最初に聞かされたとき、「ほんとに言ってる？」という台詞《せりふ》が喉元まで出かけた。信じられなかった。そんなもの、そろそろ歴史の教科書に載る昭和の遺物だと思っていた。

やりたくなかった。でも、「するのが当たり前」の空気の中で、やりたくないとは言えなかった。なんとなくだけど、新入社員は全員そう思っていた気がする。だから、全員で「いやだ」と言えば、せずに済んだのかもしれない。でも、「やりたくない」という気持ちにもグラデーションはあって、それの比較的薄い人が「……やろっか」と言って、毎日退社後に練習が始まった。

どんな局面でも、おもしろがること。この二十四年で見つけた、私のたましいを助け、味方になってくれる感情。練習は、「心を殺す」という初めての状態をおもしろがることで乗り切った。

歓迎会当日、踊り終えて、羞恥と安堵《あんど》と、なにかどうしようもない屈辱を抱えながら課の卓に戻った私に、田島課長は「おつかれ」と笑いかけた。

「春指、ひとりだけ下手だったなあ。おまえ、大学でダンス学んでたんだろ？　全然役に立ってないじゃないか。やっぱり、いくら勉強しても頭がいいやつってのはこういうのができないんだな」

なあ、と嬉《うれ》しそうに背中を叩《たた》いてきた。

違う。私がやっていたのは身体論だ。文化人類学の分野にもまたがりながら、身体表現を研究していた。実際に踊っていたわけじゃない。ただ、就職面接のときにいくら説明しても「それで？」

という反応ばかりだったから、人に言うときは「ダンスの研究」と端折《はしょ》って伝えるようになってしまった。課長にも同じような説明をした覚えがある。

私は「すみません」と謝った。半笑いで、へらへらと。だめですね、と言いながら。笑うしか、なかった。

ここ最近、ずっと息苦しい。体の中に抜けない空気がたまっている感覚だ。内側から圧《お》されて、ぱん、と破裂しそう。深呼吸をしてみても、吸うと余計に苦しくなるし、吐いても一向に楽にならない。会社にいる間じゅう、息苦しくてたまらない。前は、退社した瞬間から空気が抜けていったのに。今はもう、四六時中だ。

階段を上りきり、そびえ立つビルを見上げる。今日も会社は燃えていなかった。


朝一番の仕事は、全体朝礼での「気づき」の発表を文字に起こすことだ。

五階のフロアで大きな輪を作り、当番の人間が「最近得た気づき」のエピソードを、営業部、業務部、総務部、経理部の順に発表していく。持ち時間は一分。全員に聞こえる声量で、ハキハキと話す社員たちの話を、要点を押さえながら書きとめていく。

ボイスレコーダーか携帯で録音させてくれれば文字起こしも楽なのに。

一度言ってみたものの、田島課長は手書きでメモを取るのが大事なんだ、と言うだけだった。こういうものは気持ちと手間が大切なので、楽をしようという根性がそもそもよろしくない、とのことだった。

発表のためにすそ直しされたであろう「気づき」は、午前中に書き起こさないといけない。所属、名前、発表内容をまとめ、その「気づき」から、社員全員で意識していくべきことを提案する。まとめ終えると、それを雛形《ひながた》に流し込み、プリントアウトして、田島課長か内海《うつみ》係長に確認してもらう。チェックが済めば、一枚一枚を「今日の〝気づき〟です」とフロアにいる社員に手渡していく。これもメール添付では駄目らしい。それだと読まない人間がいるから、というのが田島課長の主張だったが、体感としては紙でも読まない人は読まない。午前は皆忙しく、よくてチラ見、渡したそばから折りたたんだり、邪魔そうに眉を寄せる人もいる。

それが終わると、次は社員の意識調査アンケートの集計に取りかかる。一ヶ月に一度取るもので、毎回、設問を微妙に変えていく必要がある。これを考えるのも私の仕事だ。仕事への取り組み方から生活習慣に関するものまで、全十五問。無記名だが、年代と性別の記入欄はある。最初の集計時、単純な疑問で「クロス集計しないんですか？」と訊《き》いたら、その質問は田島課長の機嫌を損ねてしまったようで、ねちっこく嫌味を言われた後、正の字（正の字！）で集計を取るよう言い渡された。

それをまた規定の表に打ち込み、プリントアウトし、社員全員に配り歩く。ゴミ扱いされるのを見届けた後、社員から募った意見を参考に、「来月の標語」を決める。今月は殴り書きが目立つ。年末で忙しいのに、という苛立《いらだ》ちが透けて見える。

定時になってからも仕事は続く。新入社員八人分の日報をまとめなくてはいけない。今日の仕事内容や反省点、明日からの目標が書かれたノートを預かり、それを打ち込み直し、新入社員の動向をまとめる。誰かの提出が遅れれば遅れるだけ、私の退社時間は遅くなる。田島課長は「早く帰れよ」と声だけかけて退社する（派遣の下野《しもの》さんと張る早さだ）。

社員の意識向上・企業風土の改善を謳《うた》う総務二課は、多忙を極める総務一課から切り離して作られた課らしい。ヒヤリハットや個人情報漏洩《ろうえい》事故を防ぐための啓発活動、ハラスメントの防止、人権教育まで、とにかく、社員の「意識」に関することは二課がまとめて行う。課のメンバーは田島課長に内海係長、五年目の八木《やぎ》さんと、派遣の下野さん、そして私の五人。

四月に入社してから、十二月現在までの九ヶ月ほど。毎日毎日、なんの仕事をやっているのか自分でもわからない。

意識改革の名の下、多忙な社員から疎まれながら出されたうわつらの言葉を、まとめる。とにかくまとめる。まとめ続ける。絶対に不要で、無意味な業務。そう思っているのは、おそらく私だけではない。

「タテマエのために必要なんだって」

キッシュの最後の欠片《かけら》を口に運びながら、下野さんが言った。

「タテマエ、ですか」

頷《うなず》いてから、手にしていたオニオンスープを飲み干す。ほどよい満腹感だ。サラダとスープ付きのワンプレートランチ。会社からは少し遠いが、ボリュームも味付けも混み具合もちょうどいい。下野さんとお昼を食べに出るときは、必ずこのカフェにくる。

下野さんが連れて出てくれるまでは、田島課長に連れて行かれることが多かった。どこも、「安くて多い」を売りにしている定食屋だった。田島課長はどうだとばかりに「いい店だろ」と胸を張り、店主と気さくに話していたが、これが本当に苦しかった。胃も心も。残せば怒られるとわかっていたからだ。胃の容量にまで学歴を持ち出されてはかなわない。

「ここってさ、一応東常《とうじょう》のグループ会社じゃん。やってんのはビル管とかリースとかだけど。頭に〝東常〟がついちゃう以上、ちゃんとやってますよ感が欲しいんだろうね」

「ちゃんとやってますよ感……」

「まー、社内環境の改善とか？　時代の流れわかってますよ的な？　なくてもいいけど、あったら大会社ぽい、みたいな」

下野さんがポーチからリキッドタイプのルージュを取り出して、唇に塗り直した。私も色つきのリップを手にしたが、あ、と思いとどまる。

「塗らんの？」

「歯磨きあるな、って」

「あーね。偉いねー、春指ちゃん。あたしもう昼は磨いてない」

いーっ、と歯の隙間を確認して、下野さんが鏡をしまった。

「あたしも十年ちょっといろんなとこで働いてきたけど、なんかねー、でっかくなればなるほど、これ要らないじゃんって部署があんのよ。絶対。ま、売上とってこいとか言われるわけでもなし、こんなぬるい仕事で給料貰《もら》えるならあたし的にはもういっか、って感じなんだけど」

下野さんに合わせて、はは、と笑う。思ったより短く、乾いた笑みになってしまった。

コップに手を伸ばして、もうほとんど残っていないレモン水で唇を湿らせる。

「でもさ、春指ちゃんは有名な大学の院まで出てんっしょ？　嫌になんないの？　こんな無意味な仕事」

無意味な仕事。

やっぱり、そうなんだ。

うすうすわかっていたが、改めて言われると、胸がぎゅっとなる。そんなことないですよ、と半笑いで目を伏せることしかできない。

行こっか、と下野さんが伝票をつかんだ。黒いエナメルの財布を開けながらレジに向かう。

「あ、やば。おろしてくるの忘れた」

「立て替えましょうか？」

「や、大丈夫。ここの分はカードで払う。でも、課の飲みって今日だよね？」

「だと思います。コンビニ寄ります？」

「んー、まあいいや。課長に奢《おご》らせよ。いい具合に潰《つぶ》せば気持ちよくなって出すでしょ。春指ちゃん、酌しまくろうね」

笑い声すら出なくて、口の端だけなんとか持ち上げた。

下野さんはタフだ。自分の心の守り方を知っているように思える。田島課長の嫌みも適当にあしらってかわす。真面目《まじめ》に受け取って、いちいちおろおろしたり憤慨したりしない。昨日の私のように。体の中に溜《た》まった空気が重く膨らんでいくのを感じる。

エレベーターで下野さんと別れ、トイレの個室に入った。便器の蓋《ふた》を閉じたまま、腰を下ろす。昼休みが終わるまで、あと十分。五分したら、出て、歯磨きをする。そうしたら、戻らなくてはいけない。戻って、午後の仕事をして、終わったら田島課長たちと居酒屋に行く。下野さんと一緒に課長にお酌をして、課長だけだと角が立つから、内海係長と八木さんにも。二軒目にいくのかな。いくんだろうな。今日は金曜日だ。課長の行きつけのスナックで、下野さんと一緒に、流行りの女性シンガーの曲を歌う。歓迎会で踊った曲を流されたら、振りつきで歌わなくちゃいけない。ああ、それか今度の忘年会でやる曲。まだ振りが入ってないから、土日に練習しなきゃ。休みはたった二日。月曜からまた出社で、空虚な言葉を集めてまとめて金曜の夜までゴミ箱行きの資料を作り続ける。毎日。

いつまで？

いつまでつづくんだろう。死ぬまで？　いや、定年までか。でも、定年って何歳？　あと何十年働かなくちゃいけない？　たとえ異動したとして、来る日も来る日もあのフロアで、営業として売上について考えたり、業務課で注文を受け伝票を切り続けたりする毎日に何か意味は、おもしろさは見出《みいだ》せるのだろうか。一日に八時間以上も費やして私は何をする？　現状を知った友達は転職を勧めてくるけれど、やりたい仕事なんて、とくにない。大学院で勉強するのが、いちばん楽しかった。脳を自由に使えた。でも、自分の限界も知った。研究職は考えなかった。いつまでも学生でいるわけにはいかない。働かないといけない。どうして働かないといけない？　お金を稼ぐためだ。お金がないと生活が成り立たない。たちゆかない。働くのは生きるためだ。じゃあ。そこまでして、どうして生きなくちゃいけない？

昼休みの終了を告げる鐘が鳴って、ハッとする。慌てて腰を上げた。つもりだったが、上がらなかった。

体にまったく力が入らなくなって、自分の意思では腰を上げられない。

目頭から涙がこぼれた。焦って拭おうとしたら、勢いがつきすぎて腕が顔に当たった。指が細かく震えている。真っ白だ。貧血かと思ったが、気分は悪くない。ただ激しい動悸《どうき》と息苦しさで身動きが取れない。誰かに怒られたわけでも、泣くほど厳しい業務をしているわけでも、酷《ひど》いハラスメントを受けているわけでもない。もう鐘が鳴って何分経《た》っただろう。戻らないといけないのに。情けない。涙が次から次へとあふれ出してくる。どうしよう。ああ、また田島課長に怒られる。これだから、院卒のやつは常識がない、根性がない、打たれ弱い——。

「春指ちゃん、いる？」

下野さんの声だ。引き攣《つ》った呻《うめ》き声が口から漏れた。扉の鍵を守るように手で覆い、ドアを内側に引っ張る。息を殺したいのに、はっ、はっ、と動物じみた荒い呼吸と嗚咽《おえつ》が交互に漏れ、トイレに響いた。

下野さんはそれ以上、何も言わなかった。遠ざかっていくヒールの音が聞こえる。

どうしよう。田島課長に言いつけられる。しばらくしたら、課長たちがやってくる。叱られる。今のうちに逃げ出す？　でもどこへ？　逃げる場所なんてない。もうどうすればいいのかわからない。ただ鍵を押さえて、声を殺して泣き続ける。

「春指ちゃん、荷物持ってきたよ」

再びやってきた下野さんが、コンコン、とドアをノックした。田島課長の気配はない。「鏡台のとこ、置いとくから」と声が少し遠ざかった。

「今日はこのまま帰りな」

「でも……」

連れ戻しに来たんじゃ、と言うと、「んなわけないじゃん」と呆《あき》れたような声が返ってきた。

「大丈夫、課長には体調不良って言ってあるから。ひとりで会社出られないなら、ここで待っとくけど……って、マジで体調不良とかじゃないよね？　え、吐いてたりする？　それなら話変わってくるけど」

不安げにドアの手前まで近づいてきた。

あってます、と言ったつもりだったが、嗚咽でほとんど声になっていなかった。

2

平日の午前中のテレビを、これほど通販番組が占めているとは思わなかった。チャンネルを変えても変えても通販番組だ。皮のうすい、やわい蜜柑《みかん》を口に入れる。画面の中ではスーツを着た男性が、抑揚のついた話し方で家電製品の長所を的確に説明している。口の中で蜜柑を潰し、こちらは甘い蜜柑です、となんとなくつぶやいてみる。もう少し何か、と一瞬思ったが、面倒になってやめる。

何も残らない。何も考えたくない。年末、会社を辞めてから、体の中に溜まっていた空気は抜けたが、そのままからっぽになってしまった。何を入れても、残らず通り抜けていく。本を読んでも映画を観《み》ても、そこにはただ「読む」と「観る」という現象が立ち現れるだけで、心が起動してこない。

蜜柑を剝《む》きながら、こたつの天板に置いた携帯を手に取り、惰性的にSNSの更新をかけ続ける。平日の午前中に知り合いの投稿は出てこない。友人たちは今も忙しく働いている。トレンドには、著名人の訃報が上がっていた。ご冥福を、という文字が次から次へと流れていく。なんてはやいんだろう。感情を言葉にし、すみやかに処理する速度。かたちになったものから流れて消えていく。

会社から早退した日。

家に帰り着くまでの記憶が、ぼんやりとしかない。ただ、昼間の電車は空《す》いていて、冬の清潔な光で満ちていて、みな時が止まったようにじっと、ただその場にいた。電話も鳴らない。誰にも呼び止められない。規則正しい電車の揺れに身を任せ、運ばれるがままに身を預ける。時の静けさに涙が出た。

土日を経て、月曜、一度は出社した。出社して、ご迷惑をおかけしました、と頭を下げた瞬間、気持ち悪くなってトイレに吐きに走った。田島課長に許可を取る暇もなかった。

吐いても吐いても、体の中の空気は抜けなかった。背中の痛みに耐えながら何度も空吐きを繰り返すうちに、課長の、ぽかん、とした顔が妙にはっきりと浮かび上がってきた。

あああっ、と大声を出してもう一度吐く。急に頭がすっきりして、辞めよう、と決めた。

また荷物を持ってきてくれた下野さんに礼を言って、帰って、寝た。翌朝、メールで辞意を伝えた。田島課長からかかってきた電話には出なかった。社会人としては最低なんだろう。大人失格。でも、もう会社の誰ともまじめに話をしたくなかった。有休と欠勤を使って逃げるように退職した。

求人検索のアプリを立ち上げてみたものの、「職種」のところで手が止まる。

毎回のことだ。いくら勤務地や雇用条件を入力したところで、ここが決まらなくては絞れない。

就職活動時は、とにかく実家から通える会社、で選んだ。山と海に挟まれた、穏やかな気候のこの町が好きだったから。陽気で気楽な性格の家族が好きだったから。大学を出たら、絶対に帰ってこよう、と決めていた。

電車に乗れば一時間ほどで都心部にも出られるが、満員電車は得意じゃない。そうなると、求人はぐっと絞られてくる。勤めていた会社は家から電車で二十分ほど。理想の会社だと思った。仕事の内容はあまり重視していなかった。自信があったのかもしれない。自分なら、なんでもおもしろがってやれる、と。

冷えのぼせのように頭が熱くなってきて、最後の蜜柑を飲み込み、こたつを出た。そのまま、隣の書斎に移動する。こちらに帰ってくるときに無理を言って空けてもらった部屋だ。もともと物置として使われていた、五畳ほどの正方形の納戸。三方の壁面は上から下まで本でびっしりと埋めつくされている。引っ越しの際に処分すべきだったとは思うが、集めた本は自分の一部みたいなもので、なかなか捨てられなかった。体を折って、中央に置いた一人がけのソファーに寝転がる。ブランケットを軽く体にかける。

退職してひと月と少し。次の仕事を探せないまま、もう二月だ。四月から働き始めるなら、今動かないといけない。一年未満の自己都合で辞めてしまったから、雇用保険もきかない。実家だからまだ無収入で暮らせているが、いつまでもこのままというわけにはいかない。でも、どこにいっても一緒なんじゃないか、という恐怖が拭えない。

新しい会社に、田島課長のような上司がいたら？　出し物をさせられるような社風だったら？　意義も意味もわからない仕事だったら？　何もかも、思い出すだけで吐き気がする。あんなこと、就職活動の段階ではわからなかった。もし次に入社したところが同じような環境だったら、私はまたすぐに辞めるのだろうか。

一年にも満たず辞めてしまった、文系の大学院卒の人間。転職活動をするにしても、退職理由は絶対に訊かれるだろう。辞めた理由。何度考えても、うまく言葉にできない。すべてが耐えがたかった。嫌だった。駄目だった。それだけだ。

不適合、という言葉が重くのしかかる。

ふつうに働けない。

みんなが我慢していることが我慢できない。

自分がこんなに情けなくて弱い人間だと思っていなかった。焦りと不安がぐるぐると渦巻き心臓に絡みついてくる。

息苦しさに体勢を変えると、整然と並ぶ本の背が目に入ってきた。美しき知と時の結晶。私もこのまま本になれたらいいのに。

「あっ、もう蜜柑ないじゃん！　ちぇー！　なんだよお」

お母さんの底抜けにあかるい地団駄が聞こえてきて、ふ、と力が抜けた。思わず笑ってしまう。ちぇー、って。久しぶりに聞いた。

「ごめーん。私が食べた」

体を起こして叫ぶ。書斎を出て和室に戻ると、お母さんが仁王立ちして待ち構えていた。クセであちこちがはねているショートヘアや、むう、と唇を突き出した表情がコミカルで、あんまり迫力がない。小柄だから、私に対しても自然と上目遣いになっている。

「出たな、妖怪みかん女め」

「なにそれ」

「みなと、ちっちゃい頃から、手が黄色くなるぐらい蜜柑食べるじゃん。もおー、あそこまで甘い蜜柑、なかなかないのに」

「ごめんて。新しく買ってくるから」

「あ、なら商店街入って二軒目のとこね。あそこがいちばん甘いから」

「はーい。ほかは？　お昼に要るものあったら買ってくるけど」

「大丈夫。昨日の残りでちゃちゃちゃっと作るから」

ちゃっちゃらちゃらちゃ〜〜と謎の歌を口ずさみながら、お母さんが和室から出ていった。昔から変わらない、そのときどき、即興で歌う癖。

少し埃《ほこり》っぽい、こぢんまりとした和室。使い古されたこたつ。蜜柑のおつかい。遠くから聞こえる、お母さんの調子っぱずれの鼻歌。

鼻の奥がつん、と痛んだ。自分がまだ学生のような錯覚に陥りそうになる。おつかいから帰ってきた後は、研究室に重役出勤し、先生やゼミの仲間と談笑する。図書館で資料を探して、日が暮れるまで読み耽《ふけ》り、お父さんと同じタイミングで家に帰る。お母さんとお父さんのちょっととぼけた会話に突っ込みを入れながら、あたたかいごはんを食べて、お風呂に入る。読みかけの小説をキリのいいところまで読み、つづきを楽しみに、ゆっくりと眠る。そういう生活が現実で、泣きながら働いていたのは悪い夢で。

夢はこの生活のほうなのに。早く目を覚まさなくちゃいけないのに。再就職を急《せ》かされないのをいいことに、お父さんにもお母さんにもずるずると甘え続けている。経済的にも、精神的にも。

毎日毎日、決まった時間にお父さんが出勤するのがどれだけ偉いことなのか、就職して、辞めて、初めて理解した。ふつうに働けるお父さんは本当にすごい。この前、そう伝えてみたら、お父さんは珍しく声を上げて笑った。「みなと、相当弱ってるんだな。そんな二元論的なこと口にするなんて」。

「そうだ」とも、「そうではない」とも言わない、ひどくお父さんらしい言い回しだった。

膝下まであるモスグリーンのダッフルコートを羽織り、赤い大判のマフラーを巻きつけて外に出る。途端、厳しい寒さに息が白く立ち上っていった。耳と鼻が痛い。手に提げていたブラウンのイヤーマフもつける。毎年、二月になると、こんなに寒かったんだと新鮮に驚く。

風は冷たいが、よく晴れていて気持ちがいい。坂を下りきり、寺院の角を曲がって、道路を横断する。狭く急な階段をゆっくりと下りると、まぶしいほど輝く早春の海が目に飛び込んできた。冬の澄んだ空気のおかげで、水平線がよく見える。風にあおられ、マフラーが勢いよくめくれ上がった。潮の匂いがかすかにする。季節を問わず、風がよく通る町だ。立ち止まり、海の乱反射に目を眇《すが》めた。


指定の青果店で蜜柑をふた盛り買って、商店街を後にする。宝石のようにつやつやと光る苺《いちご》が美《お》味《い》しそうで、こちらもひとパック買ってしまった。

商店街を出る頃には太陽が真上にまでのぼり、すぐに帰るにはもったいないほど、どこもかしこも美しい冬の光に満ち満ちていた。すべては金色の昼下がりに、だ。自然と足取りが軽くなる。

みふね公園に立ち寄り、ベンチに腰を下ろした。蜜柑を剝きながら、公園を見渡す。

芝が敷かれた公園の北側には、カラフルで遊び心をくすぐるような遊具が一通り集められていて、南のこちら側には、生い茂る木々を背に、あたたかみのある木製のベンチが点在している。ゆとりのある、いい公園だ。いつ来ても惚《ほ》れ惚《ぼ》れする。

子どもたちの輪から、ゴムボールが飛んできた。咄嗟《とっさ》に右手を出したが、見事キャッチ、とはいかず、むしろ手に当たって遠くに転がっていってしまった。立ち上がり追いかける。風に転がり続けたボールは茂みの奥で、ゴン、と鈍い音を立てて止まった。草の暗がりに隠れて見えにくいが、小さな金属の箱に当たったようだ。

ボールを持って戻ると、子どもたちがベンチに置いた蜜柑をちらちらと見ていた。ひとつずつ渡してやると、あんがと、と言ってその場で食べ始めた。

「甘い？」

「まあまあ」

「まあまあかあ」

どうやら、妖怪みかん女には甘い蜜柑を見抜く力はないようだ。

はい、と皮を渡され、苦笑する。

子どもたちが走り去っていったのを確認して、もう一度草むらに分け入る。ボールが転がっていったあたりを木の枝で手当たり次第叩くと、カン、と金属が鳴る音がした。おおいかぶさっている草を持ち上げる。ビンゴだ。さっき見た、ミントグリーンの、やや横長の箱。

うん、やっぱり。

見間違いじゃなかった。箱には「ＰＯＳＴ」という文字が刻まれている。郵便箱だ。

昔どこかの家で使われていたものなんだろうか。ところどころ剝げたり錆《さ》びたりしているが、レトロな雰囲気がなかなかいい。持って帰って磨けば、うちの郵便箱として使えるかもしれない。

その場にしゃがみ、状態を確かめようと留め具を外して、息を呑《の》んだ。

手紙だ。

透明な保存袋の中に、一通の手紙が入っている。

柄も色もない、素っ気ない白い封筒だ。

手に取った瞬間、強い風が吹いてきて、咄嗟に袋を地面に押しつける。裏返った手紙には、細く端正な字で宛名が書かれていた。

この手紙を手に取った人へ
初めまして。これを読んでいるということは、あの郵便箱を見つけたってことだと思います。すごいね。すごい偶然だと思います。だって、あの郵便箱、完全に草と同化してましたよね？　普通に立って歩いてたら見つけられないと思う。犬の散歩とかかな？　自分は、飛ばされた帽子を追って、って感じです。

この手紙を書いて入れたのは、シンプルにおもしろそうだからです。これで知らない誰かから返事がきたらおもしろいな、って。ちょっと諸事情あって、毎日暇で。このへんはまた、おいおい。

初回なんで、このぐらいで終わります。気が向いたら返事をください。いつでもいいです。では。

あすか

*

あすかさんへ
はじめまして。二月十六日に手紙を見つけた者です。みなと、といいます。ボールを探している最中に、この手紙を見つけました。誰かに手紙を書くのは久しぶりで、少し緊張しています。
お手紙、おもしろく読ませていただきました。郵便箱を見つけて、そこに手紙を入れるなんて、あすかさんは素敵な発想をされる方なんですね。私はあの郵便箱を持ち帰ろうとしていたので……

我ながらがめつい考えです……（そのおかげで、中に入った手紙にも気づけたのですが）。

実は、私も今、とっても暇なんです。暇自体は好きなんですが、今私が抱えている暇は少し違うというか。暇に余計な感情が上乗せされた状態で、不安な退屈、という表現のほうが適しているかもしれません。土台がそれだから、なにをしていても体中をヘビのような焦りが這い回っている、という感覚が拭えません。

普段は本を読んだり映画を観たりと、家で過ごすことが多いですが、散歩が好きで、あてもなく歩くこともしばしば。昔からこの町に住んでいるのですが、まだまだ知らないところがたくさんあって、興味は尽きません。

とくに実のあることは書けませんが、こんな感じでよければ、引き続きやりとりできれば嬉しいです。

二月十八日　みなと

＊

みなとさんへ
返事をありがとうございます。まさか返ってくるとは！　手紙を入れたのが一月の中頃だったんで、ちょっと諦めかけてました。嬉しいです。
みなとさんも暇とのこと。そして、「不安な退屈」。その感覚は、ちょっとわかるかも。自分の場合はたまーにですが（通り魔的にやってくる感じ?・）。もしかして、ふたりとも同じような状況なのかな？　この手紙を書いている間ぐらいは、たんなる暇人になれたらいいですね。

みなとさんは散歩が好きなんですね。自分も好きです。ここ、いい町ですよね。コンパクトで、動きやすくて、店にも適度にこだわりがあって。見て回りたくなる。坂と階段は多いけど、そこも含めて気に入ってます。

昨日は、市博でやっているシルクロード展に行きました。平日の昼間から観に行けるのは暇人の特権です。人のいない博物館にいると時間が溶けますね。出る頃には日が暮れていました。ポストカードを余分に買ったので、入れておきます。

それでは、また。

二月二十四日　あすか

追申

郵便箱にダイヤル式の鍵をつけてみました。次にみなとさんが手紙を入れるときに、この日付で鍵をかけてもらえれば。説明書もつけておきます。

＊

あすかさんへ
素敵なポストカードをありがとうございます。市博でシルクロード展をしていたなんて！　チェック漏れです。私も早速、観に行ってきました。リュトンや水差し、香油壺やラスター彩の花鳥文皿……と、展示品自体にももちろんときめいたのですが、キャプションの文章がいいなと思いました。当時の人々の息づかいが感じられるような言葉えらびに、ぐっときました。展覧会に行ったのも久しぶりで、あすかさんに教えてもらわなければ見逃していたと思います。教えてくれてありがとうございます。

なんと、お散歩仲間でしたか！　もしかしたらどこかですれ違っていたかもしれませんね。ちなみに私は、千和根のあたりによく行きます。東欧の雑貨を扱っている「ハーチェク」というお店がお気に入りです。
そういえば、私、ひとりピクニックも好きだったな、と思い出しまして。今日は、レジャーシートと文庫本、フルーツサンドを持って、暮島緑地公園まで行ってきました。あすかさんは行かれたことありますか？　少し遠いので、私も頻繁には行きませんが、芝がふかふかで居心地のいい、おすすめの公園です。

携帯と時計は置いていきました。これがとてもよくて。うまく言えないのですが、時間が自分を通り抜けていく感覚が心地よかったです。切り刻まれることのない自分を堪能してきました。
最近あたたかい日が続いたからか、もうたんぽぽが咲いていました。本当は、それでしおりを作って同封しようかと思ったのですが、ぷつんと千切ってしまうのもしのびなく、やめました。また桜が散り始めたころ、お贈りさせてください（隣にいらしたおばあさまいわく、ここは五月に咲くかすみ草がとても美しいそうです）。

長くなってしまいました。体をたくさん動かしたおかげで、今日はよく眠れそうです。最近、うまく眠れなくて。ようやく眠れても、ずっと夢をみていて、その夢もあまり素敵なものではありません（鳴り止まない電話をとり続ける夢とか）。
春の真夜中は少しこわいので、できるだけ途中では目覚めたくありません。今のうちから心身をととのえて、春にそなえたいと思います。

三月一日　みなと

＊

みなとさんへ
ポストカード喜んでもらえてよかったです。シルクロード展にも行ったんですね。なるほどキャプション！　もう一度行くのもありですね。シルクロードってなんであんなに懐かしい気持ちになるんだろ。トルコとウズベキスタンには昔行ったことがあるからかな？　といっても八歳かそこらですが。空が広いのと、大地の気配が濃くて、日本よりは「地球感」が強かった印象です。

ひとりピクニックいいですね。緑地公園ならやりやすそう。みなとさんの文章からは、そのときどきの思いや質感が伝わってきます。自分も思ってることは色々あるんですが、うまくまとまらず。素っ気なくてすみません。やりとりは楽しいので、続けていけたら嬉しいです。

みなとさんは、眠れない夜のおそろしさを知っている人なんですね。自分も、母親が亡くなったときはうまく眠れませんでした（今はもう大丈夫です）。ひとりぼっちで、置いていかれた気持ちになりますよね。みなとさんがどういう悩みを抱えているかはわかりませんが、そのとき自分が実践してよかったことを書いておきます。

・体を動かす（眠る前はストレッチ程度）
・昼寝はしない（しても十五分ほど）
・眠る前に、はちみつを入れたホットミルクを飲む
・眠れない自分を責めない

参考までに。

三月五日　あすか

＊

あすかさんへ
あすかさんとのやりとり、とても楽しいです。素っ気ないだなんて、とんでもない。文字を見ても、丁寧に、大切にこの手紙を書いてくれていることが伝わってきます。
お母様を亡くされたとのこと。心よりお悔やみ申し上げます。定型句しか出てこずもどかしいのですが、これ以上は何を書いてもうわつらになりそうで。だからこそ、あらゆる感情を包摂する定型句があるのかもしれませんね。あるいは抱擁が。

あたたかいアドバイス、ありがとうございます。どれも大切ですね！　こたつが大好きなので、冬はついつい昼寝をしてしまうのですが、控えるようにします。

最近は暇人の特権を活かして、あちこちへと出かけています。出先で、素敵なもの、心おどる光景を見かけると、ああ、これはあすかさんにお伝えしたい、と、自然と思うようになりました。
自分の足場が消えた感覚、とでも言うのでしょうか。加速度的にすすんでいく世界についていけなくて、どう立てばいいのかわからない状態がしばらく続いていました。今もまだ、その最中ではあるのですが、あすかさんにお手紙を書いているときは、散らばった言葉や感情をゆっくり拾い集められている気がします。自分の心の形や動き方をなぞりながら、そうだよね、と確認している感じ。うーん、また長くなりそうです。今は海の見えるカフェで手紙を書いています。まだまだ寒いですが、白波のまぶしさは目を細めるほど。春は海からくるのかもしれません。

追申
今日寄った雑貨屋さんに、素敵なポストカードがありました。フランスのヴィンテージものだそうです。気に入っていただけるといいのですが。

三月十一日　みなと

＊

みなとさんへ
春は海からくる。いいフレーズですね。自分の家からも海が見えます。部屋の窓を開けて、潮の匂いに春を探ってみます。

家といえば今日、父親がいきなりヤギを飼いたいと言い始め、ちょっとした言い争いになりました。自分が猛反対しました。すぐ飽きるのがわかっているからです。あいつは花ひとつ大事にできない。命を背負っていいタイプの人間じゃないんです。

でも、内心、ちょっといいな、と思いました。ヤギ。よくないですか？　動物はそこまで好きじゃないんですが、ヤギとアヒルは昔から気になってて。理由はとくにないんですけど。

手紙を書いているときは、言葉や感情をゆっくり拾い集められているとのこと。
自分もそうです。ヤギの話だって、いつもなら父親にむかついて終わるだけなんですが、今日は、「あ、みなとさんに話せる」と思いました。自分の「内心」にも、書いているうちに気づけたかも。自覚していないだけで、すり抜けている感情がけっこうあるんですね。これからも、ゆっくりと、そして一緒に、拾い集めていきましょう。

今回はこんなところで。それでは。
（ポストカード、すごく好みです。嬉しいです）

三月十五日　あすか

＊

あすかさんへ
ヤギ！　ユニークなお父さんですね。うちの家族もわりと突拍子もないことを言いがちですが、ヤギが議題に上がったことはないかも。
話に出たので、私の家族についても少し書きますね。私の両親は基本的に陽気でのんきです。そのテンションが十代のときはややうっとうしくも感じたのですが、今は助けられることのほうが多いです。

会社を辞めたときも（あ、言ってなかったかもしれませんが、昨年の末で会社を辞めました。そういうわけで暇人なのです）、母も父も、「合わないならしょうがないよ」で済ませてくれました。石の上にも三年、のタイプじゃなくて本当によかったです。

今は無職で、求職活動もできていません、何をしたいのか、どう働きたいのかがわからず、身動きがとれない。まさしく、足場が組めない、感じです。働いているときも苦しくて、ここから先、何十年もあれをやるのか……と考えると、とても気が重く。こんなこと言ってたらだめなんですけどね。

すみません、ちょっと重い話に。これぱかりは自分で解決しないといけない問題なのに、弱音を。失礼しました。

今日は春分の日です。曜日や祝日の感覚がなくなっていて、うっかりしていたのですが……実は誕生日なんです（笑）

本日をもちまして、二十五歳になりました。

三月二十日　みなと

＊

みなとさんへ
お誕生日おめでとうございます！　もっと早く言ってくれたら色々お祝いできたのに。みなとさんにとって、いい一年になりますように。

そして「陽気でのんき」なご両親！

いいですね。うちの父親も、まあどっちかっていうと、そういうタイプなのかな。よく言えば、ですが。放任主義、っていうより適当なんですよね。適当にしときなさい、みたいな。あれこれ言われずにすんで、いいといえばいいのですが。

ご事情、教えてくれてありがとうございます。

仕事って、言葉の語源や意味的にも、基本的に苦しいものらしいですよ。調べてていちばんやばいなって思ったのは、フランス語の「トラヴァイユ」。拷問用具を意味するラテン語からきてるらしいです。あと、「アルバイト」（これはドイツ語）は苦労して働くとか、奴隷とか。ほかの言語でも、かなしいとか、つまらないとか。人類、どんだけ働くのが苦痛なんだよって思いました。

だから、みなとさんが今感じている苦しみも、人類が太古から抱え続けてきた感情であって……適当すぎますかね、すみません。父親のこと言えないかも。考えたら、人生の三分の一ぐらいは働く時間なんですよね。仕事のこと、よくはわかりませんが、なんかもっと、どうにかできないものなのかな、って、すごく思います。

簡単なものですが、シーリングワックスのセットを入れています。誕生日プレゼントってことで。この前「月猫堂」で見つけて、みなとさん好きそうかなって。要らなかったらすみません。自分の分も買ったので、次からはこれで封をしたいと思います。

三月二十四日　あすか

下が騒がしいな、と思ったら柊《しゅう》ちゃんが来ていた。

和室にいるよ、と言われて顔を出すと、自分の家かのようにこたつでくつろいでいる柊ちゃんが目に入った。寝転がって携帯を見ている。向かい側に回ると、こたつから足が出ていた。これでも中で相当脚を折りたたんでいるんだろう。中高大とバスケをしていた柊ちゃんはかなり大柄で、もともと手狭なこたつが余計に狭く見える。

「ちょっと、これ、はみ出してるからもっと曲げて」

「いだだ折るな折るな」

眉を大げさに寄せながら、柊ちゃんが体を起こした。短く整えた髪には寝癖がついている。大きな手で撫《な》でつけながら、スペースを空けてくれた。入ってみるものの、柊ちゃんが布団を肩にまで持ち上げているせいでそこまであたたかくない。

「四月になってもこたつが出てるのが春指家のいいところだな」

目をくしゃっと細め、にかっ、と笑った。両頰にきゅっとえくぼができる。百八十五センチ近い上背や、直線的な太い眉毛や彫りの深さのせいで強面《こわもて》に見られがちだが、笑うと一気に幼い雰囲気になるのは昔から変わらない。

柊ちゃんはお隣さんだ。おばさんたちが共働きだったのもあって、幼稚園のころから高校ぐらいまで、柊ちゃんはうちに入り浸っていた。持ち前の真っ直《ます》ぐさでお父さんとお母さんを籠絡し、私よりも厚遇されていた（学校から帰ってくると、柊ちゃんが私のおやつを食べていたこともある。あれは本当に腹が立った）。

「今日はなにしにきたの？」

「なんだその質問。冷たいな」

「用もなく来てたのは高校の頃まででしょ」

「いや、大学のときも来てた。春指が家にいなかっただけ」

「どっちでもいいよ。まさか一時間もかけてこたつ入りに来たんじゃないよね」

「さすがに違うわ。ちょっと必要な書類があって、実家帰ってきたんだよ。ついでに春指の顔でも見とくか、って」

コップのお茶を飲み干して、妙に芝居がかった調子で、間を空けた。

「……春指、仕事辞めたんだって？」

躊躇《ちゅうちょ》はしても、投げる球はストレート。迂遠《うえん》、というものを柊ちゃんは知らない。

なるほどそれか、と内心溜息《ためいき》をつく。

口止めはしていない。お父さんもお母さんも、恥ずかしいことだ、という意識がないんだろう。日頃は好ましく思える人のよさだが、こういうときは裏目に出る。柊ちゃんには知られたくなかったのに。

まあ、と、ぼそりと答える。予想に反して、柊ちゃんの声は明るいものだった。

「いいと思う。春指には合ってなかったよ、あの会社」

「……そう？」

意外な反応だ。柊ちゃんは根が体育会系というか、一度やり始めたら文句を言わずつらぬき通すのが美しいと思っている。幼なじみという関係でなければ、仲よくならなかったハラキリ武士タイプだ。

「社名に東常って入ってても、ちっちゃいグループ会社だろ？　春指には不釣り合いだ。もっと大手がふさわしいよ」

「ああ、そっちか……」

「そっちって？」

「いや、こっちの話」

「なんだそれ」

文句を言いながらも、柊ちゃんはそれ以上追及してこなかった。きっと柊ちゃんは、「俺には思いもつかない春指なりの深遠な理由があるのだろう」と思っているはずだ。

柊ちゃんはなんというか、私を買いかぶっている。昔からずっと。勉強ができるとか、生徒会に入っていたとか、本をたくさん読んでいるとか、そういう単純な理由で。「すごいやつ」だと何度も言ってくるし、周りにも言いふらす。おそらく原因は、高校に入ってからのテストだ。

入学して初めてのテストで、総合トップを取った。三山《みやま》中学出身の私が。それがどうも、柊ちゃんにずがんと衝撃を与えたようだった。進学校と呼ばれる深町《ふかまち》高校にやってくるのは教育に力を入れている地域から来る子が大半で、名もない中学から入ったのは私と柊ちゃんの二人だけ。入学当時は、ずいぶんと肩身の狭い思いをしていた……と、後々になって柊ちゃんは言ったが、正直私はそんな派閥や格差を感じたことは一度もなかった。

今でも忘れられない、あのときの柊ちゃんの顔と台詞。ちいさな子どもがヒーローに会ったときのように目を輝かせ、頬を紅潮させ、「春指って、本物だったんだな」と言った。すげえ、を連発して喜んでくれるのは私も嬉しかった。最初は。

問題は、それから「ずっと」というところにある。

柊ちゃんはなにかにつけ、「春指自慢」をした。友達に。先輩に。後輩に。総合でトップを取ったのはその一度きりだと言うのに、いつまで経っても「学年トップの幼なじみ」と言い続けるし、作文のコンクールで表彰でもされようものなら、ほらみたことかと鼻の穴を広げる（佳作程度なのに！）。

一時期、私はあれが恥ずかしくてたまらなかった。柊ちゃんには悪いが、過保護で親ばかな身内に自慢されている気分だった。ヒーローのような扱いを受けるたび、私は何か、たいへんな詐欺を彼に対して働いているような罪悪感と居心地の悪さに苛《さいな》まれていた。何度も「そんなたいした人間ではない」と言ったのに、それも謙遜と取られて人格者扱い。たちが悪いのは、それが大人になった今でも続いているということだ。

風船のひもを握らされているみたいだ、と思う。どうして浮いているのかわからないまま、膨らみ続ける風船によって、どんどん上空へと連れていかれる。いずれ破裂するのは見えている。でも、潔く手を離してただちにまっさかさま、を選ぶこともできない。だから、破裂するその日まで、ただひもを握り浮かび続けるしかない。

「で、次は？」

柊ちゃんが身を乗り出してきた。

「次？」

「そう。次はどこで働くんだ？　春指なら、どこでもいけると思うけど」

当然だ、と信じて疑わない真っ直ぐな瞳に言葉が詰まる。

柊ちゃんは大手飲料メーカーで働いている。大学を卒業して三年、辞めることもなく。仕事は順調で、来年は大きな仕事ができそうだと、去年の盆に会ったとき喜んでいたのを覚えている。きっと柊ちゃんなら、なにも言われなくても暖簾を上げられるし、上司の靴も揃えられるし、出し物だって抵抗なくやれる。私なんかより、柊ちゃんのほうが、よっぽどすごい。

タイミングよく、コホ、と咳が出てくれた。ありがたく、そのまま激しく咳き込む。

「大丈夫か？」

「だい、じょうぶ。風邪、治りたてで」

「ならもっと厚着しろ。ほら、こたつにも入れ」

足首を摑《つか》まれて、こたつに引きずりこまれる。手加減はしてくれているだろうが、勢いに頭を打ちかけた。柊ちゃんの大きい足が顔の横にくる。ばしん、と叩くと、大人しく引っ込めた。

兄弟がいたらこんな感じなんだろうか。同い年だが兄のようでもあり、弟のようでもある。水洟《みずばな》を啜《すす》ると喉に落ちた。

三月の終わりに春の嵐がきた。雨風がひどく、手紙を出すのは落ち着いてからと思っていたら、今度は自分が体調を崩してしまった。久しぶりに高熱が出て、四、五日寝込む羽目になった。

熱が下がった今も本調子とはいえないが、多少無理をしてでも今日出しておきたい。

「柊ちゃん、離して。行くとこあるから」

「行くとこって？　風邪引いてんのに」

「もう治ってるから大丈夫。郵便出しに行くだけ」

足をばたつかせると、思いのほかするりと拘束が解けてしまい、天板で足の甲を強打した。身悶《みもだ》えしながら体を起こす。

「一緒に行こうか」

柊ちゃんが立ち上がりかけた。慌てて制止する。

「いやいや、ついてこないで。ゆっくりしてて」

「なんだそれ。春指、冷たいのかやさしいのかわかんねえ」

ははは、と屈託なく笑っている。何も返せず、じゃあ、と足早に和室を出る。

冷たいのかやさしいのか？

決まってる。私は冷たいやつだ。ゆっくりしててとは言ったものの、帰ってくる頃にはいなくなっていてほしいと思ってしまう。今はあまり、柊ちゃんと話したくなかった。

外はすっかり春めいていた。今年は開花が少し遅かったおかげで、まだ桜が咲いている。坂を下り終え寺院を過ぎると、寺門の奥に花御堂《はなみどう》と柄杓《ひしゃく》を持つ人がちらほら見えた。灌仏会《かんぶつえ》だ。一瞬悩んだものの、後で寄ろう、と先を急ぐ。

手元にあるあすかさんからの手紙は三月二十四日付け。今日が四月八日だから、二週間ほど空いてしまった。今まで四、五日で返していたのに。私だったら心配になる。

あすかさん、不安に思ってるだろうな。

階段を駆け下りる。病み上がりの体は思いのほか弱っていて、下りているのに息が切れて軽く咳が出た。

休日のみふね公園はにぎわっていた。子どもたちの注意を引かないように、さりげない動きでベンチの前を通りすぎ、郵便箱のあるほうへとにじり寄る。

鞄《かばん》から手紙を取り出して、ぎくりと固まった。

誰かが、あの郵便箱の前でしゃがんでいる。

どうしよう。

声をかける？　いやでも、なんて？　あれは私のものじゃない。

そう、それに、私が手紙を入れていないから、あそこはからっぽのはず。鍵もかけているから、大丈夫。万が一郵便箱を持ち帰られそうになったら、一声かければいい。

しばらく様子を見よう、と決めた瞬間、しゃがんでいた人物が立ち上がった。手ぶらだ。よかった。

不自然にならない程度に目をそらし、立ち去るのを待つ。はずだった。

「──〝みなと〟さん？」

近づいてきたその少年は、私が手に持った手紙を見ていた。

「いつかは言わなきゃって思ってたんですけど。みなとさん、俺のこと、絶対同年代ぐらいの女性だと思ってるよなって考えたらおもしろ……言い出しづらくて」

まあまあ、とかなんとか言って、「あすかさん」は衝撃で動けずにいる私をベンチに座らせた。

「あらためまして、〝あすか〟こと、森本飛鳥《もりもとあすか》です」

深々と頭を下げられ、ハッとする。慌てて「春指みなとです」と名乗って頭を下げ返す。

「ハルサシ？　どういう字を書くんですか？」

「季節の春と指で、春指、です」

「へえ。いい名前」

そう言って、木の枝で地面に「春指」と書いた。払いと止めがきっちりとした、端正な字だ。手紙と同じ筆致。

この子、本当の本当に「あすかさん」なんだ。この、男の子が。

指摘された通り、私は自分と同年代の女性を想定して書いていた。それが、まさか。

大人、では、ない。見るからに。

せめて大学生……と思いたいが、重めの前髪からのぞく黒目がちの大きな目や、まだ少しふっくらとした赤い頬、ほっそりした肩や背中には幼さが残っている。かといって、中学生には見えない。

柊ちゃんとまではいかないが、それなりに上背はある。並んだとき、私より十センチほど高かった。百七十センチあたりだろう。少しマッシュっぽい髪型や、両耳につけているシルバーのピアスからいっても……。

「あの、あすかさん、は、高校生ですか？」

「そう。身分としては高校生ですね。この春で高校二年生。今は行ってないから高校生って名乗っていいのかわかんないですけど。あと、名前、飛鳥でいいですよ。呼び捨てしづらいなら飛鳥くんで。敬語もやめてください。俺がむずむずするんで」

ね、と人なつこい笑みを浮かべた。物腰は柔らかだが、有無を言わせない妙な圧がある。

高校生。高校、二年生……。

じわじわと耳が熱くなっていくのがわかる。

眠れないだの、働けないだの。私は高校生相手に弱音を吐いてしまったというわけか（そしてフォローまでさせてしまった！）。

「あ、あれやってみましたよ、ひとりピクニック」

飛鳥くんが手を叩いた。

「え？」

「みなとさん、手紙に書いてたじゃないですか。緑地公園で、ひとりでやってみたって。俺もおとい行ってきました。場所あやふやだったんで、さすがに携帯は置いていけなかったですけど」

これこれ、と言いながら、携帯の画面を見せてくれた。入口の掲示板に貼られたポスターの写真だ。

「あそこ、毎月十五日に蚤《のみ》の市みたいなのやってるらしいですよ。みなとさん行ったことあります？」

「ううん、行ったことないで……なかった。いいね、蚤の市」

「いいですよね。宝探しみたいで俺も好きです。あと、〝青空古本市〟も好き」

「あ、千和根でやってるやつ？」

「そうそう。参加者が、ひと箱ずつ古本持ち寄ってってやつ。あれ、ほんとにその人のカラーが出るから、頭の中のぞいてるみたいですげえおもしろい」

「あ、わかる。私もあれ、開催されたら絶対行ってるよ。というか前回は出店側にいた」

「え、まじすか。じゃ、会ってたかもってこと？　えー、いたかな？　いや、さすがに覚えてねー」

「それはそうだよ。私も覚えてなっ」

喉で息が絡まった。噎《む》せるように咳を繰り返したが止まらない。顔を背けて、胸をさする。

「大丈夫ですか？」

ごめん、と言ったつもりだったが、咳で一文字も出なかった。「あ、いいですしゃべんなくて」飛鳥くんが手で制した。甘えて、落ち着くまで待ってもらう。

ごめん、ともう一度言い直す。

「風邪治りたてで」

「風邪……あ、だから返事遅れてたんですね」

ほっとした口調に、ごめんね、と重ねる。

「不安だったよね」

飛鳥くんは、いやー、とうやむやに答えながら「それ、俺宛の手紙ですか？」と、私が握っていた手紙を指した。

「あ、うん」

「読んでもいい？」

どうぞ、と渡すと、飛鳥くんは丁寧に封を剝がし、口に手を当てて読み始めた。真剣なまなざしだ。なんだか、見ているこちらが緊張してきた。大笑いされるようなことは書いていないが、そこまで真剣に読まれるほどのことも書いていない。前の手紙への返事と、誕生日プレゼントのお礼。そして、タイミングが悪く返事が遅れてしまったことへの謝罪ぐらいだ。

読み終えたのか、飛鳥くんがパッと顔を上げた。手紙を折りたたみ、はーっ、と息を大きく吐き出す。よかったあ、と天を仰いだ。

「こんなに間空いたの初めてだったから、ちょっと不安だったんです。うんちく書いたり、誕プレとか調子乗りすぎたかな、みなとさん引いたのかなって。緊張した」

見て、手汗、と手のひらを見せて笑う。

「引くわけないよ。手紙にも書いたけど、プレゼントすごくうれしかった。あ、これ、もらったシーリングワックスで封したんだよ」

「え？　あ、ほんとだ。ビビってて気づかなかった」

「シーリングワックス、すっごく楽しかった。今ね、セットごとあすかさんコーナーに飾ってて」

「あすかさんコーナー？」

「そう。もらった手紙とかポストカードとか、机の一角にまとめて飾ってるの。いつでも読み返せるように」

「えっ、なにそれ、すげえ恥ずかしい」

やめてよ、と顔をしかめ、不意に飛鳥くんが口をつぐんだ。まじまじと見つめてくる。本当に、どきっとするほど目が大きい。

「なに？」

「や、なんか不思議なかんじだなって。みなとさん、ほんとに、〝みなとさん〟なんですね」

感慨深そうに言う。「あすかさん」がそれ言うの？と返すと、それもそうか、と年相応の笑みを浮かべた。


このままだと冷えるからと、飛鳥くんの行きつけだというカフェに移動した。カフェは地下にあり、照明を絞った店内には、深みのあるノイズまじりのレコード音楽がゆったりと流れていた。年季の入った漆喰《しっくい》の壁には、昔の映画やミュージカルのポスターが無造作に貼ってある。テーブルもソファーも一つずつ形が違っていて、吊《つ》り下がったランプも異なる光を放っている。初めて来たのに、もう何度も通っているような錯覚を起こしそうになる、どことなくノスタルジックなカフェだ。

空いていた奥の席につく。カウンターから店主らしき長髪の男性が手を振ってきて、飛鳥くんが軽く振り返した。

「仲いいんだね」

「まあ、俺っていうか、父親が店主と知り合いで。昔から来てたんです」

「ああ、あのヤギの」

頷くと、飛鳥くんが、ぷっ、と噴き出した。

「そう、ヤギの！　そうだよね、みなとさんにとったら、あのヤギの父親なんだ」

くくっ、と抑えるように肩だけで笑っている。ほかに何かあっただろうか。首を捻《ひね》りながら、メニュー表を開く。

ハーブティーを注文してから、財布を持ってきていないことに気がついた。ほぼ手ぶらで出てきたから、携帯しかない。席を立ち、レジで店主に確認したが、携帯での支払いは対応していないと言う。

「どうしたんですか？」

「飛鳥くん、ごめん。私、お財布忘れた。今から取ってくるから、ちょっとだけ待っててもらっていい？」

「いいですよ、俺持ってるから。今度返してくれればいいし」

「でも」

「行くの？　せっかく、これから淹《い》れ立てのハーブティーがくるのに。もったいないですよ」

「……ごめん。次返します」

高校生に立て替えさせるなんて。大人としてダメすぎる。縮こまっていると、飛鳥くんがまた圧のある笑みを浮かべた。

「先に言っときますけど、お金、俺の分も余分にってのはやめてくださいね。みなとさん、出す気だったでしょ」

言いながら、運ばれてきたティーポットの横にあった砂時計を手慣れた仕草でひっくり返した。

「それは……当たり前じゃない？　私は社会人で、飛鳥くんは高校生なんだから」

「無職なのに？」

容赦がなさすぎる。にこにこ笑いながら言う台詞じゃない。

言葉を失いかけたが、「無職でも、大人だから」と咳払いしてなんとか立て直す。

飛鳥くんは、柔和な笑みを浮かべたまま、「俺ね、そういうの嫌いです」と一刀両断した。

「ここでお茶飲んで喋《しゃべ》ってるのは〝あすか〟と〝みなと〟なのに。変な線引きで奢られたくないです」

スパッとした口調に一瞬たじろぐ。随分とはっきりと物を言う、そして、弁の立つ子だ。何か言い返そうかと思ったものの、これ以上言い争うのも面倒で、「それもそうだね」と適当に返す。

ハーブティーをひと口飲むと、体がじわりと温まった。カモミールのやさしい甘みに胃が落ち着いていく。卓上のキャンドルのやわらかい揺れもあいまって、まどろみそうになる。店内に『星影さやかに』のアレンジが流れ始めた。メロディーに、あ、と思い出して笑う。

「ん？　なんですか？」

「や、今、流れてるじゃない、『星影さやかに』。あれって、キャンプファイヤーのときに歌うやつもあるよね？」

「『燃えろよ燃えろ』？」

「そう、それ。私、通勤中よく、頭の中で、もーえろよもえろーよ、ってメロディーが流れてて」

「それはつまり」

「会社よ燃えろ、ってこと。今考えると相当やばいな、って笑えてきてさ」

「そんなに嫌だったんだ、会社」

飛鳥くんが笑いながらハーブティーを注《つ》ぎ足した。笑ってくれてよかった。そう、と笑い返す。

「なんだろうね、辞めた今となっては何がそんなに嫌だったのかわからないんだけど。でも、結局全部嫌だった気がする。飲み会とか、上司を立てるとか、職場での表面上の付き合いとか、決まった時間に決まった場所で決まったことをし続けるとか、意味もない会議のために意味もない資料を用意して配るとか、誰にも読まれない報告書を作るとか、朝礼で意識高いことを言うとか、興味がないことに脳みそを使い続けるとか」

「わかんないと言いつつ、すげーありますね」

また可笑《おか》しそうに笑う。そうそう、と続ける。

「わんさかあったね。そういうのが積み重なって、ある日なだれをうった、って感じ。会社のトイレでめちゃくちゃに泣いちゃってさ。行けなくなって辞めた。だから、やりたい仕事があって辞めたとかじゃなくって。次に何をしたいのかもわかんないし、私にできる仕事なんて何もない気がして。転職活動も始められなくて、毎日家でゴロゴロしてるだけなの。本当に、情けない話なんだけど」

口角を持ち上げて、無理やり笑う。

本当に、ふがいない。「働く自分」を想像して生きてこなかった結果がこれだ。中高大と学ぶことが好きで、学ぶことが「正しさ」だったから、悩まずうまく生きてこられただけ。それを勘違いしていた。自分はなんでも要領よくこなせるのだと。好きなことと求められていることが、奇跡的に合致していただけなのに。

嫌なことへの耐性ってものが、私にはまるでないのだろう。勉強が嫌いだと言いながらもテストを毎回乗り越えていた人たちのほうが、よっぽどすぐれている。彼らは、十代の頃から嫌なことに真正面からぶつかっていたのだ。

「飛鳥くんが書いてたように、仕事って苦しくて辛いのが当たり前だし、いつまでも逃げてちゃいけないいんだよね」

自分に言い聞かせるつもりで、もう一度、心の中で繰り返す。

みんな苦しいし、みんな辛い。

それでも、生きるために働かなくちゃいけない。いつまでも実家でぬくぬくと暮らすわけにはいかない。大人にならなきゃ。ここから帰ったら、すぐにでも求人検索をしよう。

「そうなのかな。ほんとに？」

「え？」

唇をさわりながら、飛鳥くんが目を伏せた。白い頬に、睫毛《まつげ》の影が落ちる。

「俺、あの手紙書きながら思いましたよ。なんで〝仕事〟ってこんなに嫌な意味ばっかりなんだろう、って。みなとさんだけじゃない。大人はみんな、嫌そうに仕事してる。月曜が嫌だとか、早く辞めたいとか。朝だってのに、電車の中の大人たち、みんなすでに疲れてるし、死んだ目してる。手紙にも書きましたけど、なんか、そういうの、どうにかなんないのかなって。みなとさんとやりとりし始めてから、とくに思うようになった。俺ら高校生も、社会に出たらってさんざん言われるけど、出た先がそれじゃ、絶望しかなくね？　つまんないことでも我慢してできる人もいるんだろうけど、俺は無理。おもしろくなくっちゃ、死んじゃうよ。みなとさんは、そうじゃないの？」

面を上げた飛鳥くんが、ふしぎそうに言った。

あまりにも純粋な瞳だった。

言葉だった。

真っ直ぐさに圧倒されて、何も出てこなかった。

おもしろくなくっちゃ、死んじゃうよ。

なんて晴れやかな声で、むごいことを言うんだろう。

わがままだと言われても、おもしろいことがしたい。おもしろいことだけ考えていたい。一秒だって我慢したくない。素敵なものだけに囲まれて、おもしろおかしく生きて死にたい。

みなとさんはそうじゃないの？　なんて。

そうに決まってる。でも、そんなの。そんなの。

「俺、もっとあると思うんですよね。みなとさんのいいところを活《い》かせて、かつ、おもしろく思える仕事が」

「……ありがとう。ありがとうね、飛鳥くん。そうだよね、探せばきっと、そういう仕事もある、よね。うん、前向きに探してみる」

最初から、そんなものないと諦めていた。ろくに調べもせずに。たった九ヶ月の経験に引きずられて、会社を、労働を、おそろしい敵のように思って。そう思い込むことで、自分の「逃げ」を正当化して。

ありがとう、と恥ずかしさを覚えながら再度お礼を言うと、飛鳥くんは、「や、違う」と即座に首を振った。

「違うんです。そうじゃなくって。そういうのじゃない。励ましとかじゃないんです、これ。なんていうんだろ、俺自身の話でもあるっていうか。つまり、俺が言いたいのは……」

顎に手を当て、唇を軽く噛《か》んで、じっと一点を見つめている。そのまま黙り込んだ。

体を引いて、残りのハーブティーを注ぐ。私も、こういうときは邪魔されたくない。頭の中で思考や言葉が嵐のように乱れ飛んでいるとき。その中から、必要なもののしっぽをつかまえて、つなぎ合わせていく作業。時間がかかりそうだったから、私も目を閉じて、流れるメロディーに身をゆだねる。ああ、シナトラじゃん。なんてタイミングで流れてくるんだろう。深く、のびやかな歌声にすっぽりとくるまれる。今、すごく、耳だけの生き物になったみたいだ。

しばらくして、わかった、と飛鳥くんが声を出したので、目を開いて、うん、と頷く。飛鳥くんは、「たとえばだけど」と前置きして、息を吸った。

「あの、ブンツーヤ、ってのはどうですか?」

「ブンツーヤ?」

「ぶん、つう、や。文通ですよ。俺とみなとさんがしてたあれ。あれを、仕事として書く人になる。文通屋さん。みなとさん、手紙を書くのは嫌いじゃないですよね?」

話を飲み込めないまま口を開けている私を置いて、そうですよ、と飛鳥くんが興奮気味に二、三度頷いた。テーブルに手をついて、身を乗り出してくる。

とっておきの秘密を伝えるように、ぐっ、と声を落として囁《ささや》いた。

「ないなら、つくっちゃえばいいんですよ、仕事」

文通屋。つまり、お金をもらって、文通の相手を務めるんです。書くのは、みなとさんと俺。便箋や封筒が好きだけど使い途《みち》がない人、書くのが好きだけど、やりとりする相手が見つからない人の、相手になる。日常の、流れていきそうなことをしたためて、送り合う。生活と感情を分け合うんです。家族でも友達でもない他人にしか言えないことを抱えている人もいるでしょうし、ささやかなやりとりで生活が少し上向く人もいる。みなとさんもそうでしたよね？　需要は絶対、あると思うんです。やりましょうよ、文通屋。このふたりで。最初はクラウドファンディングとかで――。

まだ思いつきの段階だから、と言いながらも、飛鳥くんは身を乗り出したまま、「文通屋」を語った。私がいくら、お金を取れるシロモノじゃないからと言っても、飛鳥くんは折れなかった。アイディアが止まらないとばかりに喋る喋る。ちょっと、ちょっといったん待って、とストップをかけると、ごめん、とはにかんで、ようやく椅子に背をつけてくれた。

飛鳥くんとは、連絡先を交換して別れた。考えるだけ考えてみてください、と言われて。やわらかい春風に背を押されながら、階段を上る。冷えのぼせしたみたいに、顔が熱い。

文通屋。

ないならつくる。

新しい仕事。

いやいや、と首を振る。何を、やる、やらないで迷っているのだ。

そりゃ、文章を書くのは好きだ。手紙を書くのも好き。それが仕事になるなら最高だ。

でもやっぱり、お金を出してまで私たちと文通したがる人がいるとは思えない。そもそも、飛鳥くんは高校生だ。今日初めて顔を合わせた高校生の男の子とふたりで、新しい仕事を生み出すなんて。まるで現実味がない。

だから、考えるまでもなく、私はすぐに飛鳥くんにノーと返事をするべきなのだ。この階段を上り終えるまでにだってできる。今すぐにでも立ち止まって、携帯を取り出せば終わる。と、信号待ちのときも思っていた。

あのとき、飛鳥くんの瞳を見たのがよくなかった。

強烈な瞳だった。光だった。瞳の奥の、生まれたての光に吸い込まれそうになった。あのかがやきが、脳裏に焼き付いて離れない。

家に帰ると、お母さんの靴がなくなっていた。たたきには、大きなスニーカーが一足だけ。柊ちゃんは案の定まだ和室にいて、口を少し開けて眠っていた。起こすべきか、逡巡《しゅんじゅん》の間に、柊ちゃんが目を開けた。

「……おかえり。遅かったな」

「ああ、うん、ちょっと。お母さんは？」

「買い物行ったっぽい。夢ん中だけど、出てく音が聞こえた」目をこすっている。

「えっ、ごめん。柊ちゃん、帰れなかったよね」

声をかけるか、せめて鍵を預けていけばいいのに。

「や、こっちこそ。こんなに眠るつもりじゃなかったんだけどおおお」大きく長いあくびをした。

目の下にはクマが見える。

「忙しい？　仕事」

「まあまあ。年度末よりはマシだけど。春指のとこも年度末は大変だったろ」

「……わかんない。私、年末で辞めてるから」

「あ、そうか……」

ぽりぽりと頭を掻《か》いて、柊ちゃんがのっそりと起き上がった。

「うちの会社とか、どう？」

「え？」

「春指なら外資でもいけるだろうけど。うちも大手で名前は通ってるし、キャリア形成もしっかりできると思う。新卒一年未満で辞めてるのはハンデかもしれないけど、第二新卒なんてざらにいるし、春指の経歴と能力なら大丈夫だと思う。どう？」

真剣な口調で言った。私は、ぽかんとして、なにも返せなかった。知らない国の知らない言葉を聞いたみたいだった。なにひとつ頭に入ってこなかった。柊ちゃんも、私がぽかんとしていることにぽかんとして、ふたりとも、揃いの置物のように固まる。

先に息を吹き返したのは、柊ちゃんだった。「あ、そうか」と納得したように頷く。

「もうどこかで内定出てるか。春指だもんな」

「いや、まだ……。転職、活動もまだ、始めてない、感じで」

「まだ？　なんで？　年末に辞めたんなら、三ヶ月経ってるだろ」

驚いた柊ちゃんに、私もまた驚く。両親ですらふれてこなかった核心にあっさりとふれてきた。

唾を飲み、鼻からゆっくりと息を吐く。

ここいらが、潮時なのかもしれない。

あなたが昔から高く評価してきた人は、実はたいしたことなくて、たった九ヶ月で会社から尻尾《しっぽ》を巻いて逃げ出すようなやつなんだよ。なにがしたいのかわからないとか、甘えたことを言って、働くことからずっと逃げてる、根性なしの、社会不適合者なんだよ。

「いろいろ、考えてて」

口から出てきたのは、いかにも私の深謀遠慮な像を利用したものだった。柊ちゃんは予想通り、「そうだよな」と、ほっとしたように言った。私も、それを見て、ほっとして、泣きそうになった。

朝、起きる。

携帯を見る。

テレビを見る。

電車に乗る。

街に出る。

食事をする。

買い物をする。

また電車に乗り、家に帰る。

なんの変哲もない一日だ。今際《いまわ》のきわ、思い出すこともないような一日。そんな記憶にも残らない日にも、私はたくさん、奪われている。何に注意を傾けるか、時間を割くかの意思を。

生活のあらゆる場面で、何もかもが、こちらを見ろと注意を引こうとしてくる。

私の手持ちの時間を奪うため競い合う、無数のアテンション・プリーズたち。

早く速く早く速くとにかくはやく！

時間がない。手間暇かけていられない。タイムパフォーマンスがなにより大事。だって後ろには、私と踊りたい彼らが列を成して待っている。捌《さば》いても捌いても追いつかない。しびれをきらしたその列は、やがて私を取り囲み、こちらとも踊って、と手を伸ばし始める。私はあちらこちらに引っ張られ、ぐるぐると回されて酔いそうになる。踊っているのか、踊らされているのかわからぬまま変哲もない一日を繰り返し、そのうち死ぬ。

「あすかさん」に向けて手紙を書いていたとき。

その輪から、少しだけ離れた感覚があった。私は、私の生活や記憶、感情にだけじっくりと向き合い、意思をもって、「あすかさん」に集中していた。

簡単には消せないから、自分の中にある感情を言葉にする前にきちんと考えていた。手紙を書いている間は、私を取り巻くなにもかもが、速度を落としていた。ただよう、ができていた。

会社で働いていたとき、私は一秒たりとも、ただようことができなかった。すべての行動と思考を、いずれかの岸辺に漂着させる必要があった。

何にも寄らず、ただ時間を時間として楽しむこと。考えるを楽しむこと。

結局、会社で過ごす時間の中でいちばん苦しかったのは、それが許されていなかった、という点なのかもしれない。

暮島《くれしま》緑地公園の蚤の市は、多くの人でにぎわっていた。春の穏やかな陽光の下、それぞれが思い思いのやり方で店を出している。段ボールに売るものを入れて持ってきただけの人、ブルーシートを広げている人、日よけのテントを張っている人。古道具、古本、アンティークの食器などの古物もあれば、手作りのスコーンや酵母パン、ハンドメイドアクセサリーなども売られている。

簡素な台の上にブローチだけを並べた店に目がとまった。布とビーズで花を模したブローチは、やわらかい風合いでリネンの服に合いそうだ。ひとつひとつ表情が違っていて、どれもたまらなく可愛《かわい》い。

悩んだすえ、ミモザとすずらんを取る。八百円と、千二百円。店主は同い年ぐらいの女性だ。

「ありがとうございます」と静かに言って、丁寧にラッピングしてくれた。

「全部、おひとりで作られているんですか？」

「ですね。趣味の延長みたいなもので」

どうぞ、と渡されて、両手で受け取る。大切に使いますね、と言うと、女性は、ありがとうございます、とほほ笑んだ。

このブローチをひとつ、作って売るとして。

デザインを考える。使う布とビーズを選定する。購入する。型を取る。布を裁つ。接着する。ピンをつける。値段をつける。ここに搬入する。見栄えするよう並べる。店番をして、客と金銭のやり取りをする。売上を計算して収支を出す。

一度もブローチを作ったことがない私が今ざっと考えただけでも、これだけの作業と工程が必要だ。

考え、決め、作る。

創造性はすべての工程に宿るし、それらをひっくるめて、作家性と呼ぶのだろう。

じゃあ、これらをさらに細分化し、マニュアルで単純化したら？　効率は上がり大量生産が可能になる。商品はもっと早く効率よく作れるし、利益も生み出せる。でも、作業が細分化されればされるほど、そこに携わる人は、創造性を排して作業に臨むことになる。

働いているときは気づけなかったが、私があの会社でこなしていたのは、そのうちのひとつだった。もともとの仕事がなんだったのか、わからなくなるぐらい細切れにされた業務を、ただルールに従いこなしていた。会社は、そういう場所だから。ルール化され蓄積されてきたものを、意味があるのかないのかいちいち検討する必要はない。もとの山がなんだったのか、一個人が考える必要はない。その山を変えるほどの創造性は要らない。時間もとれない。そういうものだから。その思考停止を繰り返した結果、私がやっていたような、どう考えてもやる必要のない仕事がバグのように発生したりもする。

効率と非効率。売れると売れない。役に立つと立たない。つきまとうのは、二元論的なものの捉え方。「私」が「私」のままただようことは、できない。できないことを、当然のように受け入れていた。

世界はそう単純ではないこと。大学でさんざん学んできたはずなのに。お父さんが言った通り、あの頃の私は、相当弱っていたのだろう。


誰かがシートの上に座った気配を感じて、顔を上げる。

「あ、いいですよ。それ、読んでて」

ベーグルの袋を開けて飛鳥くんが言った。お言葉に甘えて、と冊子に目を戻す。ブローチの店の隣で買った、モロッコの個人旅行記。日本を発《た》ってから帰国するまでの二週間が綴《つづ》られている。行った場所や、話した人、買ったもの、見たものがデッサンと共に細かく書かれていておもしろい。キリのいいところまで読み切ってから鞄に入れる。代わりに豆乳ドーナツを取り出して、私も頬張った。

「穏やかだねえ」

「ですねえ」

持参したピクニックシートの上、靴を脱いで脚を伸ばす。飛鳥くんがカーディガンを脱いだ。白いシャツと、ほっそりとした腕を光が滑る。強い風が吹いて、ブルーシートが一斉にはためいた。春の光にかすむ海のよう。見ているだけでまどろみそうだ。

「今、猛烈に蕪村《ぶそん》の気持ちだなあ」

「ひねもすのたり？」

「そうそう。すごい、よくわかったね飛鳥くん」

ほとんど独り言のつもりだったのに。感覚、というか知識の引き出しが似ているのだろうか。

飛鳥くんは、普通ですよ、と笑った。

「ギムキョーイクの範疇《はんちゅう》です」

「最近のギムキョーイクはすごいんだねえ」

「なんですかその言い方。言うてそこまで年離れてないでしょ、俺ら。七、八コぐらい？」

「いやいや、充分離れてるよ。私、飛鳥くんの担任でもおかしくない年だからね」

「それはないでしょ。だって、俺の担任……担任誰だっけ」

足立？　三沢？　と首を捻っている。

飛鳥くんは不登校中らしい。

今朝、蚤の市に向かう道中で、飛鳥くんがあっさりと言った。

「一年の二学期から行ってないです。っつっても、いじめとか、そういう理由じゃなくて、単に合わないなって気づいただけで」

からっとした口調だった。

「親も、ま、手紙で書いた通り放任主義なんで。行きたくないなら行かなくていいんじゃないか、で終わりです」

「なるほど。それで〝暇人〟なんだ」

「そ」

「二学期と三学期通ってなくても、進級ってできるものなの？」

「そのへんは私学だから。たまの面談と、出席代わりの課題提出でいけた。みなとさんって、あんまり学校サボったことない人？」

「ないかも。勉強するのも苦じゃなかったし、サボりたいって思ったこともなかったなあ」

振り返ってみると、周りの子たちに比べて、自我、というか物心みたいなものがなかったような気がする。あの先生がむかつくとか、授業がだるいといった負の感情もとくに覚えず、つるりとした心のまま十代を生き抜いてこられてしまった。

「飛鳥くんは、学校のどこと気が合わないの？」

訊《たず》ねると、飛鳥くんは、うーん、と腕を組んだ。

「なにもかも、って言いたいところだけど、強いて言うなら、均《なら》される感覚かな」

「均されるっていうのは、校則とか、そういうものに？」

「ま、それもある。このピアスとかも散々言われましたし。耳に穴ひとつ開けただけで大騒ぎだよ。なんでダメなんですかって訊いたら、校則で禁止されてるから、だって。答えになってないでしょ。授業のシステムとかもさ、何時間目が何とか、決まった時間に決まった範囲の授業して。人によって習熟度も体力もぜんぜん違うのにさ。宿題もしれっと強制じゃん。家で勉強する前提で授業組んでるのもヘン。腹減るタイミングだって人によって違うだろうに、昼食の時間まで決まってて、早弁したら怒られる。もうなにからなにまでわけわかんない。最悪のワンダーランド。一学期は我慢して通ってたんだけど、夏休みになった瞬間に、あ、もう無理だわってなったんだよね。ここって、すでに決められたこと、決まったやり方に従える人間をつくるための工場じゃん、って」

「中学は大丈夫だったの？」

「ギリ。うすうす思ってたのが、高校に入って一気に爆発したって感じです。ほら、みなとさん、なだれをうった、って言ってたじゃん。積もり積もって会社で泣いちゃったって。そんな感じ」

「なるほど」

工場から脱出した飛鳥くんと、出荷後、使えなくなった私。めぐり合わせだねえ、とつぶやくと、

「だね」とひどく嬉しそうに笑っていた。

担任を「忘れてしまった」と言う飛鳥くん。思い出せないなあ、とうそぶく横顔を、じっと見つめる。

昨日、「あすかさん」からの手紙を何度も読み返した。

手紙の中の「あすかさん」と、飛鳥くんが別人みたいだとは思わない。鋭さも、聡明さも、確かに「あなた」だ。

ただ、生身の飛鳥くんは、「あすかさん」より少し手強《てごわ》い。心の窓にカーテンが引かれている状態で、中の動きが見えない。ときおり風が吹いて、はらりと見えるぐらい。でも、それを直視してはいけなくて。見てしまったと、飛鳥くんに悟られてはいけないような緊張感もあって。

知り合ったことで、一緒に蚤の市にまで来られるようになったのは嬉しい。でも、その反面、知り合いにならないほうが飛鳥くんにとってはよかったのかもしれない、とも思ったりする。「不安

な退屈」も「眠れない夜」も、生身の飛鳥くんは決して口にしないだろう。

知らない誰かにしか、打ち明けられない思いがある。やわらかな部分をさらせない人もいる。私が会社を辞めた後、両親にも友達にも、焦りや不安を言えなかったように。それでも、手紙になら書けたように。

「……なんかついてます?」

困惑気味に飛鳥くんが頬をさわった。ううん、と首を振る。

春風が鼻先をかすめた。シートに両手をついて、風に吹かれるまま体を倒す。飛鳥くんの骨張った背がまぶしい。

空の青、海のあをにも、か。

空を見上げて、飛鳥くん、と呼びかけた。

「やってみようか。文通屋さん」

3

かぽん、という鹿威《ししおど》しの音に背筋が伸びた。

正座し直し、縁側の向こうに見える手水鉢《ちょうずばち》に目をやる。そばに佇《たたず》む石灯籠や飛び石が見えそうで見えない。そっと腰を浮かし（なぜか鼻の下まで伸ばしてしまった）、いやいやとまた座り直す。開け放たれた障子がかたん、と音を立てた。初夏を感じさせる風が座敷に吹き込み、耳を撫でる。芙蓉《ふよう》が描かれた掛け軸が揺れた。

「みなとさん、そわそわしすぎ」

胡座《あぐら》をかき、頬杖《ほおづえ》をついた飛鳥くんにじろりとにらまれる。

「いや、だって、さすがにさあ……」

「さすがに、なに？」

「なんでもない……」

さっきから不機嫌そうな態度を隠そうともしない。はあ、という露骨な溜息に、「みなとさんもそーゆー感じ？」という失望が表れている。ミーハーで申し訳ないが、これぱっかりはそわそわも許してほしい。今から紹介される人は、いやだってさすがに、な人なのだから。

クラウドファンディングを使って文通屋を始めてみる、と決めたのが四月の中旬。翌週の、最初の打ち合わせで、はたと気づいた。飛鳥くんの親御さんに話を通していない。

飛鳥くんは「いいよ、そんなの」と嫌がったが、大人としてそこを譲るわけにはいかない。応酬の果てに、飛鳥くんがげんなりとした顔で、白旗をあげた。

「森本実《みのる》」

「ん？」

「森本実ですよ、うちの父親。作家の」

「……うそ」

「ほんと」

飛鳥くんがぶすっと言った。

森本実。屈指の知名度を誇るミステリー作家だ。新作を出せば即ベストセラーで実写化、先日、全世界での累計発行部数が五千万部を超えたと、何かの記事で読んだ。メディア露出も多く、芸能事務所にも入っているとかいないとか……。

その人が、飛鳥くんのお父さん？

「ほら、そのリアクションだ。わかる？　なんか、こう、微妙な立場なんですよ俺。ベストセラー作家の子どもが文通屋ってできすぎでしょ。親の背中見て育ってるんだね、感？　そういうの鳥肌っていうか」

喋っているうちに本当に鳥肌が立ったのか、乱暴に二の腕を掻いた。

「あいつ、ほんとにそういう筋とか責任とか重視しないやつだから。だいたいなんでも、はーいおつけー、で終わり。話なんか通さなくって大丈夫なんですって」

「……いや、やっぱりそこは、ちゃんとさ、したいっていうか。執筆でお忙しいとは思うけど、できるなら、こう、直接会ってお話しして……」

「あっ、みなとさん、さては実に会いたくなってるな⁉」

鋭い。うっ、と声が出る。

「俺わかんだからね、そういうの！　そこらへん超敏感だから！」

「しょうがなくない⁉　だって森本実だよ？　私も何冊読ませてもらったか……！　正直会いたいめちゃくちゃ会いたいお話ししたい！」

「うわ、開き直りましたね。ダメです、もうダメ。絶対ダメ。会わせません」

なんでよ⁉　と言いたくなるのをこらえて、「そうだよね、お邪魔したら先生にご迷惑だよね」と、一旦しおらしく引いてみる。予想通り、飛鳥くんは「あいつにそんな遠慮は要らない」と言ってくれたので、じゃあ遠慮なく、とお邪魔することにした。

森本家は、住宅地からは少し離れた高台にひっそりと建っていた。「借景って感じの家」と飛鳥くんが言っていたが、まさにその通りだ。入口へと続く坂からも、町並みと青い水平線を見はるかすことができる。庭園つきのモダンな日本邸宅で、入口からはその全貌が確認できないほど大きい。通された座敷が、これまた嘘《うそ》みたいに広かった。

「つーか、みなとさんが正座してるのもなんか腹立ちます。ほら崩してください！」

飛鳥くんがにじり寄ってきたので、慌てて追い払う。

「だめだめ、今崩したらもう立てない」

「痺《しび》れてんのかよ！　いい、もう、人をダメにするクッション持ってきます。埋もれちまえばいいんだ」

「やめてやめて、そんな恰好《かっこう》で森本先生に会いたくない」

「先生って、あいつはそんな……つか、もしかして靴下も新品？」

つま先を引っ張られ、痺れと痛みで悲鳴が飛び出る。

「あ、ごめん」

「最低……最低だよ飛鳥くん……。というかフツー人の靴下さわる？　ばっちいじゃん……デリカシーってものがさ……新品だけど」

「新品かい！」

キレのいいツッコミにうずくまりながら笑っていると、縁側をぱたぱたと歩く音が聞こえ、ハッと体を起こす。

「あ、どうもー」

間一髪、間に合った。痛みを堪《こら》えながら立ち上がり、頭を下げる。

森本実――飛鳥くんのお父さんは、雑誌やテレビで見る通り、いや、それ以上に若く、端整な顔立ちをしていた。

すっ、と通った鼻筋、ほっそりとした顎、形のいい額、切れ長の涼やかな目。イケメン、というより、美形という形容のほうがふさわしい。センターパートの黒髪、シャープな眼鏡、藍《あい》の着流しが信じられないほど様になっている。

作家の人って本当に家でも和服なんだ、と感動していると、何も言っていないのに、飛鳥くんが「違うから」と嫌悪感丸出しの声で訂正した。

「これ、コスプレ。普段は上下スウェット。今日はみなとさんが来るから気合い入れてんの。ちなみに眼鏡もダテだから。レンズ入ってない」

「え？　ええ？」

「それは言っちゃだめだよー、飛鳥。読者の美しい夢を壊さないようにしてるんだから。若く儚《はかな》く美しく、ね」

わざとらしい（そしてとても美しい）流し目に、

「キショ。何歳だよおっさん」

飛鳥くんがオエ、と舌を出した。悪態が止まらない。というか、本当に何歳なんだろう。年齢がまったく読めない。

飛鳥くんに似て……はいない。丸顔に、くりんとした大きな瞳の飛鳥くんは、どちらかというと可愛らしい顔立ちだ。森本先生に嚙みつく様子はまるで仔犬《こいぬ》、対する森本先生は、こう、お金持ちが連れて歩いているような、毛の長い悠然とした犬という感じ。

ふたりのやりとりにようやく隙ができたので、挨拶と自己紹介をねじ込む。森本先生は、ご丁寧にどうも、とほほ笑んだ。

「で、なんだっけ？　ふたりでなんかやるんだっけ？　トリックアート？」

「〝鳥と港〟！　昨日散々言っただろ！」

今にも胸ぐらをつかみそうな勢いだ。乱暴な口調と嚙みつき具合が新鮮でおもしろい。たまに辛《しん》辣《らつ》なことも言うが、飛鳥くんは基本的にやさしいし、くだけた物言いはしても、声を荒らげることはない。

ここで笑ったら飛鳥くんがヒートアップするから我慢したが、トリックアートがじわじわとくる。私と飛鳥くんが真剣にトリックアートに挑んでいる絵面が妙にリアルに想像できてしまった。鳥と港。トリックアート。確かに似ている。

鳥と港、という屋号を考えたのは私だ。決めたのは飛鳥くん。ふたりで持ち寄った案を並べたときに、飛鳥くんが「これがいい」と言ったのだ。港から各地へと飛んでいく、自由な鳥が目に浮かぶ、と。

「鳥と港って、飛鳥の鳥と、みなとさんの港で、鳥と港？」

森本先生の問いに、「あ、そうです」と答えると、「うわー、あるあるぅ！」と口に手を当てた。

「困ったらとりあえず名前から取るよねー。僕もね、覚えあるよ。何回かタイトルで使った」

「おまえのと一緒にすんな！」

キレ疲れたのか、飛鳥くんが肩で息をしている。おもしろいけど、放っておいたら話が一向に進まない。

改めて、飛鳥くんと一緒に文通屋を始めたいという旨を伝えると、「おっけーおっけー、がんばってね」と〇・一秒で了承された。あっさりしすぎて、拍子抜けだ。だから言ったでしょ、という飛鳥くんの視線を感じる。

「実、そういうわけだから。今日からしばらくここ使うぞ」

飛鳥くんが当たり前のように言った。おどろいて振り返る。

「え、そうなの？」

「毎回その辺のカフェ使うのも落ち着いて話せなくないですか？　狭いしゴミゴミしてるし。ここなら人の目とか時間とか気にしなくていいし」

「でも、お邪魔じゃ」

「大丈夫。こいつは基本書斎に籠《こ》もってるから。ていうかレンタルポストからの転送先もここにしましょ。あ、だったら、リターンの手紙もここで書けばいいのか。そうしたら作業場も借りなくていいから、レンタルオフィス代も浮きますね。実、いいよな？」

「いいよ。ね、それよりみなとさんて、飛鳥とどうやって知り合ったの？　飛鳥がうちにお客さん連れてくるのなんか初めてだからさ、気になって気になって。あ、それ手土産？　わざわざありがとうね。あらここ、シナダさんがパッケージデザインしてるところじゃない。センスいいねえ。でも次からは要らないよ。うち、手土産がくさるほどあるから。なんなら持って帰る？　こっちにほら、山のようにあるよ。おいでおいで」

怒濤《どとう》の勢いに目を白黒させているうちに、気づけば手を引かれていた。あっというまに和室から連れ出される。あの、と言うより早く、飛鳥くんが容赦なく頭をはたいた。

「いたあ。何すんのさ。一応稼ぎ頭なんだから、もっと大切にだね」

「だるい。マッジでだるい。もういいから。さっさと出てけ」

「呼び出したのそっちなのに？」

飛鳥くんが半ば蹴り出す形で森本先生を追い払う。先生はひらひらと手を振って去っていった。

私も飛鳥くんも、しばらく無言で突っ立っていた。たくさん話した気はするが、きちんと挨拶ができたのかわからない。

「なるほど、ヤギ……」

つぶやくと、そう、と飛鳥くんが苦々しく言った。

「でも、今日はとくに酷い。いつもの三割増しぐらいです。あれもたぶん、コスプレの一種。〝作家〟をやってる」

「作家が作家のコスプレかあ……あっ、ファンですって伝えてない！　御本も持ってきたのに」

「え、なんのために？」

「……あわよくばサインを」

「じゃあ俺が預かります」

「いいの？」

「任せてください。燃やしとくんで」

にっこり笑っているが、顔にハッキリ「むかつく」と書いてある。

「……飛鳥くんって、今まで私に相当猫かぶってくれてたんだね」

「人聞き悪いな。俺は、人を見て態度変えてるだけです」

「それってそんなに胸張って言うようなことなのかな……」

なんだかんだ言いつつも、その後、飛鳥くんは森本先生の仕事場を除いた書斎や蔵（蔵！）を見せてくれた。

二部屋をぶち抜いたという、図書室並みの蔵書量を誇る書斎に、完全防音のシアタールーム。家中、古今東西の逸品で溢《あふ》れかえっているし、天体望遠鏡やグランドピアノ、果ては胡弓《こきゅう》やハープが当たり前のようにある。飛鳥くんの手前なんとか我慢したが、感嘆の溜息を堪えるのが本当に大変だった。

この家で生まれて育った飛鳥くんは自覚できていないだろうが、「文化」の量と質が桁違いの環境だ。

飛鳥くんの大人びた言動や知識量、文章力、思考力。年の割にしっかりしすぎているところ。この家、そしてあの先生。

なんとなく、納得できてしまう。と言ったら、気分を害するのは目に見えているので黙っておいた。

飛鳥くんの家を出ると、小雨が降っていた。傘を借りておいとまする。

ここからうちまで歩いて二十分ほどだ。あの郵便箱があったみふね公園は、ちょうどふたりの家の中間地点にあった。

地図アプリを見ながら、公園をめざす。道がわからないだろうから送る、という飛鳥くんの申し出を断ったのはこのためだ。

飛鳥くんと知り合ってから、連絡はもっぱら携帯を使ったものになった。

文通屋のことだけではなく、日常の些細《ささい》なことでも連絡し合っている。でも、手紙のやりとりはなくなってしまった。

それがなんだかさみしくて、飛鳥くんの真似《まね》をして保存袋に入れた手紙を郵便箱に入れてみたのが、一週間前のこと。二日に一回ほど見に来ているが、手紙は依然、入ったままだ。鍵は外してあるが、今日も誰かが手に取った気配はない。やっぱり、そうそう見つけてはもらえないか。

ほんの少しだけ、人目につくところにずらしてみる。ポストの中に流れ込んだ雨水を捨ててから、公園を出た。

家に着く頃には雨は上がっていた。下駄箱から雑巾を取り出し、傘についた水滴を拭う。

ただいま、とリビングをのぞくと、お父さんとお母さんがダイニングテーブルで将棋を指していた。お母さんの後ろから盤面を確認する。なるほど。がっぷり四つ、返事をする余裕はなさそうだ。個人的には、お母さんに勝ってほしい。この時間にやっているということは、夕食の担当を決める勝負だろうから。今日はなんとなく、お父さんのあっさりした味付けで食べたい気分だ。部屋着に着替え、文庫本を持ってリビングに戻る。ふたりとも未《ま》だ石像状態で、盤を睨《にら》んだままだ。

ソファーに寝転がって頁《ページ》をめくる。収録されている短篇を二本読み終える頃に、お母さんが呻き声を上げた。

やっぱり。

本を置いて、テーブルに近づく。

「夕飯当番?」

「そう。途中まではいい線いってたんだけどなあ。ああくやしい。連敗じゃあ」

ううう、と言いながら、じゃらじゃらと駒を片づけた。お父さんは「精進しなはれ」と高笑いしている。

「お母さん、今日私が作るよ」

「えっ、ほんと?」

「うん。やるやる」

お父さんが勝ったら任せようと思ってたけど。

「メニュー決めてる?」

「ぜんぜん。冷蔵庫の中身次第。あ、でもこの二日ぐらいスーパー行けてないから、あんまないかも」

「じゃ、宅配にするか。お父さんが出すから」

お父さんが首をごきごき鳴らした。いい音すぎて、ちょっと心配になる。あれ、首の神経によくないって聞いたことがある気がする。

「いいの？」

「うん。勝ったから気分がいい」

頼むもの考えといてねと言い残して、すたすたとリビングから出ていった。

なにそれ、とお母さんと顔を見合わせる。お母さんもたいがいマイペースだが、お父さんはさらにその上をいく。

こんなお父さんでも、平日は会社で部長という人をやっているのが、ふしぎでならない。もう何年？　三十年近く？　改めて考えると、ちょっとぎょっとする年数だ。私の今までの人生以上の年月、働いているってことになる。

部長として、誰かにあれこれ指示したり、ときには険しい顔で叱ったり？　想像もできないけど、できるだけ偉そうじゃなければいい。

のんきで、飄々《ひょうひょう》としていて、あんまりつかみどころがなくて。気持ちを押しつけたり、必要以上に詮索したりしない人。そういう人が会社にいるってだけで、楽に働ける人もいると思うから。

「みなと、この期間限定メガ盛り天丼どう？　海老《えび》天のエッフェル塔、激アツじゃない？」

「……やめときなよ、絶対お腹《なか》壊すから」

小食でお腹が弱いくせに、メガ盛り特集のページを見ている。一応止めたけれど、お母さんはこれを注文するだろう。数時間後、トイレでひいひい言っている姿が目に浮かぶ。

お母さんの、一度気になったら止められないところ。案外、飛鳥くんと相性がいいかもしれない。

ふたりにはまだ『鳥と港』の話はしていない。形になっていない、中途半端な状態で口にするのはどうにも気持ちが悪くて。大学受験も、院進も、就活も、そして退職もそうだった。自分のことは自分で決めきってから、完結させてからじゃないと言えなかった。

もしかして、ふたりは私の事後報告の癖を見抜いていたんだろうか。ふとその可能性に気づく。だから、再就職についてあれこれ言ってこなかった？

「あ、どうせだからお蕎麦《そば》セットにしちゃお。蕎麦のナイル川！」

「そこはセーヌ川でいいじゃん」

思わず突っ込むと、お母さんは「よくできました」と言わんばかりに、ふふ、と笑った。


五月の終わりから、クラウドファンディングをスタートさせる。プロジェクトの期間は二ヶ月。その間に『鳥と港』の支援者を募る。七月の終わりまでに目標額を達成し、八月から本格的に『鳥と港』を始動。リターンの内容は文通で、期間は翌年一月までの半年間。支援者は、「みなと」「あすか」のどちらかを選ぶことができ、支援のコースに応じて、手紙のやり取りの回数は変わる。半年以内ならいつでも、自分のタイミングで手紙を送ってOK。こちらからの返事は、遅くとも十日以内。支援者から事務局への連絡はメールの対応のみ。宛先や所在地はレンタルポストの住所を使い、手紙は森本家に転送してもらう。

と、外枠はそこそこ詰められたのだが、肝心の中身、つまり、どういう収支計算をしていくか、の点でいつも話が止まってしまう。何度か試算してみたものの、私も飛鳥くんも、これでいいという確信が今ひとつ持てない。ここが決まらなければ目標額も定まらないし、支援のコース設定もできない。

一人、意見を聞けそうな知り合いはいる。

飛鳥くんに許可を取って、五月の初め、ゴールデンウィークで帰省した柊ちゃんをつかまえた。事情を説明して、意見を聞かせてほしい、とお願いする。柊ちゃんは二つ返事で引き受けてくれた。

作業場にした森本家の和室で飛鳥くんを手短に紹介し、すでに決めたこと、まだ悩み中のこと、これから意見が欲しいこと、を柊ちゃんに説明する。柊ちゃんは鞄からタブレットを取り出して、わかった、と頷いた。

「クラファンはこの『リザルト』ってところを使うんだな？　あんまり聞いたことないけど……ホームページこれか」

「そう。アートとかカルチャー系に強いんだって」

「手数料は？」

「十パーセント。オプション次第ではもう少し上がる」

「業界の平均調べてる？」

「平均は十二、三パーセント。かなり安いほうだと思うよ」

「なるほど、リザルト、ね」

柊ちゃんが、タブレットでプロジェクトの作成ページを開いた。別のタブで開いたホームページの全体画面と見比べながら、顎をさすって、うん、と頷く。

「悪くないな。仕様がわかりやすいし、似通ったプロジェクトも今んとこない。あとはスキームの構築だけど、収支のたたき台は作ってるんだっけ？」

さっ、さっ、とタブレットの画面をスライドさせていく。

「……あのさ、柊ちゃん、その若干オラついてる感じ、どうにかできない？」

たまりかねて言うと、柊ちゃんが手を止めた。

「えっ、俺オラついてた？」

「うん。なんか、口調というか仕草というか、絶妙にオラっとしてた。見てるこっちもちょっと気まずいっていうか……」

「うっそ、恥ず。春指の頼み事だからって、変な気合いの入れ方してたかも。ごめんな。飛鳥くんも」

照れたように髪をぐしゃぐしゃと掻く。

飛鳥くんが、いえいえ、とよそゆきの笑みを浮かべた。

「すごいなあ、って聞いてましたよ。戸田《とだ》さん、いかにもお仕事ができる人って感じですし。みなとさんも言ってましたから。頼りになる、って」

そう?と柊ちゃんが満更でもない様子で腕を組んだ。頼りになる、だなんて。私そんなこと言ったただろうか。

「戸田さん、よかったらお茶どうぞ」

急須に手をあてがって、空になっていた湯呑みにお茶を入れる。私の分まで入れようとしていたから、いいよ、と断る。

今日の飛鳥くんは愛想がよすぎる。

というか、胡散臭《うさんくさ》い。

徹頭徹尾、柊ちゃんに対して丁寧な姿勢を崩さない。丁寧というか、私に対してよりも、さらにもうひと猫かぶった感じ。敵意というより不信？　意見はありがたく頂戴しますが、それはそれとして、間合いには入らせません、と態度が告げている。

人選ミスったかなと思いながらも、まあいいか、と気づかなかったことにする。どうせ今日一日のことだし、波風立てるような態度ってわけでもない。

プリントアウトした収支案を眺めていた柊ちゃんが、コースとリターンの箇所にボールペンでぐるりと丸をつけた。

「これさ、三千円のコースで三往復のリターンにしてるけど、五千円ぐらいに上げてもいいと思う。その代わり、〝三往復〟って書き方じゃなくて、〝三回手紙を出せて、三回返事がくる〟って感じで書く。そうすれば、六回分で五千円って印象を与えられるんじゃないか？」

「一往復につき千円のほうがわかりやすくない？」

「逆だよ。わかりにくくするんだ。割ったときに、一回あたりの単価がパッと計算しにくいほうがいい。六回のやり取りで五千円なら、一回あたり八百円ちょっとか……で、千円切ってるってことだけわかるだろ。やっぱりさ、千円ってひとつのラインなんだよ。単純に割ったとき、ここを超えるかどうかで印象も判断も変わってくる」

なるほど、と飛鳥くんが赤線を引き、各コースを修正していく。

「なら、一万円のコースが六往復、一万五千円が九往復で、二万円コースで十二往復ってとこですかね。リターンが軽めの応援コースも、もう少し額上げます？」

「千円コースはリターンなしでいいんじゃないか？　気持ちだけ、ってコースもあっていいと思う」

「じゃあ、千円はリターンなしで。二千円は〝鳥と港〟のステッカーとして、三千円コースにはプラスで何をつけるか……」

「お礼の手紙とかどうかな？　お返事は受けられないけど、私か飛鳥くんがお礼の手紙を書くの」

「いいと思う。応援コースだから、そのぐらいのリターンで充分だよ」

三人であれこれ言いながら書き込んでいくと、紙がぐちゃぐちゃになってきた。もう一枚プリントアウトして、書き直していく。

「これ、コースごとにざっくりでいいから人数の設定しといたほうがいいな。定員っていうより、あくまで想定で。それさえ決めれば、目標額と経費が出せる。文通の経費……って、どういう感じ？」

「思いつくのは、便箋代、事務用品代、切手代、レンタルポスト代、ぐらいかな」

「あとはクラファン自体の手数料もじゃないですか？」

「あ、そうだ」

「オッケー。なら、雑費も入れとこう。なんやかんやで色々かかってくるだろうから。あと、便箋って、どういうの使う想定？　俺あんま手紙とか書かないから、相場がわかんないんだけど」

飛鳥くんと顔を見合わせる。

安いものなら百円ショップでも買える。でも、私たちが普段使っているのは、文具店や雑貨屋さんで売っているような、デザイン性にこだわったものだ。『鳥と港』の活動でも、そういったものを使うつもりでいた。

そう言うと、柊ちゃんは、うーん、とペンを回した。

「コスト抑えられるとしたら、ここなんだよな。切手やレンタルポスト代は動かしようがないし。でも、文通って、そういうのが大事なんだろ？　俺はしたことないからわからないけど、手紙を書く人って、便箋や封筒はこだわりがあったほうが嬉しいんだよな？」

「それは、まあ、そうだよね」

「あすかさん」と文通していたとき、毎回どんな便箋と封筒で手紙がくるのか楽しみだった。どんなものを使うか悩むのが楽しかった。花柄？　幾何学？　レトロ？　ポップ？　シンプル？　活版？　透かし素材？　箔《はく》押し？　次は何で書こう。受け取った相手を、一瞬でときめかせられるような、素敵なものがいい。ペンは万年筆？　ガラスペン？　インクは何色を使おうか。にじませないよう、でも丁寧に。紙の風合いに合わせて、書く速度を変えてみたり。封筒はどうやって閉じる？　シーリングワックスもありだし、とっておきのシールや、マスキングテープもあり。切手も、普段使いはもったいなくて取っておいたような、記念切手を使ってみる。

どんな便箋に、どんなインクのペンで書き、どんな封をするのか。選ぶこと、組み合わせることも含めて文通だ。できれば、細部までこだわりたい。でも、こだわり始めたらキリがない部分でもある。一度使った便箋は同じ相手に使いたくないとか、そういうことも言ってられない。どこかでラインを引かないと。世の中にある、無数の素敵なレターセットの中から、ちょうどいいものを選ぶ必要が――。

あ、と声が出た。

「オリジナルにすればいいんだ」

飛鳥くんが、ぱっ、と顔を上げた。磁石で引かれ合うみたいに、視線がすっ、と引っ付く。

それだ、と飛鳥くんが力強く言った。

「既存のものを使う必要なんて、ないんですよ。なんのデザインもない、シンプルな白い便箋を〝鳥と港〟の便箋に変えればいい」

「そう！　それなら安くて済むし、統一感も出せる。〝鳥と港〟のロゴを作って、便箋に箔押し……はお金がかかるか」

「スタンプで代用しましょう。でも、封はシーリングワックスでしたいなあ」

「あー、わかる。めっちゃしたい。そこは外せない気がする。マステでもいいけど、そこはやっぱりシーリングワックスだよね。ロゴはどんな感じにする？　鳥と港でしょ？　イラストも要るかなあ」

「ワンポイントで欲しいところですよね。みなとさんってイラスト描けます？」

「や、どうだろ。あんまり描いたことないかも。飛鳥くん、紙取ってもらっていい？」

「どうぞ。俺も美術はあんまり自信ないけど……こんな感じとか？」

「おっ、味があっていいかも。あ、それならさ――」

「待て待てタイム！　ストップ！　いったんロゴの話はそこで終わり！　まだ収支の話の途中だから」

制止の声に、あ、そうか、と我に返る。完全に柊ちゃんを置き去りにしていた。頬が熱くて、ぱたぱたと手であおぐ。飛鳥くんの頬も、少し紅潮していた。

電卓を叩いて、目標額を算出していく。各コースの想定定員がフルで達成されれば二百万円。は、おそらく難しいから、百五十万円を目標にする。私と飛鳥くんの一日あたりの仕事量は、フルで達成されてしまった場合を想定して計算。最大、半年で千二百通だから、ひとりあたり、月に百通。二十日稼働するとして、一日に五通。これならいける。実際はもう少しばらつくだろうが、これだけ余裕をもたせていたら、返事が滞ることはないだろう。

「あとは、プロジェクトを魅力的に見せるガワの話だな。肝心なのは文章だけど、このあたりは春指の得意分野だから、俺が口出すところはないと思う。そんで写真か。ふたりの写真って、どういうのを載せるイメージ？」

柊ちゃんが編集ページの写真掲載部分をトントン、と爪で叩いた。

プロジェクトの説明ページには、概要や、コース、リターンの詳細以外にも、写真や動画を載せる部分がある。編集マニュアルにも、なるべく画像を入れたほうがいい、と書いてあった。

「そもそもさ、私たちの写真ってやっぱり載せないとダメかな？」

「まあ、あったほうがいいとは思うよ。この人と手紙をやりとりしたいかの判断材料にもなるし。春指はあんま顔出したくない？」

「や、私はいいんだけど。飛鳥くんが……高校生だしな、と思って」

「高校生!?」

柊ちゃんがタブレットから勢いよく顔を上げた。

「てっきり大学生だと思ってた。えっ、まじで高校生？」

「みなとさん、言ってなかったの？」

「……言うの忘れてた。ごめんね」

できるだけ意味を持たせないよう、軽く謝る。

ごまかせるかと思ったけど、だめだった。

飛鳥くんは、一瞬、はっとするほどはっきりと、傷ついた表情を見せた。大きな目が、悔しそうに歪《ゆが》む。あ、と私が声を漏らした瞬間、何も言わず、ふい、と目を逸《そ》らした。

飛鳥くんが高校生だということ。

言い忘れてたんじゃない。あえて伏せていた。できれば伏せたままでいきたいとも思っていた。柊ちゃんに、おままごと、みたいに思われたくなくて。

「そっか、高校生かあ。法律的にまずいのかな？　いやでも、起業してる子とかもいるんだっけ。大丈夫か。飛鳥くん、可愛い顔してるし、顔出してくれたら、若い女の子とかも食いついてくれるんじゃないかな」

「柊ちゃん、それは」

「いいですよ」

飛鳥くんがかぶせるように言った。

「俺はいいですよ、顔出しても」

「でも」

「そのほうが、クラファンの成功率も上がるんでしょ？　なら、出さない手はないですよ。やれることは、全部やりましょう」

ね、と笑う。何事もなかったかのように、涼やかに。

胸がつまる。

私、覚えておかなくちゃいけない。これから行動を共にする大人として。この子のプライドと、聡《さと》さと、哀《かな》しいほどの器用さを。

返事が気に入ったのか、柊ちゃんが「わかってるね飛鳥くん」と朗らかに称《たた》え、頷いた。

「強い分野とか、得意なこととか趣味とか、書けるものはじゃんじゃん書いていこう。こういうのって、まずは目に留まらないと始まらないから。そういや、みなとって日本語以外もいけるよな？英語とか」

「あ……うん」

「英語以外は？」

「フランス語も手紙なら辞書引いて対応できると思う」

「じゃ、それも書こう。ことばの商売なんだから出し惜しみはナシだ。あ、ＳＮＳのアカウントも作っとけよ。今の時代、どれだけ拡散してもらえるかがカギなんだから」

写真どこで撮ろうか、と柊ちゃんと飛鳥くんが肩を寄せて話し合い始めた。

拡散、ハッシュタグ、印象、アピール、共感。

「春指？」

聞こえてきた言葉に、胸が騒ぐ。なにか、大切なものを見落としている気がする。

「なんでもない」

気のせいだ、と言い聞かせて、ペンを握った。

4

　おとといから降り続く雨は止《や》みそうで止まない。雨雲で塞《ふさ》がれた瓶の中にいるようだ。坂の上に位置する森本家に行くときは、替えの靴下を持っていくのが習慣になってしまった。梅雨入り前に買い換えたレインブーツは、左足のつま先にほんの少しだけ違和感があって、でもデザインが気に入ったから気づかないふりをして買った。結局、痛くて履けていない。

　連日の雨にもそろそろ飽きていたが、森本家の庭となると話はべつだ。濡《ぬ》れそぼる石灯籠《いしどうろう》や敷石、本来の色が滲《にじ》み出ているような色濃い庭木。手水鉢に跳ねる雨粒。いつまでも見ていられる。

「どうぞ」

　飛鳥くんが盆を卓に置いた。湿った雨とい草の匂いを割るように、爽やかな笹の香りが立った。

「ちまきって五月以外でも手に入るんだ」

「どうなんですかね。基本は季節商品だと思いますけど。うちは駒屋《こまや》さんに頼んで作ってもらってます。実の好物なんで」

　さらっとすごいことを言う。

　笹をめくり、はむ、とひと口食べる。口に吸いつくようなもちもちのちまきは噛むごとに甘みが増していく。笹の豊潤な香りが鼻に抜けた。うま味の効いた温かい緑茶を合わせて飲むと、胃がほっと落ち着く。向かいの飛鳥くんが頬をふくらませながら二個目に手を伸ばした。

こうやって森本家の和室で美味しいお茶請けを食べながら話すのにも慣れてしまい——いやいや、と湯吞みを置いた。

「違うんだよ。伸びてないんだよ」

「ちまきは伸びないと思いますけど」

「ちまきの話じゃなくて。クラウドファンディング！　今日はその話をしに来たんだって」

座卓を軽く叩く。そういやそうでしたね、と飛鳥くんがしれっと言った。危なかった。また菓子だけ食べて帰るところだった。

もう六月も半ばだ。五月の終わりにクラウドファンディングをスタートさせて、二週間が経った。支援目標額の百五十万円に対して、今集まっているのが十万程度。

内心、ちょっと期待していた。もしかしてあっという間に目標が達成されるんじゃないかと。こういうプロジェクトを待っていた、という声がたくさん寄せられるんじゃないかと。

期待にふくらんでいた胸は、開始三日をすぎる頃にはぺしゃんこにつぶれていた。

「どうしようかねえ」

『鳥と港』のプロジェクト紹介ページを開く。青空の下、感じよく笑った私と、白い壁を背にクールな表情を浮かべた飛鳥くんが思いの丈を語っている。

『シンプルに、目に留まんないと始まらないから』

柊ちゃんが私たちに授けたアドバイスはこうだ。

とにかく初めは手当たり次第たくさんの人をフォローして、ＳＮＳのフォロワー数を増やすこと。

とくに、ライフスタイルや読書系のインフルエンサーをフォローしている人たちに存在をアピールすること。毎日何かしら発信すること。トレンドワードと紐づけた投稿をすること。なるべく写真を載せること。ハッシュタグを活用すること。そして最も大事なのが、友だちや知り合いに連絡を取って拡散をお願いすること。

このアテンション・プリーズの時代において、どれもこれも大切なのはわかる。だけど弱ったことに、私も飛鳥くんもその手のことが苦手、というか、できればやりたくないと思っている。

価値観が似ていると、こういうときに困る。やりたくないことを、嫌だよね、やりたくないよね、で終わらせてしまう。

「みなとさんって、大学院でなに勉強してたんだっけ？　身体表現の研究ってどういうこと？」

同じく自己紹介のページを見ていた飛鳥くんがつぶやいた。『大学院では身体表現を研究していました』という箇所を指している。

「ものすごくざっくり言うと、ダンスかな」

「ダンス？　踊ってたの？」

「ううん。身体表現としての踊りを学問として研究するイメージ。ええっと、身体論ってわかる？　人間の身体をどうとらえるか、みたいな感じ。〝演じる身体〟や〝踊る身体〟を、いろんな地域の、いろんな種類の踊りの中から考察していく、みたいなことをやってた」

自分の専攻について久しぶりに人に説明したが、やっぱりちょっと苦手だ。大学院時代も、論文を書くのは嫌いじゃなかったけれど、発表がとにかく苦痛だった。研究者の道を考えなかったのはこれが大きい。私の中で、書きことばと話しことばの距離は億光年ほど離れていると、大学の六年をかけてようやく気づいた。

「なんでそれやろうと思ったの？　ダンスが好きだったとか？」

「や、ダンスはむしろ苦手で嫌いだった。小学生のとき、運動会のダンスがひとりだけ全然できなくてね。周りの子たちが、当たり前みたいに先生の動きを自分の体で再現できてるのが不思議でしょうがなかった。リズムにのる、って感覚もわからなかったし。どうして私はできないんだろうって疑問に思ったのが出発点だったの。そこから、プロのダンサーの動画とか舞台を見るようになってハマっちゃった感じ」

へえ、と飛鳥くんが目を見ひらいた。

「みなとさんって、〝できない〟から新しく始められる人なんだね」

「〝できない〟から新しく？」

「そうじゃない？　勉強でも運動でも、できないことは大概いやになって避けるか、無理に克服しようとするかの二択じゃないですか。そうじゃなくて、みなとさんは距離を保ったまま、まったく新しい出発点に立ってる。仕事のことにしたって、文通屋をやろうって言い出したのは俺だけど、俺が言ってなくても、いずれ何かしら見つけてたと思いますよ」

飛鳥くんがさらりと言った。

「できない」から新しく、なんて。そんなたいそうなことはしていないのに。

飛鳥くんは本当に褒め上手だ。そして躊躇がない。ちょっと気恥ずかしいぐらい。

「なんで自己紹介にそれ書かなかったの？　さっき俺に説明してくれたみたいに、もっと詳しく書けばいいのに」

「でも、ここに興味持つ人そんなにいない気がするけどな……ちょっと専門的な話になっちゃうし」

「誰も興味ないだろうって最初っから閉じてちゃ、アクセスしようがなくないですか？　身体論の話がしたくてたまんない人とかもいるかもしれないですよ？　門外漢の俺でも、動機の話とか聞いてておもしろかったし」

「そう？」

「です」

ふむ。

柊ちゃんには「共感」と「思い」を最優先にと言われたから、専門分野の話は分量的にも抑えていたのだが。

「もっかい、ここ見直そうかな」

「そうしましょ。みなとさんって掘れば掘るほどお宝が出てきそうな気がするんだよなあ」

ピアスを外しながら飛鳥くんが言った。わしゃわしゃと髪を掻き、前髪の分け目を変えた。おでこが見えて、少し大人っぽく見える。

「自分じゃ普通のことだから、たいした価値はないって思ってそう。相当おもしろいこと、ほかにも山ほど隠してんじゃない？」

「ええー、隠してることなんか……あっ！」

リュックを引き寄せて、内ポケットに入れたファイルから封筒を取り出す。

「忘れてた！　これ見せようと思ってたんだ」

「なに?」

「手紙! 入ってたの、郵便箱に」

「はあ。え、ん? どういうこと?」

飛鳥くんがピアスを卓上に置いて、向かいから隣に移ってきた。茶色い封筒に入った手紙を取り出して見せる。

「私たちが手紙のやりとりしてた郵便箱あるじゃない? みふね公園の」

「うん」

「私ね、あそこに手紙を入れてたの。飛鳥くんの真似して。そしたらこの前、返事が入ってたんだよ。二、三回やりとりしたんだけど、せっかくなら飛鳥くんもまざって……って、どんな顔? それ」

えらくジトッとした目をしている。頬杖をついて、うわきだ、と言った。

「みなとさんのうわきもの」

「ええ? いや、浮気って……」

「なんつーか、一緒に過ごそうねって購入した別荘に愛人連れ込まれてたときの気分」

「経験者? 喩《たと》えが十代のそれじゃないよ」

ぶっ、と笑うと、飛鳥くんも「うそうそ」と相好を崩した。

「やるじゃん、みなとさん。俺、あそこにもっかい手紙を入れる発想はなかったわ。なに? 俺もその文通まぜてもらえるんですか」

「うん。ゲンさん、あ、ゲンさんって言うんだけど、ゲンさんもよろこんで、って。ほら」

手紙を開いて見せる。飛鳥くんが覗《のぞ》き込んできた。

みなとさん
どうも、ゲンです。書くのが遅くなりました。お手紙ありがとうございます。忙しいところすみません。この前、袋に入れ忘れてしまいすみません。昨日の雨で思い出しました。濡れてたらごめんなさい。次から気をつけます。あすかさんも書いてくれるのですか。ありがとうございます。ごめんどうじゃないですか。僕は嬉しいです。手紙を書くと、しゃべっとる気がします。ジロは話せんので。子供らもよく会いに来てくれますが。おかげさまで生活には困っとりません。隣近所の人らも優しい人が多いです。……

「年配の方?」

「たぶんね」

文字から手元の震えが伝わってくる。潰れているところもあって少し読みにくいけれど、丁寧に書いてくれていることが伝わる文字だ。

「ジロっていうのはペット?」

「うん。柴犬だって。今度、今までの分の手紙も持ってくるね。返事は今書いちゃう?」

「そうしよ。便箋はあります?」

「ごめん、持ってきてない。飛鳥くんのやつ使ってもいい?」

「いいよ。持ってくる。つか部屋来てもらったほうが早いか。ついでにペンとインクも選んでいって」

飛鳥くんの後について二階に上がる。

やっぱりというかなんというか、飛鳥くんの部屋は私が想像していた高校生のひとり部屋ではなかった。

まあ、広い広い。書斎と同様、余っていた部屋をぶち抜いたらしく、入口からざっと見た感じ二十畳近くありそうだ。突き当たりの大きな窓からは、手紙に書いてあったとおり町の向こうの海が見える。視界をさえぎるものはなにもない。この空間でのびのび育ってきた体にとって、学校の教室はさぞや窮屈だろう。割り当てられたスペースで起立、礼、着席。チャイム通りに移動して、号令に合わせて動くストレスたるや。

飛鳥くんに手招きされて、中にお邪魔する。

体全部が埋もれてしまうほど大きなクッションが浮島のように二、三個置かれているのと、ベッド横に設置された六畳ほどの小上がりのせいで部屋というよりリビングにいる感覚になる。

飛鳥くんがアンティーク調の小さな箪笥《たんす》の前で腰を下ろした。

「いいね、これ」

左右に分かれた抽斗《ひきだし》が八つ。真鍮《しんちゅう》の把手《とって》に赤いタッセルがぶら下がっている。

「いいっしょ。緑地公園の蚤の市で一目惚れ。ほんとは薬箪笥探してたんだけど、こっちのほうが物入れやすいかなって。便箋どれにします？」

下の二段を開けて、ごそっと便箋を取り出した。

植物の柄がワンポイントで入ったシンプルなものから、装飾写本を模したきらびやかなものまで。

候補を文机に並べて、銀線で縁取りされた和紙っぽい便箋に決める。私は紺青のインクで、飛鳥くんは檜皮《ひわだ》色のインクで。それぞれ返事を書き、パール調の封筒に入れて羽根のシールで封をした。

「いいかんじだね」

「うん、いいかんじ」

ふふ、と笑い合う。

飛鳥くんが便箋と封筒を抽斗に戻して、クッションを引き寄せた。みなとさんも、と勧められ座椅子の形をしたクッションに身を埋《うず》める。

「こんなおもしろいこと黙ってるんだもんな、みなとさん。なんで郵便箱に入れた段階で教えてくれなかったんですか」

「どうせなら進展があってから報告したいなって。それに今日はちゃんと言うつもりだったよ」

「俺が訊かなきゃ忘れてたくせに」

鋭い突っ込みに、まあまあと笑って濁す。

「飛鳥くんこそ、なにかおもしろいこと隠してるんじゃないの？　ほら、思い出して」

「ないと思うけどなあ……」

「趣味とかハマってることとか」

「趣味は読書に散歩に美術館巡り……洋服見るのも旅行も好きだけど、これは自己紹介で書いてるしなあ。最近はまんまるのホットケーキ作るのにハマってる……これも書いてるな」

「じゃあ特技とか最近起こった出来事とか」

「うーん……あ、実はY字バランスができる」

「えっ、なにそれ」

「むかし柔軟にハマってた時期があって。今もなんとなくストレッチ続けてるんです。ほら、百八十度開脚も」

クッションから起き上がり、そのままぺたーっと脚を広げた。

「すご！　それこそ紹介ページに書いとこうよ」

「特技は百八十度開脚です、って？」

「うん。柔軟をがんばりたい人が文通申し込んでくれるかも」

「すげえニッチな需要狙うじゃん」

じゃああれも。じゃあこれも。

どんなくだらないことでも、いいじゃん、と称え合いながらお互いの「隠し玉」を明かしていく。

盛り上がれば盛り上がった分だけ、その後の沈黙がしんみりとしたものになってしまった。

「……達成できないかなあ」

クッションからずるずるとずり落ちる。天井が遠い。

「やっぱり、お金を出してまで私たちと文通したい人なんていないのかな」

ごろん、と寝返りを打つ。飛鳥くんが口に手を当て、「いや」と言った。

「というより、必要としている人のところにまで届いてないって感じじゃない？」

「拡散希望？」

「……拡散希望」

はあ、と溜息が漏れる。

「達成しなきゃ始まらないから、やらなきゃいけないのはわかってるんだけどね。知り合いに手当たり次第に声をかけて、活動を広めてもらって。でも、それって〝友だちだから〟拡散してくれてるわけだよね。本気の本気で、〝いい〟と思ってシェアするんじゃなくて、頼まれたから、義理で」

私のつぶやきが、独り言のように広い部屋に響いた。飛鳥くんは相槌《あいづち》も打たなかった。

何がこんなに引っかかっているのか。気づかないふりをするのも限界だ。私たちはたぶん、「きれい」に目標を達成したいのだ。

必要としている人たちに心の底から望まれた結果、クリーンな状態で『鳥と港』の活動を始めたい。

『鳥と港』の活動に興味がない人に本意じゃないことをさせるなんて、「きたない」ことはしたくない。

文明から離れるために無人島で暮らすのに、そこにたどり着くためにはモーター付きの船を使わなくてはいけない。それが嫌で、海の向こうの島を海岸からいつまでも眺めている状態だ。

『飛鳥くんが現役の高校生ってのは強みだよ。学校の友だちにも協力してもらえるし。十代は購買力的にメインターゲットにはならないかもだけど、拡散力は抜群にあるし。がんばってね、飛鳥くん』

あのときの飛鳥くんの、なんとも言えない表情。

柊ちゃんは飛鳥くんが学校に行っていないことを知らない。そこで私が出しゃばって「釈明」するのも違う気がして、スマートに庇《かば》ってあげられなかった。

飛鳥くんは「わかりました」と言っていたけれど、学校で仲良くしている子がいたとして、飛鳥くんがその子に「お願い」をするとは思えない。

よし、と起き上がる。

「大丈夫。あと四、五日様子見てさ、動きがなかったら私がやるよ。大学時代の知り合いとか、それなりに人脈はあるから。ここは私が大人としてちゃんとがんばる。飛鳥くんは心配しなくていいよ」

ね、と元気づけるつもりで言ったのに、当てにしていないのか、飛鳥くんが「はあ」と曖昧な返事を寄越した。

このままクラウドファンディングが成功しなかったら。もちろん、私もかなしい。でも、年齢の分、色々失敗もしてきたし、世の中上手《うま》くいかないこともそれなりに知っている。だから、飛鳥くんよりはまだ、割り切って受け止められる。

飛鳥くんはそうはいかないだろう。年頃の子だ。尾を引く傷になるかもしれない。あの瞳から光が消えるところは、できれば見たくない。少々のがまんは、大人の私がするべきだ。

＊

ゲンさんへ
お元気ですか？　みなとです。お返事が遅くなってしまいすみません。長雨もあってなかなか投函できず。ようやく梅雨が明けましたね。私はさっそく、風鈴をカーテンレールに吊しました（まだ少し早いですかね？）。ちりんちりんという、涼しげでかわいい音が好きで、毎年ついつい早めに出してしまいます。暑く、酷な季節ではありますが、できるだけ親しみをもって、夏を迎え入れたいと思います。

さて、今回はご提案の手紙です（私とあすかさんからです）。

前回のお手紙で書かれていましたが、腰を悪くされたとのこと。もしよければ、今後は郵便で送り合いませんか？　普段の生活は息子さんやお孫さんにも助けてもらっているとのことですが、これからの季節、みふね公園まで歩いていくのも体に障るでしょうし、郵便箱もかがまなくてはいけない位置にあるので。

お伝えしていませんでしたが、私とあすかさんは『鳥と港』という活動をしています。かんたんに説明すると、文通を必要とされている方とお手紙を送り合うお仕事です。

ゲンさんさえよければ、今から書く宛先に――。

突然の振動にペンが止まった。

サイドテーブルに置いた携帯が震えている。表示されている名前は柊ちゃんだ。めずらしい。平日の昼間にどうしたんだろう。

でも、今はゲンさんに手紙書いてるしなあ。

ごめん後で、と無視して続きを書こうとしたけれど、一向に鳴り止まない。緊急事態だろうか。

「はいはい。どうしたの」

『春指！　今すぐ送ったＵＲＬ開け！』

途端、柊ちゃんの大声が耳をつんざいた。耳から離して、スピーカーモードにする。

送ったURL?

通話状態のまま、柊ちゃんから届いていたメッセージを開く。リンク先に飛んで、息を呑んだ。

〈息子の飛鳥です。このたび文通屋を始めるそうで。ひとつよろしくお願いします〉


森本先生の公式アカウントが、『鳥と港』のURLとSNSアカウント、飛鳥くんと森本先生の写真付きのメッセージを投稿していた。

写真の場所は私もよく知っている和室で、前面には和服姿の森本先生が、その後ろには飛鳥くんが映っている。日付は昨日の夕方だ。

『飛鳥くんが森本実の息子だって春指知ってたか?』

「知ってた、けど……」

『なんでこんな強いカード使わなかったんだよ! 森本実の息子でしかも顔出し、ネットで騒ぎになってるぞ!』

柊ちゃんが興奮気味にまくし立てる。携帯の画面から唾が飛んできそうな勢いだ。

なんで、ってそれは。

飛鳥くんが嫌がるに決まっているからだ。森本先生のネームバリューに頼るなんて手段、提案どころか発想すらなかった。

『微妙な立場なんですよ俺。ベストセラー作家の子どもが文通屋ってできすぎでしょ。親の背中見て育ってるんだね、感？　そういうの鳥肌っていうか』

乱暴に二の腕を掻いていたところまで、はっきりと覚えている。

おそるおそる、『鳥と港』のアカウントにログインする。フォロワーが信じられないほど増えている。トレンドには「森本実」「森本先生」が入っていて、反応を追いかける。「イケメン」「可愛い」「似てる」「似てない」「母親だれ」「父親のほうがイケメン」「勝ち組」「親の七光り」「森本じゃん」「こいつ不登校」

衆人環視の広場にどんと押し出された感覚に、思わず唾をのむ。

『これ、すぐに目標達成するぞ。ていうかもう百五十万は絶対いく。上限って二百万までだっけ』

「うん、たしか、そう」

『くそっ、もっと上に設定しときゃよかったな』

柊ちゃんが悔しそうな声を出した。今からでも、と何か言い続けているが耳に入ってこない。

森本先生が載せている『鳥と港』のクラウドファンディングのページに飛んで、ぎょっとする。

もう百二十万ほど支援が集まっている。

たった一日で、これ？

柊ちゃんとの通話を半ば無理やり切って、飛鳥くんに電話をかける。通話中で出ない。着替えて家を出る。何度も行き来した道を全速力で駆ける。汗が止まらない。いや、汗はずっと出ている。

家を出る前からずっと。

森本家に続く坂道を上ろうとしたところで、飛鳥くんから折り返しがかかってきた。

『ごめん、電話してた。なんか用？』

のんびりした声だ。おそらく、何が起こっているかわかっていない。やっぱり、と確信を強める。

「飛鳥くん今家にいる？」

『いますけど』

「今向かってる」

『俺んちに？　なんで？　みなとさん今どこ？』

「もう坂上ってる。会える？」

『会えますけど……』

通話中にしたまま、一気に坂を駆け上がる。

上り終えたところで、携帯を耳に当てた飛鳥くんが玄関から出てきた。

「みなとさん、どうしたの急に」

言うことを聞かない心臓に酸素を与えて、なんとか言葉を絞り出す。

「森本先生、いる？」

「実？　いるけど。えっ、ていうか俺じゃなくて実に会いに来たの？」

しかめつらの飛鳥くんを無視して、お邪魔します、と乗り込む。今はそこをフォローしてる場合じゃない。

「森本先生、どこ？」

「縁側で昼飯食ってる」

森本先生は庭を見ながら蕎麦を啜っていた。半袖のTシャツにスウェット姿で、今日は眼鏡もかけていない。

「あれえ、みなとさん。やだー、来るなら言ってよ。待ってね、すぐ着替えるから」

「どういうことですか」

「うん？」

「今、ＳＮＳで大騒ぎになってる件です。あれ、森本先生自身が投稿されたものですよね」

「あー、あれね。うん、僕がやったよ。どう？　目標金額達成した？」

にこにこ笑う森本先生にくらくらする。

なんてのんきな。事の大きさをまるでわかっていない。

「森本先生、ご自身にどれだけ影響力があるかわかってますか？」

「やだ、照れるじゃない。そんなに反響あった？　僕もまだまだ捨てたもんじゃないなあ」

嬉しそうに頬を掻いている。

だめだ。とことん噛み合わない。落ち着いて話そうと思っていたが埒《らち》があかない。

携帯を取り出して、森本先生の鼻先に突きつける。

「見てください。この反応の数。これだけ多くの人が、飛鳥くんの顔を知ってしまった。飛鳥くんに対して、良識も分別もなく、好き放題にコメントしてる。どうして写真まで載せたんですか？　飛鳥くんの許可も取らずにこんなこと……！」

森本先生が添付していた写真。あの飛鳥くんはどう見ても振り向きざまに撮られている。森本先生の気まぐれがこの事態を引き起こしている。考えが足りなかった、では済まない。

「すぐに消してください。もう間に合わないかもしれませんが、これ以上の拡散は防ぐべきです」

携帯を握る手が震える。

森本先生は箸を持ったままぽかんと口を開けた。切れ長の目を大きく開けて、石像のように固まっている。感謝されこそすれ、責められるとは思っていなかったのだろう。私だって、厚意でしてくれたことをこんな風に責めるのは心苦しい。

先生、ともう一度苦い声で呼びかける。声に呼応して、森本先生が何度かまばたきした。そしてその直後、ぶふっ、と噴き出し、あっはっはっ、と大笑いしはじめた。

「なにを、笑って」

「なるほどね、みなとさん、それで乗り込んできたんだ。すごいねえ、過保護だねえ。僕より親じゃない。ねえ、飛鳥」

視線を感じて振り返ると、ぶすっとした表情の飛鳥くんが背後に立っていた。心なしか耳が赤い。

「あのね、僕は飛鳥に頼まれてやっただけだよ。〝鳥と港〟を宣伝してくれっていう息子の可愛いお願いに応えただけ」

「えっ」

「もー、笑わさないでよ。鼻からお蕎麦出ちゃうかと思った」

あー、くるし、と胸を叩いている。

「じゃああの写真は」

「さすがに並んでツーショットは嫌だったんだよね、飛鳥。あれならまだ許せるって言うから載せただけ。僕が勝手にやったわけじゃない。わかった？　モンペのみなとさん」

愉快そうに言って、ずずーっ、と音を立てながら蕎麦を啜った。

「飛鳥くん、なんで……。あれだけ嫌がってたのに」

先生と飛鳥くんを交互に見る。

はああ、と大きな溜息を吐《つ》いて、飛鳥くんががしがし頭を掻いた。

「みなとさん、大げさ。〝拡散希望〟でしょ。考えたら、身近にひとり拡散力あるやついるじゃんと思って」

「でも」

「俺は俺にできることやっただけ。問題あります？」

飛鳥くんが肩をすくめた。

その態度に、「ほんとに、ちゃんと見た？」という言葉が喉元まで出かける。

飛鳥くんの名前と顔が物凄《ものすご》い勢いで広まって。見たことも会ったこともない人に好き勝手言われて。

いや、飛鳥くんはまだ十代だ。私がもっと、きちんと考えておくべきだった。飛鳥くんが思い詰める前に、私がケアしておくべきだった。柊ちゃんから顔出しを提案された時点で、やめさせておくべきだった。森本先生という爆弾が、頭からすっぽり抜け落ちていた。

それにどこか、舐《な》めてかかっていた。自分たちのプロジェクトなのに、この程度のものならそんなに拡散されないだろう、と低く見積もっていた。

「あのさ、もうちょっとよろこんでくれてもよくない？〝鳥と港〟の紹介ページ作るときもそうだったけど、みなとさん、重く考えすぎっていうか。俺は顔出しってそこまで抵抗ないし」

飛鳥くんが困ったように眉尻を下げた。

「抵抗あるかどうかは関係ないよ。飛鳥くんはまだ若いから事の重さが」

「いや、みなとさんいくつよ？　人生二周目みたいな物言いすんのやめて。あと、劇画調の顔も」

とりあえずここの力抜いてくんね、と人さし指で眉間をつついてきた。

「あのね、みなとさん。勝手にストーリー作んないでください」

「ストーリー……」

「〝目標達成できなそうで大ピンチ！　みなとさんは頼りにならないし、本当は嫌だけど、ここは俺が自分を犠牲にしてがんばらなきゃ〟みたいな。どうせそんなとこじゃない？」

言い当てられて返しに困っていると、「あ、達成したよ」と森本先生が携帯を振った。飛鳥くんがよっしゃ、と無邪気にガッツポーズを取る。

「実、たまには役に立つな」

「たまにはって何よ。著名なお父さまがいて飛鳥くんもさぞや鼻が高いでしょう」

「ひとこと多いんだよなあ。ま、でも今回はサンキュー。助かったわ」

ふたりがテンポよく和気藹々《あいあい》と話す中、私だけ場違いなぐらいシリアスなテンションだ。

肩に入っていた力が、徐々に抜けていく。

「……ほんとに？　嫌じゃなかった？」

おずおずと訊ねると、「しつこい」と飛鳥くんが半目になった。

「だって、森本先生の子どもだってバレちゃったんだよ」

「それは正直恥ずかしくてたまんないけど」

「ちょっとちょっと、ふたりとも流れで僕を刺すのやめない？　功労者よ、僕」

森本先生の声にはっとする。

「あの、すみませんでした。大変な失礼を」

縁側に近寄って正座する。顔から火が出そうだ。

「森本先生が居住まいを正し、「いいかい、みなとさん」と神妙な声を出した。

「森本家にはね、謝るという概念がないんだ。僕と飛鳥を見ていたらわかると思うけど」

「いや、おまえは謝ることを覚えろ」

「うるさいよ飛鳥。今いい話をしてるんだから。ええっと、だからねみなとさん、今後も森本家に出入りするなら、こんなことでいちいち謝ってちゃいけないよ。神経もたないよ」

「でも……」

「ごめんなさいより素敵な言葉があると思わない？」

完璧なウインクを決められた。間髪をいれず、飛鳥くんがうぜえ、と悪態をついた。

ありがとうございます、と改めて頭を下げる。森本先生が、どういたしまして、とほほ笑んだ。

「ん」

隣に腰を下ろした飛鳥くんからハイタッチを求められ、ゆっくりと手を合わせる。私より少し大きくて骨ばった手。合わせた手をぎゅっと握られた。

「はじまるよ、〝鳥と港〟」

夏の逆光の中、飛鳥くんの目がきらりと光った。

こん、こん、こん、という音が響く。

飛鳥くんが爪で座卓を叩く音だ。

時計の針が時を刻む音。

蟬《せみ》の鳴き声。

長押《なげし》に吊した風鈴が揺れる音。

たくさんの音の中、エンジンの音が聞こえて、飛鳥くんがぱっと体を起こした。私も頬杖を外して中腰になる。

ここか。どうだ。まだ早いか。でも、時間的にはそろそろだ。

呼び鈴が鳴って、ふたり同時に立ち上がった。そのまま和室を飛び出し縁側をどたどたと駆ける。

飛鳥くんはさすがに速い。裸足《はだし》のまま三和土《たたき》に下りて、勢いよくドアを開ける。

門の外で、郵便配達のおじさんが目を丸くしていた。お間違いないですかと差し出された包みの、差出人を確認する。レンタルポストからの転送だ。ついに来た。

受領のサインを書いて、飛鳥くんと小走りで和室に戻る。

クリスマスプレゼントを貰った子どもみたいにバリバリ包装を破りたいのを堪えながら、慎重に包みを開けて、束を取り出す。

「ほんとにきた……」

「きたね……」

束ねている紐を切って、慎重に畳の上に並べる。

厚みも大きさもデザインも違う、三十通ほどの手紙。個性のある手書きの文字で、表面には『鳥と港さま』と宛名が、裏面には送り主の名前と、全国各地の住所が書かれている。

一通、そっと持ち上げる。あなたの指先から、私の指先まで。それぞれの思いが詰まりに詰まった手紙。確かに伝わる重みとぬくもりに、胸が熱くなる。早く読みたくてたまらない。

今すぐ全部の手紙に目を通したい気持ちを抑えて、七月のうちにソフトで作成しておいた指名表を見ながら、私宛てのものと、飛鳥くん宛てのものとを仕分けていく。予想通り、飛鳥くん宛てのものが多い。「どちらでも」を選んだ人は私がすべて引き受けることにした。それでも六対四ぐらい。

表に受理した日を入力すると、返信期限日が自動計算で出てくる。これを見ながら、十日以内に返すのがルールだ。

私宛ての手紙をレターカッターで一通ずつ開け、ゆっくりと目を通していく。

応援していること、文通をしてみたいと思っていたこと、あなたの考えに興味を持ったということ、好きなことや話してみたいこと。すべての手紙の一文一文から、まあたらしいどきどきとわくわくが伝わってきて、手紙を胸に抱きしめたい衝動に駆られる。

斜め向かいから、ふーっ、と大きく息を吐き出す音が聞こえた。

「どうだった?」

「やばい」

飛鳥くんが手で顔を覆っている。

「実へのファンレターみたいなのも混じってるけど」

「うん」

「ちゃんと、俺宛てもある」

「うん」

「すげえ」

声によろこびが滲み出ている。うん、と、自然とやさしい声が出た。うれしいね、よかったね、と背中を叩いてやりたくなる。

「あ、そうだ。ゲンさんからの手紙も混じってたよ」

手紙の束から『横田源造』と書かれた封筒を抜いて渡す。飛鳥くんが顔から手を離した。紅潮した頬に指の跡が白く残っている。

「え、ああ、郵送に切り替えたんでしたっけ」

飛鳥くんが便箋を取り出して座卓に広げた。

みなとさん　あすかさん
ゲンです。手紙は届きましたか。毎日暑いのでジロの散歩は朝早くにしています。ジロが行きたがるので公園にも寄っています。
昨日は近所の神社に行きました。日縄神社です。行ったことはありますか。祭りです。犬は連れて入ったらいけないので、一人で焼きもろこしを食べました。みなとさんとあすかさんはなにが好きですか。子供達はりんごあめが好きでした。よく買ってやりました。真面目でやさしい自慢の子らです。今も親を頼らず立派に暮らしとります。孫らも毎年来ます。じいじ、と慕ってくれますいかを買って待ちます。今年の盆も楽しみです。

「元気そうだね」

「どうします？　ゲンさんへの返事、先に書いちゃいます？」

「うーん、とりあえず〝鳥と港〟の分からいこうか」

ゲンさんへの返事には期限がないし、いつでも書ける。そうですね、と飛鳥くんが頷き、ゲンさんからの手紙をレターケースに入れた。

飛鳥くんの部屋からふたりで段ボールを持ってくる。『鳥と港』のオリジナル便箋と封筒だ。生成りのやわらかい風合いの紙。ロゴをかたどったスタンプは、七月の準備期間中にすべての便箋に捺《お》しておいた。

ふーっ、と息を吐いて、「じゃあ」と目で合図する。

向かい合いながら、私たちはべつの世界にいく。

時計の針が時を刻む音。

蟬の鳴き声。

風鈴の音。

そこにペンを走らせる音と紙ずれの音が加わる。

一通書き終えたところで、こっそり飛鳥くんを盗み見た。

真剣な顔つきだ。手を止めて、逡巡して、また書き始めては手を止めて。自分のことば、記憶、知識、経験、思い出、考えを総動員しているのが表情から窺《うかが》える。

邪魔しないようにそっと視線を外して、私も自分の手紙に戻る。

……はじめまして、『鳥と港』のみなとです。お手紙ありがとうございます。荷ほどきの合間に、ベランダでお手紙を書かれたとのこと。すごく素敵ですね。桑島さんの文章から、そのときの情景や、ベランダに差す光や吹きそよぐ風の匂いまで感じられるようです。

新天地はいかがでしょうか。私も大学のときは家を出てひとり暮らしをしていましたが、その土地の気候や風向きが心と体になじむまで、少し時間がかかったように思います……

……『春の祭典』！　ピナ・バウシュがお好きなんですね（それともベジャールのほうでしょうか？）。ピナ・バウシュであれば、私もヴッパタール舞踊団の来日公演を観に行ったことがあります（そのときは『カーネーション』でしたが。素晴らしい公演でしたが、鳥肌が立ちっぱなしで、翌日はぐったりと寝込んでしまった記憶が）。

それにしても、まさか初めてのお手紙でルドルフ・ラバンの話が出てくるとは！　思いもよりませんでした。ひょっとすると、あかねさんとは研究テーマが近かったのかもしれませんね……

……素敵なお土産ありがとうございます！　アフリカンプリント、大好きです（開けた瞬間、向かいにいる飛鳥くんに見せびらかしてしまいました）。今週また日本を出られるということは、私のお返事が着く頃には、松野さんはもうストックホルムの空の下にいるんですね。湿気のないヨーロッパの夏！　羨ましいかぎりです。さっぱりとした（そして時にとても厳しい）日差しが、町も人も美しく輝かせるベストシーズンですよね。北欧は未踏の地なので、いつか行きたいです。できれば夏至祭のタイミングで。

今まで行ったことがあるのは、パリ、ニース、ウィーン、ハイデルベルク、ロンドン、コッツウォルズ、台北、九龍、シャウエン――と、書き出してみたらヨーロッパが多いですね。短期留学のついでに回った、という感じですが……


和室が茜《あかね》色に染まる頃、どちらともなく、手紙を書く手を止めた。

飛鳥くんが手首をぷらぷらと振った。私も眉間を揉《も》む。

「書きすぎた……」

「何通？」

「九通。みなとさんは？」

「七通。うれしくなっちゃって、つい。明日からは、もうちょっとペース落とそうか」

「ですね。お互い、腱鞘炎《けんしょうえん》にだけは気をつけましょ」

言いながら、飛鳥くんが仰向《あおむ》けに寝転んだ。

「あれも書きたいこれも書きたいってのが多くて自分でもびっくりしてる。三枚以内でってルールだから、がんばって抑えてるんだけど。ぜんぜん足りない」

「ね。夢中になっちゃった」

「あと、けっこう疲れる」

「わかる。自分を丸ごと使うから、消耗するよね。今、頭ぐわんぐわんしてるもん。それと、思ったより漢字出てこなくてびっくりした」

「俺も。漢字ミスって書き直ししまくった。便箋も無駄にしたし、明日からはもうちょい慎重に書くわ」

「私もそれ。ひと文字も間違えないってわりとたいへん」

思いきり伸びをして、腰をぐいっと回したところで、あ、と思い出した。

「しまった。ゲンさんへの返事、書いてなかった」

「明日にしてもいいですか？　ちょっと手が限界」

「だね。そうしよ」

私も横になる。ぬるい風が和室を吹き抜けた。どこか懐かしい匂い。夏の暮れどきの匂いって、どうしてこうも胸をしめつけるのだろう。

長押の風鈴が控えめに音を立てる。汗が少しずつ冷えていく。飛鳥くんは寝息を立てている。お腹が出ているのが見えたから、何かかけてあげないと、と思ったけれど、すぐにまぶたが落ちてしまった。

＊

ゲンさんへ
こんにちは、みなとです。お手紙のお送りありがとうございます。暑い日が続きますね。散歩は朝、大正解だと思います。体と健康を第一に、これからも郵送方式でいきましょう（配達日数の分、すこしお日にちをいただけると助かります）。
私はこの数日、あすかさんと一緒に『鳥と港』の活動に打ち込んでいます。日縄神社のお祭りにも、活動の後にあすかさんと行きました。ちょうどその日が最終日だったようで、ゲンさんに教えてもらわなければ行きそびれるところでした。ありがとうございます。

ゲンさんの手紙を読んでいたら、私も祖父母に会いたくなりました。毎年の夏休み、会いにいくのが楽しみだったなあ、と。近くの川で水遊びをして、お腹が痛くなるぐらい御馳走を食べて、飽きるぐらい花火をして、夢も見ないほどぐっすり眠って。きっとお孫さんたちも、ゲンさんに会えるのを楽しみにしていると思います。とびきりやさしいおじいちゃんに甘えられる夏休み。お孫さんもゲンさんも、お盆休みが待ち遠しいですね。

八月二日　みなと

ゲンさんへ
こんにちは、あすかです。

その後、腰の具合はどうですか？　体力も落ちる時期だし、心配です。あと、熱中症には気をつけてください。水分補給もですが、塩分も大切です。

日縄神社のお祭り、自分もりんご飴買っちゃいました。最後のほうは飽きるってわかってるのに、つい。フォルムがいいんですよね。それこそ、昔はじいちゃんとばあちゃんがよく買ってくれてました。もういい、って言ってるのに、ぶどう飴とかみかん飴も買ってくれた記憶が。二人とももう亡くなってしまったので、自分で買うしかありません。自分で買うりんご飴と、誰かに買ってもらうりんご飴って、味が全然違いますね。

母方のじいちゃんたちはたぶん生きてますが、会うことはないだろうなあ。母が父と結婚してからはほぼ絶縁状態。かけおち、っていうと響きがロマンチックすぎるけど、それに近い状態だったらしいです。猛反対されたみたいで。母親の葬式で一回だけ会ったことがありますが、孫ですとか言える雰囲気じゃなかったから。なので、ゲンさんのお孫さんたちがちょっとうらやましいです。自分もどこかに帰りたいなあ、なんて。

八月二日　あすか

十時ぐらいに森本家に行くと、飛鳥くんはすでに和室にいる。だいたい本を読んでいて、たまに勉強もしている。麦茶を飲み干して、雑談もまじえながら、午前の配達で届いた手紙を仕分けしていく。

レターケースは二人分を分けて用意した。入れておくのは、これから返事を書くものだ。すでに返したものは、ドキュメントファイルに名前の五十音順で入れて保管する。二回目以降の返信は、前回のやりとりを確認してから書き始める。そのために、自分が書いた手紙は必ずコピーを取る。こちらからの返事は、長くても三枚まで。ここまでが、私と飛鳥くんが決めた手紙の返事のルールだ。あとは個人にお任せ。

ノルマもない。十日ルールに則《のっと》って、その日のうちに書き切ったほうがいいと判断した分だけ書く。休憩も配分も自由。ただ、初日は書きすぎて私も飛鳥くんも少し手を痛めてしまったから、夢中になりすぎないよう、お昼とおやつだけは一緒に休憩を取ることにした。

お昼は、私が自分のお弁当を作って持っていくこともあるし、飛鳥くんや森本先生のご相伴にあずかることもある（週に一度、ハウスキーパーの人が来て作りおきをしてくれるそうだ。森本先生が取りたいときは出前も取る）。

おやつの時間は三時。森本家は甘味の宝庫だ。

とろとろの生わらび餅、レモンヨーグルト味のシャーベット、あんず羊羹《ようかん》、葛餅のアイス、中をくりぬいた小夏の丸ごとゼリー。森本先生への手土産や、お取り寄せしたものが日替わりで出てくる（たまに『修業の成果』として、飛鳥くんがまんまるのホットケーキを焼いてくれることもある）。

ひと息入れた後、書きたい人は書く。今日の分は終わり、という人は切り上げて自由に過ごす。

日が傾きかけた頃、一日で書き上げた分の封をしていく。少しコストが嵩《かさ》むけれど、ここだけは封蠟《ふうろう》にしよう、と飛鳥くんと決めた。普通のシーリングワックスだと郵送時に割れてしまうから、専用のグルーガンとグルーワックスで円形を作り、『鳥と港』オリジナルのシーリングスタンプを捺す。出来上がった手紙は私が帰りに郵便局に持っていき、まとめて出す。

雨がひどいときはお休みするし、暑すぎるときは夕方からお邪魔する。書くものが少ないときは、ただ畳の上で寝転がって本を読むだけの日もある。

お休みだけが少し難しい。主に飛鳥くんが。

私は「この日は休み」と決めたら森本家に行かなければいいだけの話だが、飛鳥くんは自分が休むと決めた日でも、私が来た以上は相手をしようとする。かいがいしくお茶を淹れてくれたり、お菓子を出してくれたり。いくら「おかまいなく」と言っても、性分なのか世話をしようとする。

休みの前日に手紙を何通か持ち帰ることも考えたけれど、万が一があってはいけないからやめた。会社に勤めていた頃啓発活動をしていた、個人情報のヒヤリハット事例。社外持ち出しによる紛失を、散々注意喚起してきた立場だ。

結局、休日の過ごし方はもう飛鳥くんに任せることにした。今年は猛暑だ。外に出るにもひと気合い要るし、「遊んできて」と無理に追い出すのも、それはそれで違う気がする。

『鳥と港』をスタートさせて二週間と少し。ペースもやり方も安定してきて、活動はおおむね順調と言える。

春指ーっ、と呼ばれて振り返る。昼下がりの陽炎《かげろう》の中、声の主を探していると、ひときわすらりとした人が人波をかき分けながら時計台まで駆け寄ってきた。もともと細身だが、ノースリーブから伸びる腕は去年の夏に会ったときよりさらに細くなっている気がする。

「ひさしぶり。元気してた？」

ベリーショートに弾《はじ》けるような笑顔がまぶしい。

陽《よう》ちゃんとは学部時代はしょっちゅう遊んでいたが、先に陽ちゃんが文学部を卒業してからは一年に一度ぐらいしか会わなくなってしまった。

「遅れてごめんね。達也《たつや》のお昼作ってて」

「三好《みよし》さん？　陽ちゃんがお昼作ってあげてるの？」

大学時代の陽ちゃんといえば、家事全般が苦手で、とくに自炊なんて絶対にしないと公言していた人だ。

「そ。あいつなんもしないよー？　あ、でも男だからとかそういうんじゃなくてね。単純に仕事が忙しすぎてできない感じ。今日も昼から出勤だし。最近は夜もだいたいあたしが作ってるなー」

「でも、陽ちゃんも仕事忙しいでしょ」

「達也に比べたら全然だよ。あっちはもー、ガンガン出世街道。でっかい案件バンバン任されてて、てっぺん回っても帰ってこられない日とかザラ。あたしのほうが早く家に帰れるし、時間あるほうがやるってなると、自然とあたしになるっていうか。まあ、パートナーってこういうもんなのかな。お互いができないことを補い合って、みたいな」

さばさばとした口調で言った。

じゃあ、陽ちゃんは三好さんに何を補ってもらっているんだろう。そこを掘り下げていいのかわからなくて、そっかー、と適当に返してしまう。

いこ、と陽ちゃんが歩き始め、お店に向かう。陽ちゃんが予約を取ってくれた和食ランチ。大通りから外れたビルの三階にある、穴場的なお店らしい。一緒に食事をするとき、私も一応お店を見つくろうが、陽ちゃんが提案してくれる店にはかなわない。おそらく、場数が違いすぎる。

陽ちゃんは友だちが多い。誰とでもすぐに仲良くなれる子だ。大学時代はインカレサークルの代表も務めていた。頭の回転も速く、ゼミの活動でもよく教授や院生の先輩とやり合っていた。第一志望の大手企業に就職を決めたときは社長になると息巻いていて、私はよく、他の子たちと一緒に「頼もし〜〜マンション買って〜〜」とはやし立てていた。

彼氏の三好さんは同じ文学部の先輩だったが、あまり話したことはない。涼やかな顔立ちの人で、大学生らしからぬ落ち着いた佇まいとスマートな立ち居振る舞いで人気があったのは知っている。菊池陽子《きくちようこ》と三好達也の最強ハイスペカップルは、文学部の名物だった。

陽ちゃんに案内された店はそれぞれの席が半分個室のようなつくりになっていたが、ほかのグループの話し声やBGMもほどよい大きさで聞こえてくる。私も陽ちゃんもわりと喋るほうだから、静かすぎない雰囲気がさすがのチョイスだ。

私は野菜の天麩羅《てんぷら》ランチを、陽ちゃんは蒸し野菜ランチを注文する。時間がないのなら、三好さんもこうやって外食すればいいのにとふと思ったが、口には出さない。陽ちゃんから愚痴を言ってくれたら乗っかれるけれど、こちらから友だちの恋人をくさすのは、なんとなく憚《はばか》られる。

おしぼりで手を拭きながら、「ていうか、見たよ!」と陽ちゃんが興奮気味に言った。

「〝鳥と港〟！　めちゃくちゃバズってたじゃん。森本実の息子、父親とは系統違うイケメンじゃん〜〜つってリンク見にいったら春指がいて、マジでびっくりした。なに？　なにがどうなってああなったの？」

「あ、えーっとね……」

経緯は一応、クラウドファンディングの紹介ページにすべて書いてはいる。陽ちゃんも忙しそうだし、そこまでは目を通せてはいないんだろう。紹介ページの説明をなぞるだけになってしまうが、会社を辞めたところから今に至るまでをひととおり話す。

「クラファンが成功したから、今はリターンの手紙を書いてるところ。毎日いろんな人から手紙が来て、楽しいよ」

「そっか。正直はじめは、今どき文通？って思ったけど、書きたいって人、意外と多いもんなんだね」

感心したように陽ちゃんが言った。

「そう！　意外といるんだよ。レターセットやマスキングテープを集めるのが趣味だけど使う機会がなかった人とか、違う世代の人とつながりを持ちたい人とか。あとは、ＳＮＳに食傷気味で、とか、知らない誰かに今の自分の悩みを聞いてもらいたい、気の合いそうな人と趣味の話をしたい、って人もいた」

便箋を選んで。ペンを選んで。内容をゆっくり考えて。切手を貼って投函して。届くのも数日後。返ってくるのも数日後。続けるうちに、手間と暇をかけるおもしろさと、自分のことも相手のことも大切に扱えている感覚で胸がどんどん満たされていく。そんなよろこびの声もちらほらと届くようになった。

そのたび、私も飛鳥くんも、「そうでしょう」とにんまり笑う。文通、わるくないでしょう、と。

いいね、と陽ちゃんが目を伏せて笑った。

「あたしも春指と手紙のやりとりしたいなあ」

「ほんと？　する？」

なかなか会えないしいいかも。メッセージだと短い文を打つばかりで、近況報告や自分が今考えていることまでは伝え合えない。

ほんとにできたらいいな、と思って訊ねたら、陽ちゃんは「するする〜〜」と朗らかに笑ったあと、

「あ、でもお金取るとか言わないでよー。友だちなんだし」

と付け足した。

冗談めいた口調だったから、反射で「当たり前じゃん」と笑って応えてしまう。

うん。

友だちだから、友だち同士の手紙のやりとりは無償で当たり前、なんだけども。

文通のことも、どこまで本気で言っているのか聞けないうちにランチが運ばれてきて、話が流れてしまった。

お櫃《ひつ》を開けて、それぞれ食べたい分だけご飯をよそう。ふっくら炊きたての、つやつや光る白米が美味しそうだ。おかわり自由だから、とついつい山盛りによそってしまう。意外と食べるんだよね春指、と陽ちゃんが苦笑した。

「陽ちゃんはどう？　この前会ったときは異動したって言ってたよね」

「あー、そのときか、最後に会ったの。まあ、ふつーだよ。それなりにおもしろいしそれなりに大変で。ふつーに働いて、ふつーに暮らして、で、今妊娠してる」

「えっ」

「まだ二ヶ月目だけどね」

「それ、三好さんは」

ぽんぽん、とぺちゃんこのお腹をかるく叩いた。

「知ってるよ、もちろん。籍もこれから入れる。向こうが育休取れるかはあやしいけど、できるかぎり協力するとも言ってくれてる」

「できるかぎりって……そんなのできるかぎりもくそもないでしょ」

「めずらし、春指が口悪い」

陽ちゃんはあはは、と笑った後、視線をふっと逸らした。

「むずかしーのよ、いろいろさ。育休明けて同じポストに戻れるかって言われたら微妙だからね。達也の会社はとくに。まあ、あたしのとこも大差ないんだけど」

背もたれに体を預けて口をへの字に曲げた。

「結局さ、会社って、毎日フルで働けて、ちゃんと残業できて、場合によっちゃ休日も潰せる人間がどんどん上に上がっていくようにできてるんだって。上の人間見てたら自然とわかるよ。自分の世話だけでいい人か、誰かに世話してもらえる人がほとんど。妊娠も育児も介護もノータッチで今までのびのび働いてきたんですね、って感じ。で、そういう人にかぎって、その前提には気づいてなくて、実力や努力だけで昇進できてると思ってる」

大学時代の陽ちゃんを思い起こさせるような、痛烈で、でもどこか諦めたような口調だった。

「陽ちゃん、そういうこと、三好さんと話したことある？」

「ないよ。あたし、達也の気持ち誰よりもわかるもん。仕事が楽しくて仕方がなくて、あれもやりたいこれもやりたい。体も時間もぜんぜん足りなくてもどかしくてたまんない気持ち」

「じゃあ三好さんは？　三好さんだって陽ちゃんの気持ち誰よりもわかるはずでしょ」

「普通の状態ならね。さっきも言ったけど、達也今やばいんだって。プロジェクトのリーダーに抜《ばっ》擢《てき》されてさ、ちょっと心配になるぐらい働いてる。でも、会社員やってる以上はさ、乗せられたら降りられないんだって」

春指の仕事じゃわかんないかもね、と苛立ったように付け足した。

ひゅっ、と息を吸った瞬間、「お水入れますね」と店員さんが朗らかな笑みを浮かべて寄ってきた。陽ちゃんが愛想笑いで応える。

その間に、「ごめんね」という言葉をなんとか呑み込む。

ここで閉じちゃいけない。私たちがしているのは、喧《けん》嘩《か》ではない。

そうだね、と慎重に言葉を選ぶ。

「私は九ヶ月で会社を辞めた人間だから、会社員の〝当たり前〟はわからないよ。でも、陽ちゃんも疲れちゃってるのはわかる。〝普通の状態〟の陽ちゃんなら言わないもん。そんな当てこすりみたいなこと」

グラスを口につけたまま陽ちゃんが固まった。

「陽ちゃんさ、さっき、文通でお金取らないでよね、って言ったよね。私も流しちゃったけど、あれ、麻痺《まひ》してる人の言葉だと思ったよ」

「麻痺って、何に」

「お金を貰わないで働くこと」

陽ちゃんがグラスをゆっくりと置く。反対に、私はひと口水を含んだ。

「あたし、お金貰ってるけど」

「会社ではね。でもおうちでの家事は無償でしょ」

「家事は労働じゃないでしょ」

「労働だよ。それを仕事にしてる人たちだっている」

森本家に毎週来ているハウスキーパーさんは、仕事として森本家の家事を引き受けている。

「陽ちゃんから見れば趣味の延長でも、そんなの労働じゃないって思えるものでも、それを仕事にしてる人はいるよ」

「プロとアマチュアは違う。あたしの家事はただのプライベートのものだよ」

「立場の話じゃないよ。本質的な行為の話。見きわめも、線引きも、たやすくはないと思う。三好さんがひとり暮らしをしていて、忙しいからってハウスキーパーを雇っていたら、それは賃金が発生すべき労働でしょ。今、そこを陽ちゃんが無償で引き受けちゃってる」

「それは……」

「これからもずっとそうなの？　出産も、育児も？　誰も悪くないから、誰も責められない。そうやって陽ちゃんがひとりでがまんするのはいやだよ。だから、これからのこと三好さんとちゃんと話し合ってほしいって、陽ちゃんの友だちとして思う」

この機会を逃したら、言えないかもしれない。言えないまま、あのとき言っておけばよかったと、いつかの未来、疲れきった陽ちゃんを見て後悔はしたくない。

それに、手加減なしで意見を言っても陽ちゃんなら大丈夫という確信もあった。

たっぷり十秒は黙った後、陽ちゃんが、はあーっ、と大きく息を吐き出した。

「なんか、久しぶりにこういう感じで話しした。そういえば春指って急にスイッチ入れるやつだった。いま心臓バクバクしてるもん。春指、最初絶対うちの子にこわがられるよ。胎内恐怖体験」

「え、それはやだ。なんかいろんなもの買ってくれる、謎のやさしいおばさんポジになりたいのに」

「なにそれ。春指、そんな願望持ってんの?」

「あ、野望ばらしちゃった。三好さんには内緒ね」

ふふ、と笑っていると、「お済みのお皿お下げしますね」と店員さんに声をかけられた。

あ、と身を引く。陽ちゃんと目が合った。片眉を上げている。なんとなく今、同じようなことを感じた気がする。ことばにして共有はできないが、確実に私たちのまわりのあちこちで起こっているものが可視化された瞬間のような。

食べ終わったそばから皿はすみやかに下げられ、私たちは席を立ち、テーブルはきれいに整えられ、そこにまた新しい誰かがやってきて、私たちも新しい誰かになる。

「どうにかなんないのかな」

頭の後ろで手を組んだ陽ちゃんが、ぽつりと言った。どこかで聞いたような言葉だった。

「あたし、やっぱり達也が悪いとも思えないいんだ。あたしが何かひとつ家事を引き受けるたび、心苦しさで死にそうって顔するの。でも体が限界すぎて、俺がやるよとは言えないんだよね。料理だって、本当ならあたしよりあいつのほうが好きだし、歯がゆい思いしてると思うよ。だけど、とにかく時間がないの。個人の努力じゃ、どうしようもないぐらい」

「……うん」

結局、そこも裏返しなのだ。働けてしまう人が仕事を過分に引き受けざるをえなくなっている。本人がそれを望んでいる、いないにかかわらず。

「今日さ、ほんとは達也と実家に挨拶に行く予定だったんだ」

「あ、そうだったんだ」

「そう。盆休みだからちょうどいいか、って言ってたんだけど。おととい、あっちの出勤が決まっちゃって。まじでクソすぎ。盆に出勤ってなんやねんクソボケェ、達也ロボットちゃうねんぞわかってんのかほんまクソ会社、クソ社会〜〜！」

ダンッ、とテーブルに拳を振り下ろして陽ちゃんが叫んだ。勢いのよさに思わず、ぶっ、と噴き出す。

「陽ちゃんの関西弁、久々に聞いた。気持ちいいね」

「あ、ほんま？　あたしも久しぶりに使ったなー。やっぱなー、関西弁ちゃうかったらうまく怒れへんのよ。感情出されへんっていうかさ。あー、今日、春指に会えてよかったわ。ひとりで家《うち》におったらやばかったほんまに。でも、こっからどんどんひとりの時間長なるんか。やばいな。あかん、まじで。春指、会わんでもええから、電話とかで話し相手なってくれる？」

陽ちゃんが、がばっと身を乗り出してくる。

今度こそ、心の底から「当たり前だよ」と言えた。

駅ビルに新しくできた書店を陽ちゃんと一時間ほどうろつき、「課題図書」を決めた。同じ本を読んで感想を言い合いっこする「ふたり読書会」を、大学時代はしょっちゅうしていたのに、陽ちゃんが社会人になったらぱたりと止めてしまった。理由はよくわからない。働いていたって本は読んでいいはずで、担当教官の美代川《みよかわ》先生にも「もったいない」と言われたけれど、再開には至らなかった。これからはきちんとそういう時間を取ろうと決めて手を振る。

夕方過ぎ、家に帰ると、お母さんがせわしなく走り回っていた。「どこいった」を連呼している。

「何探してるの?」

「ゴザ! 精霊棚《しょうりょうだな》に敷くの忘れてたの。もー、間抜けすぎ」

え? とリビングを覗く。ほんとだ。精霊棚に真菰《まこも》が敷かれていない。誰も送り盆まで気づかなかったとは。

「おかしいな。去年ここらへんに入れたはずなんだけど」

和室から声が聞こえてくる。

「物置はー?」

「まだ見てなーい」

サンダルをつっかけて、裏庭に出る。たてつけの悪い戸を無理やり開けると、むわりと籠もった黴《かび》臭い空気と共に一輪車が倒れてきた。わ、とお腹でなんとか受け止める。また懐かしいものが出てきた。こんなところに入れていたとは。

「ねえ、一輪車出てきたよ」

「出てきたっていうか、置いてたんだって。みなと覚えてないの？　捨てるって言ったらあんだけゴネたくせに」

「えー、覚えてない。いつ頃の話？」

「中学のとき！」

　そうだったっけ。そんなに思い入れはなかったような。

　サドルを手で拭いて、試しに乗ってみる。体の記憶に期待してみたけれど、戸に摑まってひと漕《こ》ぎが精一杯だった。まあ、昔もそこまで上手く乗りこなせた覚えはない。だからゴネたのかも。まだ解明していないのに手放すなんて、ポリシーに反する気がして。

　結局、真菰はなぜか洗面所下の清掃道具箱に入っていた。帰ってきたお父さんが確かあそこにあったと言って、実際その通りの場所に入っていたのだ。

「やー、毎日見すぎてて逆に気づかなかったわ」

　めんぼくない、と言いながら、お母さんが精霊棚を整え直していく。どうせ数時間後には片づけるのに。私だったら気づかなかったことにする。

　汚れた手を洗っていたら、急に睡魔に襲われた。夕飯まであと二時間ぐらいだ。ついでにクレンジングしてメイクを落とす。「ちょっと寝る」とお母さんに声をかけて部屋に戻った。

六時のアラームが鳴って、寝ぼけまなこでリビングに下りると、大皿に、錦糸卵、きゅうり、蒸し鶏、ミニトマトが並んでいた。具材だけ見ればほとんど冷やし中華だが、お母さんはそうめんを茹《ゆ》でている。

「みなとー、水入れといて」

氷を割っているお母さんの後ろを通って、ふきこぼれる寸前の鍋にびっくり水を一気に入れる。

「さんきゅう」

「うん」

「もうすぐできるから、お父さん呼んできて」

「おとうさーん」

「こら。ちゃんと部屋行ってあげて」

はいはい、と言っていたら、お父さんがリビングに入ってきた。キッチンカウンターから二人分の器を渡す。自分の分は手に持って、席に着く。

めんつゆで二杯ほど食べたタイミングで、お母さんがテーブルの真ん中に置かれた胡麻《ごま》だれのボトルを手に取った。

「胡麻だれいきまーす。いる人ー」

「はーい」

「お父さんは?」

「僕は今日はめんつゆだけで」

「おっけー。シンプルデーね」

めんつゆが少し残った器に胡麻だれを豪快に入れる。ラー油を何滴か垂らせば、担々麵風そうめんつゆの出来上がりだ。胡麻だれの甘さとラー油の香ばしい辛さがそうめんのシンプルな味によく合う。きゅうりと蒸し鶏につゆを絡めると、なおのこと美味しい。いつもより早い夕飯だが、箸が進む。

「この後の灯籠流し、飛鳥くんと行くんだっけ」

お母さんがラー油を足しながら言った。口の端に胡麻がついている。

「うん。森本先生とは別行動するからって」

「何時待ち合わせ？」

「七時に道元橋《どうげんばし》。お母さんたちは？」

「私は今年はパスかなー。遅くなりそうだし。お父さんどうする？」

「僕もまあ、適当に」

「じゃあ、ベビーカステラ買ってきて」

みなともお土産買ってきてね、とちっちゃな子どもみたいなことを言う。

「遊びに行くんじゃないんだけど」

「あんなのほとんどお祭りみたいなもんじゃない」

まあ、そうだけど。

毎年送り盆に行われる灯籠流しは、地元の人間だけの厳かな行事、というわけではなく、最近では観光客も見に来る夏の風物詩だ。周辺にはちょっとした屋台も並び、点火前には鎮魂のコンサートも開かれている。

手早く歯磨きをして出る支度をしていると、お母さんに呼び止められた。

「飛鳥くんにこれ渡しといて。お中元でいっぱい届いたの。みなとがお世話になってるし」

ん、とお母さんがビニール袋を突き出した。ゼリーがいくつも入っている。

「えー、絶対こんなに要らないと思うけど。森本先生宛ての分だけでも処理しきれてない感じしたもん」

「あ、そっか。でも美味しかったから食べてほしいなあ」

「じゃあ、二個だけ持ってくよ。その辺で食べるからスプーンもちょうだい」

付属のプラスチックスプーンも二つ入れてもらう。

お父さんがふらっとやってきて、ちょいちょい、と手招きした。

「なに？」

「これ、飛鳥くんに。前に小川未明《おがわみめい》が好きだって言ってたから。この系統好きなんじゃないかと」

紙袋から本を二冊取り出した。メアリ・ド・モーガンと内田百閒《うちだひゃっけん》が一冊ずつ。

「そんな話、いつしたの」

「この前挨拶に来たとき」

あのときか。でも、ふたりきりでそんな話をするような時間なんてあっただろうか。

お母さんとお父さんには、クラウドファンディングが成功した時点で『鳥と港』のことを伝えた。この先どうなるかわからないけど、ひとまず来年の一月、リターンの分を書き切るまでは再就職せずやってみる、と。ふたりともおどろいてはいたけれど、「お好きにやんなさい」というスタンスで応援してくれた。

飛鳥くんが「俺も挨拶しに行きます」と言って譲らなかったので、七月の終わりにうちに来てもらった。

予想通り、ふたりとも飛鳥くんにめろめろになった。うざがられても仕方がないくらい、やりすぎ歓待でかまい倒していた。飛鳥くんはやっぱり猫をかぶってはいたけれど、柊ちゃんのときほどは他人行儀じゃなくて、ふたりのことを――とくにお父さんのことを、「知的で、落ち着いてて、理想の父親すぎます。まじでみなとさんのお父さんが父親だったらよかった」としきりに褒め称えていた。

ゼリーのビニール袋と、本の紙袋を手提げに入れてドアを開ける。そろそろ七時だが、空はまだ薄明るい。むしむしとしてはいるが、肌を刺すような暑さではない。時折ごほうびのような涼しい風も吹く。ちょっと踊り出したくなるような、きげんのよい日暮れだ。サンダルをぺたぺた鳴らし、手提げを揺らしながら川沿いを歩く。待ち合わせ場所の道元橋に、飛鳥くんはもう来ていた。

ハーフジップの半袖黒シャツに、ベージュの半ズボン、黒サンダルを合わせて、黒いバケットハットを目深に被《かぶ》っている。一瞬、知らない男の子のように見えて声かけを躊躇していたら、向こうが気づいて帽子を取った。

本は帰りがけに渡すとして、ゼリーだけ先に食べてしまいたい。橋桁の近くまで下りて、階段に腰を下ろす。夏草の濃い匂いに包まれる。早足で来たおかげで、ゼリーはまだ冷たい。飛鳥くんが葡萄《ぶどう》ゼリーを選んだから、私は枇杷《びわ》ゼリーを食べる。枇杷の果肉のこっくりとした甘さとゼリーのとろみで、もたついた喉がすっきり潤う。ゼリーを食べ終わった後も、なにとはなく、幅広の川を眺める。風も止み、のったりとした空気が流れる。

「あ、飛鳥くん刺されてるよ」

半ズボンから伸びた白い脚に、ぷっくりとした膨らみができている。飛鳥くんが、ほんとだ、と掻いて、

「みなとさんも」

ちょんちょん、と私の腕をつついた。

見れば、ちょうど肘のあたりを刺されている。飛鳥くんもそうだが、私もノースリーブの黒いワンピースを着ていて、そりゃ刺されるよなという恰好だ。

「なんだっけ、この状態。飛んで火に入る夏の虫?」

「いや、ややこし。虫どっちだって話ですよ。入れ食いとかじゃない?」

「それか」

悠長に話している間にも、飛鳥くんの腕に新たに蚊が止まる。わ、と叩こうとしていたが、うーん、と困ったように止めた。

「お盆だしねえ」

「そうなんですよね」

ひらひらと風を送って、蚊を飛ばそうとしているがなかなか上手くいかない。

「行きますか」

「ですね」

退散して会場に向かう。

ちょうど日が暮れる頃合いに会場に着いた。灯籠流しはすでに始まっていて、写真を撮っている

人、手を合わせている人、ただ見送っている人たちの影が、まぼろしのように現れては消えを繰り返している。

仮設テントで水塔婆付きの灯籠をひとつずつ買って、指定の場所からそっと流す。灯籠はゆらゆらと川面《かわも》を染めながら、肩を寄せ合うように下流へと静かに流れていった。祈りの暮れに心を佇ませる。

去年の夏は、盆明けの出社が憂鬱でたまらなくて、見にいこうとすら思わなかった。ただベッドの上でじっと、迫りくる明日に耐えていた。

首元をひとひら風が抜ける。隣の飛鳥くんと、ふと目が合った。

あれ。

なんだろう。この違和感。

橋で見かけたときと同じざわざわ。また知らない男の子に見える。

「どうしたんですか。百面相して」

「……飛鳥くん、身長伸びた？」

「えー……どうだろ。春から一センチぐらいは伸びた気もするけど」

「じゃあ違うか」

「なに？」

「目線が変わったのかな、って思ったんだけど……あ、もしかして痩せた？」

「あー、うん。それはそう。ちょっと痩せた。っても二キロぐらいだけど。そんな違う？」不思議そうに言って、頬の肉をつまんでいる。

痩せたというより、全体的に引き締まった印象だ。骨っぽくなったとも言える。シルバーのピアスに、ようやく顔つきが追いついた。こんな短期間で顔つきが変わるなんて、十代の神秘だ。

「すごいねえ。生き物なんだね、飛鳥くん」

「なんすかそれ。逆に今までなんだと思ってたんだよ」

みなとさんたまに感想がヘン、と苦笑した。頬や顎のあたりも前よりほっそりしていて、そのせいか、横顔に森本先生のおもかげを感じる。

「ね、今さらだけど、ご家族で参加しなくてよかったの？　その、もし、〝鳥と港〟のせいで一緒に行動するのを控えてるとかだったら……」

「ちがいますよ。毎年、別々です。そのほうが、実にとっていいから」

ふ、と軽く息を吐いて、飛鳥くんが川べりに座った。続いて私も腰を下ろす。

「りっちゃんが亡くなったの、俺が十二歳のときで」

「うん」

りっちゃん——飛鳥くんのお母さんだ。両親のお互いの呼び名で呼ぶのが癖になってしまったと、飛鳥くんから聞いたことがある。飛鳥くんは川面を見つめたまま、ぼそぼそと喋りはじめた。

「りっちゃん」は〝名家のお嬢さん〟らしからぬ、自由で闊達《かったつ》な、そして、妊娠中に庭木にのぼってしまうような無茶もたくさんする人だったらしく、あの森本先生がさんざん振り回されていたそうだ。

冬の初め、「りっちゃん」が事故で亡くなった後、森本先生はしばらく抜け殻になってしまった。縁側でただずっと庭を眺めるだけ。声をかければ食事も摂《と》るが、かけなければ何も食べない。布団に押し込めば眠るが、そうしなければ縁側に一晩中いる。どれほど寒くても。

書き物もすべてストップで、担当さんが入れ代わり立ち代わりで森本家を訪れては、先生を慰めたり発破をかけたりしていたそうだが、誰も先生を起動させることはできなかった。

その間、飛鳥くんはハウスキーパーさんとのやりとりや、中学の入学手続きも自分でしていたそうだ。

そうして冬が終わり、桜が咲いた頃、気づけばいつもの森本先生に戻っていたらしい。

「実、うざいけど、元々あそこまではうざくないんです。りっちゃんと一緒に悪ふざけすることはあったけど、単体だったらそこそこ落ち着いてるっていうか。でも、りっちゃんが死んでから、わざとおちゃらけることが多くなった。たぶん、俺のためにりっちゃんの分をやろうとしてるんだと思う。だから、俺がいたら、実はここにいても素の実に戻れない」

真剣な顔でそう言う飛鳥くんの眠れなかった夜を、森本先生はきっと知らない。

飛鳥くんの、人の心の裡《うち》を推しはかるいっぽうの聡さは少しさみしい。誰か、この子を上手に読んであげられる人がそばにいればいいのに。

「飛鳥くんのためじゃないかもよ」

「え?」

「単純に森本先生がさみしくて、忘れたくなくて、〝りっちゃん〟のかけらを自分に埋め込んだのかも。自分の動かし方を見つけたんじゃないかな」

世界の速度に追いつけず、否応なく停滞する心と体。もう一度動かすには、火を焚《た》かなくてはいけない。運がよければ、私が飛鳥くんにしてもらったように、誰かから薪《まき》をくべてもらえることもある。でも、多くの人は、自分で命の火を焚くしかない。

「だいたい、森本先生だよ？　そんな思いやりの心なんて持ち合わせてないって」

「みなとさんが実のこと悪く言うの新鮮」

飛鳥くんが、はは、と笑った。

「そうかもな。あいつ、りっちゃんのこと大好きだったから」

しんみりとつぶやいて、目を閉じた。

鉦《かね》の音が遠くに聞こえる。

そのまなうらの灯籠を思って、私も目を閉じた。


盆が明けると、届く手紙が急増した。とくに初めての人からのものが。今まで時間が取れなかった人が、お盆休みの間に書いてくれたのだろう。当初試算していた一日平均五通という考え方は、私も飛鳥くんも早々に捨てた。時期によって、届く手紙の数にむらがありすぎるのだ。これぱかりはコントロールできない。

キンコン、と呼び鈴が響いて顔を上げる。手を止めて飛鳥くんを見たが、便箋とにらめっこしている。

「私出るね」

「お願い、します……」

めずらしく気のない返事だ。難航しているのだろうか。

私たちは基本的にお互いの手紙の内容には干渉しない。ちょっと困った内容や、センシティブなことば選びが必要なとき、客観的な判断が欲しい場合だけ、相談し合う。

二度目の呼び鈴に、はいはい、と早足で玄関に向かう。郵便の午後配達はもう来た。森本先生宛ての宅配だろうか。

ドアを押し開けて、ぎょっと固まる。門の外にいると思っていた訪問者は、ドアの前に立っていた。

三十代半ばの見知らぬ男性だ。ポロシャツにリュックを背負った出《い》で立ちで、暑そうに手で顔を扇いでいる。天然パーマのようなふわふわとした髪の毛、太い眉、日焼けした浅黒い肌、二重がくっきりとした目が印象的だ。リュック以外は何も持っておらず、どう見ても宅配業者ではない。森本先生の担当さんだろうか。でも、来客の予定は聞いていない。

向こうも向こうで怪訝《けげん》な表情を浮かべていたが、すぐに「ああ！」と目を輝かせた。

「もしかして、森本先生のご担当さんですか」

「あ、いえ。違います」

「違うんですか？」

「はい」

「そうですか……」

露骨に肩を落とした。

担当さんかと思っていた人に担当さんかと訊かれてますます混乱する。この人、いったい誰だ。

ドアをゆっくりと手前に引く。日頃、「モニターを見てから出てください」と飛鳥くんに口酸っぱく言われていたのに。

「あの、どちらさまでしょうか」

ドアの隙間から訊ねると、男性が、ずい、と一歩近づいてきた。

「失礼しました。森本くんの担任の福崎《ふくさき》と言います」

「えっ、飛鳥くんの？　あ、えーっと、いつもお世話になっております」

不意打ちに、反射で身内のような物言いをしてしまう。福崎先生は私を上から下までじっくり見た後、何か誤解したのか、「ああなるほど」と笑った。軽侮の色が見えて、少しむっとする。

「い、いいえ、飛鳥くんの友人の春指です」

「友人？　森本くんの？　森本先生ではなく」

「そうです」

ドアを開けて、きっちりと福崎先生の正面に立つ。

「あの、何か御用でしょうか」

「ああ、いえ。用というか……森本くんの様子を見に来ただけなんですが。そろそろ夏休みも終わりますし、二学期からどうかな、と。今日は森本先生はご在宅で？」

期待に満ちた目に頷くと、「ああ、それじゃ失礼します」とこちらを押しのける形で玄関に上がり込んできた。

「よっと。お邪魔しますね。あ、これもしかして森本先生の靴ですか？」

「はい……そうですけど」

「うわー、高そうな靴。さっすが森本実」

膝に手をついて、三和土に置いてある先生の革靴をしげしげと見ている。

あまりのことに、ぼけっと突っ立って見ていることしかできない。

「みなとさん、何かあった？」

飛鳥くんが廊下の角を曲がってきたが、福崎先生を見た瞬間、あからさまに「げ」と顔を歪め一歩引いた。

咎《とが》めるような視線を送られて、ごめん、と目で謝る。やっぱりそうだ。この人は上げちゃいけなかった。

「お、森本くん。ひさしぶりだな。元気か？」

気づいた福崎先生が、ずんずん歩いていく。目と鼻の先まで近づかれた飛鳥くんが慌てて上体を反らした。

「実ならいませんよ」

「え？　でもさっきいるって」

振り返られて、いや、と目を逸らす。みなとさん、と飛鳥くんが呻いた。

「まあいいや。二学期以降のことについてお話ししたいから、お父さん呼んでくれる？」

「二学期以降も学校に通う予定はないです。今まで通り課題と面談でお願いします」

飛鳥くんがすげなく断る。福崎先生は「あいかわらずだなあ」と呆れたように言った。

「それで進級できるつもりなんだ？」

「一年のとき、ＯＫだって」

「それはね、森本くんが森本実さんの子どもだからだよ。だから、この件については、森本くんとお話しっていうより、森本くんのお父さんとお話ししなくちゃいけないんだ。先生だってね、森本くんには無事に進級してほしいよ。だから、森本くんも協力してくれないと。ほら、お父さん呼んできて」

福崎先生の言葉に、飛鳥くんの目つきが変わった。

すっ、と戦闘態勢に入ったのがわかる。ぺちゃんこにしてやる、という冷酷な目。福崎先生も大概酷い言葉を吐いたが、飛鳥くんもおそらく今からかなり辛辣なことを言う。ここで突っ立って見ている場合じゃない。

つっかけを脱いで、あの、と二人の間に割り込む。

「森本先生、今仕事が立て込んでらっしゃるみたいなので。またアポイントメントを取って出直していただけませんか」

「ええ？　でも、今家にいるんでしょう？　家で仕事してる人が十分そこらも時間が取れないってこたないでしょ。相手は自分の子どもの担任ですよ」

「それはそうでしょうけど、でも、家庭訪問って普通はアポを取るのが……」

「いやね、わかってますよ。こっちも十年以上社会人やってるんで。あなたに言われなくてもアポ取るのが常識なんてわかってますよ。今日はたまたまなんです。僕も部活やら会議やらの合間を縫って森本くんのために来てるわけなんで快くご対応いただきたいんですがね」

急に早口に、そして語気が荒くなった。

だめだ。なにかしらの地雷を踏んでしまった。私にはどうやら、相手の神経を逆なでする才能があるらしい。会社でもよく田島課長を怒らせていた。嫌な懐かしさだ。久しぶりに、心が背を丸める感覚に襲われる。

何も言葉が出てこなくて、すみません、と頭を下げる。もっと毅然《きぜん》とした態度で、大人として飛鳥くんの前に立ってあげたいのに。歯がゆくてたまらない。こういうときどうすれば正解なんだろう。たった九ヶ月で会社を辞めてしまった、半端なおとなこどもだから、適切な対応がわからない。

「まあいいですけど」

鼻から盛大に息を吐き出した福崎先生が突然、「あれえ」とすっとんきょうな声を出した。

「あなた、もしかして例のあれをしてる人じゃないですか。この前、森本くんが話題になってた」

「〝鳥と港〟ですか？」

「そうそうそれそれ。クラスの生徒が教えてくれて、見ましたよ。ああ、そうだ。その件についても話さなきゃいけないんでした。困りますよ、学校に報告もなしに勝手なことをして」

「あの、その件についてては、私が責任者なので必要であれば私がご説明に」

「いいってみなとさん！」

たまりかねたような叫び声に驚いて振り向く。

顔を赤くした飛鳥くんが唇を噛んでいた。目には苛立ちの色が見える。その目は、福崎先生ではなく真っ直ぐ私に向けられている。

年齢も顔つきも全然違うはずなのに、なぜか田島課長がぼんやり重なって、すぐに言葉が出てこない。

「……実、呼んできます。みなとさん、客間に通しといてください」

ふい、と目を逸らして飛鳥くんが背中を向けた。乱暴な足音が響く。音が聞こえなくなるまで、動けなかった。

結局、福崎先生は二時間ほど森本家に滞在した。

客間の隣の和室から聞こえるかぎり、飛鳥くんの学校の話や『鳥と港』の話は最初の十分ほどだった。あとは、森本先生の普段の仕事の話や作品の話、出版業界のことを福崎先生が根ほり葉ほり訊いていた。私がお茶のおかわりを持っていったタイミングで、今度は自分の普段の業務がいかに大変かということや今までの経験、教師としての思いをたっぷりと語り始め、「この話、書いてもいいですよ」と何度も言っていた。

夕方、客間から出てきた福崎先生は頰を上気させ、胸にサイン本を抱えていた。

「二学期からも行かなくていいってさ」

柱の梁《はり》にもたれて座っていた飛鳥くんの肩をぽんと叩いて、森本先生が言った。

「みなとさんもごめんね、いろいろ。〝鳥と港〟の活動も問題ないそうだから。大丈夫よ」

やわらかく笑う声は、とびきりやさしい、大人のものだった。

「ね、よかったらお夕飯食べていって。お寿司取るから。僕はご一緒できないけど」

目の下に隈《くま》ができている。飛鳥くんが呼びにいったとき、森本先生は仮眠をとっていたところだった。ふわあ、と大きなあくびをして、じゃね、と和室から出ていった。

八月もそろそろ終わりだというのに、和室の奥にまでのびた白い光は強くて痛い。太陽が空で宙吊りにでもなっているのかと思うほど、真昼間みたいに明るい夕暮れだ。

蟬も鳴かない。風も吹かない。蒸し暑い、時が止まったような和室で、飛鳥くんは顔を背けてむっつりと黙ったままだ。どう声をかければいいのかわからなくて、途方に暮れる。

せめて、と光を遮るように立つと、飛鳥くんがゆっくりとこちらを見上げた。目元がほんのりと赤い。

「……相手にしなくていいんだよ、福崎なんか。あいつ、実と話しに来てるだけなんだから」

飛鳥くんがふてくされたように言った。

「ごめんね」

「……なんの謝罪ですか」

「私も最初、似たようなことしてたな、って。森本先生森本先生って騒いで。福崎先生の態度見てたら反省したっていうか、反面教師っていうか」

「教師だけに？」

「あ、ほんとだ。これがほんとの反面教師」

おどけて言うと、飛鳥くんが、ふは、と小さく笑ってくれた。

「みなとさんはストレートに騒いでくれた分、いいんですよ。福崎のタチが悪いのは、表向きは俺のためってとこ。教師の立場を利用して実にすり寄ってる」

「福崎先生は定期的に来るの？」

「二、三ヶ月に一回ぐらい。基本は居留守使うから、今日久しぶりに顔見た。すげえ日焼けして痩せてたからちょっとびっくりした。またテニス部の顧問に戻ったんかな」

「また？」

「去年俺がテニス部にいたとき、顧問だったんですよあいつ。でも、六月あたりで急に文芸部の顧問になって。代わりに外部コーチが入って指導のレベルは上がったし、福崎もテニス部のときよりよっぽど楽しそうに活動してたし、戻るメリットなんてないと思うけど」

飛鳥くんがふしぎそうに首を捻っている。

顧問に戻ったのは福崎先生の意思じゃないのかもしれない。お金の問題か、人手の問題か。

大学を卒業して教職に就いた友だちが何人かいるが、みんな業務量の多さにまいっていた。朝も夜も関係なく、残業の概念もない。休日は部活の練習や試合のために出勤するのが当たり前だが、たいした手当も出ない。それでも、割り当てられたら顧問を引き受けざるを得ない。「生徒のため」と「やりがい」を人質に取られている状態だと、愚痴をこぼしていた。

そう言おうとした瞬間、飛鳥くんが「自分の気まぐれで生徒振り回すなよな」とうんざりしたように言った。

出しかけた言葉を、口の中でゆっくり溶かす。教師側にどんな事情があっても、生徒である子どもにしわ寄せしていい話ではない。たとえ福崎先生の来訪が、日々のうっぷんを晴らすものなんだとしても、飛鳥くんからしたらいい迷惑だ。

でも、友だちの中には、生徒にしわ寄せがいかないよう自分のところで食い止めた結果、心や体をやられて教師を辞めた子もいる。

それに耐えられる人、あるいはそのしわ寄せをためらわない人だけが残り、どうにか回している学校。そこに通う、たくさんの、そしてこれからの若い命。

「どうしたんですか？」

黙っていることを不審に思ったのか、飛鳥くんが立ち上がって近づいてきた。覚えたうすら寒さを悟られないよう、「飛鳥くん、テニス部だったんだね。びっくりした」と声のトーンを上げる。飛鳥くんはちょっと得意げに、「そう。中学のときもテニス部だったから、ほら」と腕を並べて見せた。

「今はちょっと戻ったけど、右手と左手で腕の太さ違うでしょ」

確かに、右手のほうがやや筋肉質だ。

ほんとだ、と無難な返しをしたら会話が途切れてしまった。続いた沈黙を散らすように、飛鳥くんが咳払いをした。

「でも、よかった。二学期からも行かずにすんで。〝鳥と港〟の活動にも専念できるし」

続き書かなきゃ、と言ってレターケースを開けた。

飛鳥くん宛ての手紙は日を追うごとに増えていく。

飛鳥くんには、リターンの回数が多いコースを選んだ人の指名が集まっている。ここまで偏りが出ると思っていなかったから、コースごとに指名人数を設定しなかった。今まで思い至らなかったけれど、作業場が森本家にある以上、私が帰った後も書いている可能性がある。

このままでいいんだろうか。

学校に行かずにすんだ。『鳥と港』の活動ができる。よかったね。そう単純に、私はよろこんであげていいんだろうか。

学校側のはからいで、進級はできるかもしれない。でも、その後は？　進級して、そのまま卒業もできたとして、その後は？

「あ、そうだ。クラファン以外の新規申し込みの件も話し合わないと。料金システムとか詰められてないから、いま保留にしてますよね」

「うん」

「結構な数、申し込み来てたよな……あ、今日も五件問い合わせメール来てる！　よっしゃ、めっちゃ順調じゃん。学校なんか行かなくても、これで食ってけんじゃないかな」

見て見て、と興奮気味にパソコンのメール画面を見せられる。

クラウドファンディングの達成額は二百万円。

大きな数字に見えるかもしれないが、そこから経費を引いて、二人で割ったら、ひとりあたり月々十万そこらだ。

高校生の飛鳥くんからしたら大きな額だろう。でも、その収入だけで食べていくなんて到底無理だということを、私はもう、知っている。知っているぐらいには、大人なのだ。

5

みなとさん、と呼ばれて振り向くと、廊下の突き当たり、書斎の障子戸の隙間から、森本先生が上半身だけ捻り出していた。廊下より階段二段分ほど高い位置に書斎があるせいで、床に指をついて体を支えている（若干ぷるぷるしている）。

「おいでおいで」

白く細い手首をぷらぷらさせていて、妖怪感が否めない。手招かれるまま近づくと、先生を見下ろす恰好になってしまった。今日も森本先生は和装だ。灰緑色の落ち着いた色合いの単衣《ひとえ》。飛鳥くんは私がお邪魔するときだけの「コスプレ」と言っていたが、きちんと時候に応じた装いをしている。

「しゅって入ってね。飛鳥に見つからないように」

「いいんですか？　お仕事場なのに」

「もちろん。散らかってるけど」

よっ、というかけ声とともに体を起こした。薄荷のような、すっと鼻に抜ける香りがふわりと漂う。スカートの裾をたくし上げて書斎に上がった。

森本先生の仕事場は思いのほか手狭で、飛鳥くんの部屋や共同の書斎の半分ほどの広さしかない

(それでも十畳ほどはあるが)。横に長い文机《ふづくえ》の下は深めの掘りごたつになっていて、回転式と思われる肘付きの革張りの座椅子がこちらを向いている。丸められた原稿用紙がくずかごからあふれ出して——いることもなく、机の正面と両脇にはモニターが置かれていて、どことなくコックピットを思わせる。畳の上には本や紙が散らばっていて、目に入れないよう視線を離すと、下半分が硝子《ガラス》になった雪見障子から白い光にかすむ裏庭が見えた。

「要る?」

畳に座るなり、四つに切り分けられた栗蒸し羊羹を菓子盆ごと差し出された。「大丈夫です」と返すと、森本先生は、ふうむと顎をさすった。

「みなとさんへの訊き方としてはよくなかったね。ではあらためて。食べたい? 食べたくない? 僕の顔じゃなくて、この羊羹をようく見て答えてね」

お皿を目の前に掲げられる。きめの細かいなめらかな羊羹、つやつやと光る、大粒の栗の甘露煮——。

「食べ……たいです」

「では、どうぞ」

森本先生がにこっと笑い、菓子盆を畳の上に置いた。爪楊枝《つまようじ》を受け取り、ひと切れいただく。思い切ってひと口で食べると、羊羹のこっくりとした甘みと、栗の香りが口いっぱいに広がった。絶妙な硬さの甘露煮は食べごたえがあって、嚙むたびに甘さが増していく。森本先生も、もぐもぐと頬張っている。食べきっていないうちに、次の羊羹に爪楊枝を刺した。見覚えのある食べ方で、ふっ、と頬が緩んだ。

「これ読んだ?」

先生から雑誌を受け取る。人気俳優がユニセックスな衣装を身に纏《まと》い、気だるげに脚を組んだ表紙。最新の映画やカフェ、売れ筋の本を紹介する、高い知名度を誇るカルチャー雑誌だ。

「読みました」

「飛鳥が?」

「いえ、書店で買いました」

「やっぱり。飛鳥にも一部、渡してたんだけどね。しょうのない子だなあ。みなとさんと飛鳥で〝鳥と港〟なのにね」

形のいい下唇をきゅっと突き出した。苦笑で応えながら、ページをぺらぺらとめくっていく。『書くことの可能性。それぞれの言葉を追いかけて』という特集で手を止めた。飛鳥くんと森本先生が向かい合って話す写真が複数カットと、ふたりの対談が五ページにわたって載っている。『鳥と港』について書かれた記事。そのどこにも、私は現れない。

一応、私も現場にはいた。取材も軽く受けたが、今回は「親子対談」ということで、おそらく誌面には載せられないと、事前の依頼メールの段階から言われていた。飛鳥くんは不服そうだったけれど、『鳥と港』の宣伝になるからと、最終的には引き受けてくれた。

当日は対談も取材も盛り上がって、そのときのいい雰囲気がそのまま記事になっている。ふたりのやりとりの生っぽさや流れも大事にしつつ、思考の核の部分はきっちり押さえていて、かなり読み応えがある。ほかにもいくつか取材は受けたけれど、切り口は大体どこも同じで、私たちは『鳥と港』について何度も何度も同じようなことを話したし、書かれることも大体同じだった。

取材の日は移動とインタビューと撮影でほぼ丸一日つぶれる。飛鳥くんも私も終わる頃にはかなり疲れてしまって、一通も手紙を書けないこともあった。

心のどこかで、その拘束時間の分、もしかしたら取材費のようなもの、あるいは、せめて交通費だけでも貰えるかもと思っていたが、フィーが発生したのは森本先生が絡んだこの対談だけだった(十中八九、先生のネームバリューのおかげだ)。

訊くだけ訊いてみたってよかった。不文律なんか気づかないふりをして。でも、どうしても言えなかった。有名な媒体で宣伝してもらっているのに、そのうえ? あさましいんじゃない?

手つかずの栗蒸し羊羹から栗がごろりと転がり出た。少し悩んで、栗だけつまんで口に入れる。羊羹にぽっかりと穴が空いた。

「飛鳥、めずらしくアガってたね」

胸をとんとん叩きながら森本先生が言った。湯呑みに手を伸ばして、ずず、とお茶を飲んだ。

「アガってました? テンションは高いなと思いましたけど」

「あなたほんとにそんなこと思ってる?ってことべらべら喋ってなかった? それらしい、夢を追う若者像に自分から嵌《は》まりにいってた感じ。普段はあんなに斜に構えた態度なのにねえ。で、それをみなとさんに見られてたときた。あー、恥ずかし、雑誌隠しちゃうのもわかるなあ。お年頃だものね」

ちょんちょん、と森本先生が写真の飛鳥くんの頬をつついた。

本当にこの人は。

「……そういう言い回しをするから、飛鳥くんに突っかかられるんじゃないですか。森本先生、わかってやってますよね」

「うん。かわいいよね」

わるびれることもなく、にっこり笑う。

いやな大人すぎる。

もう少し、飛鳥くんのプライドとか体裁とか、そういうデリケートな部分を大事にしてあげないと。

と、言い返そうとしたときだった。

「なんの話?」

低い声が急に降ってきて、わっ、と振り向く。

「なにしてんの、こんなところで」

飛鳥くんが書斎の入口に立っていた。こちらを見下ろす目がとんでもなく冷たい。背中を汗が伝った。どこから聞いていたのだろう。

わざとらしくないよう、ゆっくりと体を捻って、自然な角度で雑誌を隠そうとしたが、飛鳥くんの目ざとさに軍配が上がった。それ、と顎をしゃくる。いや、となぜかハンズアップしてしまった。

「これはおまけ。メインはこれ、こっち、栗蒸し羊羹。ちょっとお呼ばれしてて、ついでに」

「ええー、みなとさん、そんな悲しい嘘つかないでよ。栗蒸し羊羹も雑誌もおまけ、メインは僕との逢い引《あいび》き……」

「森本先生マジで黙っててください!」

ほとんど悲鳴みたいな声が出た。森本先生は飛鳥くんをからかう気まんまんの、人の悪い笑みを浮かべている。

深い（そして不快そうな）ため息を吐いて、飛鳥くんがくるりと背を向けた。そのまま廊下を直進していく。

「待って飛鳥くん」

慌てて立ち上がり後を追ったが、一向に止まる気配がない。

「まさかとは思うけど真に受けてないよね？　逢い引きがどうとか」

「さあ。ていうか俺に言い訳しなくていいよ」

「いやいやめっちゃ真に受けてるじゃん。違うよ、メインは雑誌、雑誌だから」

「へえ、雑誌なんだ。栗蒸し羊羹じゃなくて？　みなとさんってあんなにぺろっと嘘つけるんだ。意外だし、がっかり」

棘《とげ》だらけの冷たい言葉が吹き矢のように次から次へと飛んでくる。嘘をつこうとしたのは事実だから、どうにも上手く言い返せない。とりつくしまもない様子の飛鳥くんに付いて歩き、作業場の和室に戻る。ああ、寄り道せずさっさと戻ればよかった。でもあんなに美味しそうな栗蒸し羊羹をいただかないわけには……。

和室の入口でおろおろしていると、飛鳥くんがブハッと噴き出した。

振り返った飛鳥くんの大きな目がいたずらっぽく光っている。

「どう？　思春期の息子ムーブ」

そう言って、口に手の甲を当てた。わずかに見える口の端がにやりと持ち上がっている。

「みなとさん焦りすぎ。あの態度じゃ、勘違いしようがないことも勘違いするよ」

よいせ、と飛鳥くんが腰を下ろした。両手を畳につき、胡座をかいた。

「じゃあ……」

「わかってますよ。男も女も、実めあての人間は山ほど見てきたから。みなとさんがそういうのじゃないってのは、さすがにわかる。俺が声かけたときのみなとさん、笑えるぐらい顔引きつってたから、ちょっとからかってみたくなっただけ」

羊羹ついてるよ、と自分の口元をつついた。あわててごしごし拭う。

「それとも俺マジでお邪魔だった？　今までもほんとは実とふたりで休憩したかった？」

少し不安げな上目遣いで見られる。急いでぶんぶんと首を横に振った。

「そんなわけないじゃん。私が飛鳥くんとのおやつタイムをどれだけ楽しみにしてるか」

「うん。知ってる」

飛鳥くんが目を細め満足そうに笑った。

「あ、でも、やっぱりふたりで羊羹食ってたのは腹立つな。あれ、朝霞堂《あさかどう》の栗蒸し羊羹でしょ。俺大好きなんだけど。ふつーに呼んでよ」

「いやいや呼んだところで飛鳥くんは素直に来ないでしょ、絶対」

「なんで？　みなとさんに呼ばれたらどこでも行くよ俺。実との結婚式でも泣きながら参列する」

「飛鳥くん、からかいのタチが森本先生とそっっっくりだよ」

「うわー、仕返しだろその言い回し。いいんだよ、俺は根が善良すぎるから、せめてそこぐらいは実に似とかないと」

「それ自分で言う？」

リズムよく軽口をたたきながら、左胸をゆっくりとさすって、落ち着け、と宥《なだ》める。もう大丈夫なのに、心臓はまだ冷たく拍動を繰り返している。

飛鳥くんの、あの言葉。

がっかり、と言われたとき、心臓に氷柱《つらら》が刺さったみたいだった。飛鳥くんに失望されたということに、しんじつショックを受けた。意外でもなんでもない。私は自分のためだけの卑怯《ひきょう》な嘘もそれなりについてきたくせに。

飛鳥くんにとって、今のところ私はきっと「福崎先生のような大人」ではない。私がそうならないよう気をつけているから。「ものがわかる大人」「信頼に値する大人」としての振る舞いを意識している。でも、私は保身のために嘘もつくし、ぜんぜんまともな大人じゃない。化けの皮は、いつ剝がれてもおかしくない。福崎先生と同じ箱に、何かの拍子に入れられてしまう可能性だってある。

そのとき私は——。

「雑誌だけど」

「え?」

トーンを落とした不意の呼びかけに、うまく取りつくろえないまま顔を上げてしまう。飛鳥くんがそっぽを向いていて助かった。

「なんで実に見せてもらってたんですか」

「なんで、って……」

「あんなの、見ても不愉快でしょみなとさん。それとも、実が無理やり見せた? あー、そうか。そっちか。ありえるな。あいつそういうとこほんと無神経だから」

腕を組んで、口をへの字に曲げている。

なんだろう。微妙にすれ違いが起こっている気がする。

えーっと、と額に手を当てる。

ひとつずついこう。

「あのね、あの雑誌は私も持ってる。書店で買ったから。森本先生は気を利かせて見せてくれただけ」

「は？　買った？　なんで？」

「いや、読みたいでしょふつうに。〝鳥と港〟について書かれてるんだから」

「でも、あれは……」

飛鳥くんが言葉を詰まらせた。

なるほど。

なんとなくわかってきたかもしれない。

森本先生も私も、飛鳥くんを見あやまっていた。この子はたぶん、私たちが思っているよりやさしい。

「あのさ、飛鳥くんこそ、どうして私に見せてくれなかったの？　森本先生から一部貰ってたんだよね？」

「それは……」

言いよどんだまま、飛鳥くんは口を引き結んで、目を伏せた。言葉にすることすらも私を傷つけてしまいかねない、とでもいうように。

「私が〝消されてる〟から？」

ずばりと切り込むと、まあ、そう、と渋々頷いた。

「〝鳥と港〟の話で、っていうから取材受けたのに。そりゃ、今回は親子対談だって前もって聞いてはいたけどさ。一応みなとさんも取材されてたじゃん。俺だってみなとさんとのことけっこう喋った。でも蓋開けたらみなとさんは完全に〝いない人〟扱いだし……」

「いいのに、べつに」

「よくない。よくないから。そういうのを、そういうもんだ、ってかんたんに受け入れちゃったらダメなんだよ。少なくとも俺たちは。ないがしろにしないし、されない。そういうものを書いてるんだから」

こぶしまで握って、飛鳥くんが熱っぽく言った。瞳のかがやきがまぶしい。

ああ、まただ。

この子と話していると、ときおり、光に捕まる、という感覚に陥る。瞳の奥の光を見たが最後、身じろぎもできず吸い込まれる。強くて、美しくて。どうしてだか、見ていると少し泣きたくなるような光。

「みなとさん？」

怪訝そうな声に、はっとする。

そうだね、となるべく気持ちを込めて頷いた。ないがしろにしないし、されない。そういうものを、書いている。書いていく。

「まあ、この記事のおかげで申し込みが増えたのは事実だけどね」

言いながら、飛鳥くんがタブレットを取って画面をつけた。私も飛鳥くんの隣に座る。

ここ数日で、新規申し込みの問い合わせメールが急増している。そろそろ本格的にシステムを確立して、対応していかないといけない。

「戸田さんに会うのって明日でしたっけ？　あさって？」

「あさって。柊ちゃんに会うっていうか、舞台観に行くのがメインだけど。柊ちゃんの仕事終わりに時間が合えばご飯って感じだから、どうなるかはわかんないよ」

「それで全然いいんで、意見聞いてきてくださいね」

「うん。このノートも持っていくね」

夏の終わりからふたりで打ち合わせを重ねてまとめたノート。頼みます、と飛鳥くんが両手で手渡してきて、私もしっかりと両手で受け取った。


舞台は前評判通りおもしろかった。ホールから吐き出され、カーテンコールの余韻が抜けないまま、夕暮れどきの街をふらふらと歩く。目がひどく乾いている。頭も首も腰も凝り固まっていて、揉んでも揉んでも痛みが取れない。

観劇って本当に体力がいる。

生身の人間同士の、五感と五感のぶつかり合い。観劇自体は好きだが、身体拘束を受け入れるという点においては苦手かもしれない。こちらはずっと同じ姿勢で、水も幕間《まくあい》にしか飲めない。前のめりにもなれないし、伸びもできない。

それでも、二十歳の頃は日に二本でも平気で観ていた。体も心もさっさと切り替えて、次の舞台に足を運んでいた。今はもう無理だ。文化体力のようなものが年々落ちている気がする。

カフェで休憩、と思ったけれど、友だちに譲ってもらった今日のチケットはS席で、一万円ちょっとした。柊ちゃんとのご飯も控えている。締められるところは締めておかないと。

近くの大型書店に入って新刊コーナーから順に見て回る。せっかくだから、陽ちゃんとの「ふたり読書会」の次の課題図書を選びたい。この前は陽ちゃんが選んだ免疫学系の新書だった。今度は海外古典でもいいかもしれない。いくつか見つくろって、『読んだことないやつある?』と送る。仕事中のはずだが、すぐに返事が来た。

『〝美しい夏〟は読んだ。〝白鯨〟はいつか読まなきゃなと思いながらも辛気臭そうで読めてない。〝西瓜糖の日々〟は読んだことあるけどぶっちゃけよくわかんなかったから、もっかい読んで春指と話してみたいかも』

『じゃ、〝西瓜糖の日々〟で』

『はいよー。いつぐらいにする?』

『来月でどう? 陽ちゃんのスケジュールに合わせる』

『わかった。また連絡する』

七時を回ったところで、『西瓜糖の日々』だけ持ってレジに並んだ。

会計を終えて、エスカレーターに向かう。出口横に貼られたアルバイトの求人が目に入り足を止めた。仕事内容と時給だけが簡潔に書かれた貼り紙。書店の求人は、見かけるたびその時給の安さにぎょっとする。学生時代、書店でのアルバイトも何回か考えたが、結局一度もしなかった。家庭教師や予備校講師なら、同じ時間働いても、三倍以上稼げる。授業内容を組んだり宿題を管理したり、講師業もそれなりに大変だったが、書店のアルバイトの三倍以上ハードだったかと言われるとわからない。

去年まで私が会社でしていた仕事だってそうだ。誰にも必要とされない、資料のための資料を作っていただけなのに、立ちっぱなしで常に忙しそうなこのスタッフより多くの給与を得ていた。どう考えても、こちらのほうがあきらかに重労働だし、不可欠な仕事だ。どんなからくりが働いてこんなことになっているのか、仕事内容と賃金の「妥当性」について考えはじめると、どんどんわけがわからなくなってくる。

指定のスペインバルに入ると、すでに席に着いている柊ちゃんが目に入った。寄ってきたスタッフに軽く頭を下げて、テーブルに近づく。

「お疲れ。スーツじゃん」

声をかけて椅子の背を引く。柊ちゃんが携帯から顔を上げた。

「スーツだよ、そりゃ」

笑いながら、ブルーのネクタイを軽く緩めた。

ワックスで綺麗《きれい》にセットされたおでこの見える髪型も、本革のビジネスバッグもシルバーの時計も、バリバリ働いてきた人の出で立ち、って感じだ。

思えば、大人になってからは柊ちゃんが帰省するタイミングでしか会わなかったから、会社員ふうの柊ちゃんはどうも見慣れない。

かたや私は観劇帰り。ボリュームのあるボウタイ付きのドットワンピースで、髪も少し巻いて、小粒のパールのイヤリングをつけている。

「春指は舞台？　観てきたんだっけ。どうだった？」

「おもしろかったよ」

「どんな話？」

「えーと、街を牛耳る二つの家があってね。ほぼマフィアみたいな。そこは敵対してるんだけど、跡継ぎの少年少女は仲が良くて。で、ある日片方の家で内紛が起きるのね。追われる立場になった少女は男装して少年の家にこっそり身を寄せる。そこで、少年と協力しながら復讐《ふくしゅう》の機会をうかがうんだけど、パワーバランスが変わったことで友情も変質しはじめて……みたいな」

「へー、おもしろそう」

おしぼりで手を拭き、メニュー表をぱらぱら見ながら柊ちゃんが言った。

興味がないなら深掘りしなきゃいいのに。

むう、と頰杖をついて、柊ちゃんをひと睨みする。

話題を振って、相手に話させて。

その服脱いでくださる？　と言いたくなる。

「春指は飲む？」

「どうしよかな。柊ちゃんは？」

「俺はやめとくわ。明日も飲み会だし、今日は休肝日ってことで。春指は気にせず飲めよ」

「じゃあ、ちょっとだけ」

考えたら、お酒を飲むのは会社を辞めて以来だ。サングリアの白をオーダーする。生ハムとチーズ、ドライフルーツの盛り合わせをつまみながら、中高の友人の近況を知らせ合ったり、最近の写真を見せ合ったり。三杯目ぐらいで頬がぽっぽと熱くなってきた。会社の飲み会ならこのぐらいじゃ酔わなかったのに。そう言うと、柊ちゃんが「それはな春指、俺に気を許している証拠だ」と得意気に笑った。そうなんだろうか。そうなのかもしれない。なんだかんだ付き合い長いし。そうだねと言っておけば柊ちゃんは喜ぶだろうからそうだねえと頷いておく。頭の芯のあたりがふわふわして気持ちいい。

「俺も飲もうかな。春指見てたら飲みたくなってきた」

ドリンクのメニューを広げている。

「やめときなよ。休肝日なんでしょ」

「休肝日は明日にする」

「飲み会じゃないの?」

「薬飲んでることにする。すみません、クララひとつお願いします。あと、水もふたつ」

通りかかった店員さんにさっさと注文する。

「そっか。服薬中って言えば断れたのか」

入社した頃、飲酒の可否について訊ねられた私は、馬鹿正直に「飲めます」と答えてしまった。そのせいで課長にはあちこち連れ回されたし、飲めないと言って断ることもできなかった。

「まあな。それでも〝今日ぐらい薬抜け〟って言ってくるやつはいるけど」

「くそだね。人にお酒飲まさないと死ぬ呪いにでもかかってんのかな。アルカス？　あ、カスっていうのは呪いのcurseとかけててね」

「いや急なネイティブ発音おもろ。春指いい感じに酔ってんなー。ほら水きた。飲んどけ」

おかしそうに笑う柊ちゃんからコップを受け取る。氷入りのよく冷えた水が喉に心地いい。陽気で快活な音楽。料理はどれもふくよかな味つけで美味しい。柊ちゃんはやさしく、会話は気安く愉《たの》しい。舞台もおもしろかったし、課題図書も決められた。どこをとってもじょうじょうでみょうみょうな、いい一日だった。

ふわふわとした幸福感のままもうひと口飲もうとしたら、口の端から水が零《こぼ》れ落ちた。あわてて手で顎を拭う。笑えるくらいびちゃびちゃだ。思ったより酔ってるのかも。

鞄からハンカチを取り出そうとして、はたと思い出した。

「そうだ。相談」

「相談？」

「うん。これ」

パイル地のハンカチと一緒にノートを取り出す。柊ちゃんの方向に向けて開いて見せた。

「今、〝鳥と港〟の新規申し込みがたくさんきててね。料金とか回数とか、飛鳥くんと考えてみたの。クラファンのときみたいに、柊ちゃんの意見を聞けたらと思って」

説明しながらワンピースを手早く拭く。ハンカチを鞄に戻して顔を上げると、柊ちゃんはノートではなく私をまじまじと見ていた。

「柊ちゃん？」

呼びかけると、柊ちゃんは困ったように「えーっと」と言った。

「もうよくないか？　充分やっただろ」

「いいって、何が？」

「いや、だからさ、あれって要するに転職のための実績作りだろ？　ほら、春指、一年未満で辞めてるし、その、ある意味経歴作りっていうか……。企画立てて、クラファンで広報して、資金集めて、実際に運用して、みたいな。どんな規模感のものでも、ひとつのプロジェクトを一からやって成功させるのは相当力がいることだし、それは確実に評価にもつながる。クラファンのリターンが終わるのは一月、だよな？　そこからなら四月入社の求人もたくさん出てるし、タイミング的にもバッチリ……」

私があまりにも呆気《あっけ》にとられていたからだろうか。柊ちゃんは途中で話を止めた。

「春指？」

半開きになっていた口をゆっくり閉じた。

てんしょく、じっせき、けいれき、せいこう、ひょうか、きゅうじん。

もやのかかった頭でなんとか整理する。

つまり、つまりだ。

つまり、柊ちゃんは、『鳥と港』を、本気の仕事だなんてちっとも思っていなくて、なんなら再就職するための踏み台だと思っていて、私がいい会社に入れるように、また社会に戻っていけるようにって、そのためにはクラファンを成功させないといけなくて、だから積極的に協力してくれて……。

膝の上で、ぎゅっと手を握る。

なにそれ、と声が引きつった。

「そんなふうに思ってたんだ」

なんとか、半笑いで言った。でもそれが逆に、ひどくショックを受けたような響きになった。

柊ちゃんが慌てて「いやっ」と素早く首を横に振った。

「ごめん、俺の勘違いだったんだな。謝る。違うんだ、まさかこんな……真剣にビジネスのつもりだったとは思ってなくて、いや、違う、これも失礼だな。ええとその、なんていうか、俺もちょっとびっくりしたっていうか……そもそも飛鳥くん高校生だし、うん……。はは」

最後は濁すように笑って、ノートに目を落とした。無言で、ぱら、ぱら、とページをめくっていく。

ボールペン、マーカー、鉛筆、カラーペン。

私と飛鳥くんの手書きの試算表。

端に描いた些細な落書き。

柊ちゃんは困ったように眉を掻いている。かーっ、と頬が熱くなる。

返して、と低く呟《つぶや》くと、柊ちゃんが黙ってノートを閉じた。目が合う。逸らすと、柊ちゃんの大きな喉仏が動くのが見えた。受け取ったノートは軽くて、ちゃちで、子どもの落書き帳のように思えてしまう。

柊ちゃんが息を大きく吸って、あのさ、と強張った声を出した。

「前の会社、なんで辞めたのかちゃんと訊いてなかったよな。給料？　それとも仕事内容？　きっと、春指なりに納得のいかないことがあったんだよな。よければそれ、教えてくれないか」

口の中に溜まっていた唾を飲む。

言えない。

言えない、と思ったけれど、それすらも言えなかった。

何もないから。柊ちゃんが納得するような理由はひとつもない。

飛鳥くん相手ならすらすら言えた退職理由。

でも、それらは、良識あるふつうの大人の退職理由にはあたらない。ふつうの大人なら当たり前のようにこなせていること、我慢できることで、それで会社を辞めてしまったなんて今ここで馬鹿正直に打ち明けたところで柊ちゃんには理解できないし打開策も出してくれない。

「ていうのもさ、そこをはっきりさせないと、ステップアップの方向も決まらないっていうか。俺さ、春指なら、ほんと、どこでも働けると思うんだ。こんだけ地頭よくて、スペックあって、対人能力も高いわけじゃん。その辺の企業じゃもったいないって。前も言ったけど、うちとかどう？女性管理職の割合も業界の中じゃトップクラス。福利厚生もしっかりしてる。海外勤務のチャンスだってあるし、社会を変えるようなプロジェクトもできる。やりがいは絶対に保証する。それに――」

柊ちゃんはとても熱心に、自分の会社のいいところをたくさんたくさんたくさん挙げていく。違う星の話をやめてくれない。

皿に残っていたパエリアをスプーンですくって口に含む。相槌は打ちたくなかった。でも何かしないと間が持たなかった。酔いはとっくに醒《さ》めている。柊ちゃんはまだ喋っている。途方もない脱力感に襲われながら冷えた米を咀嚼《そしゃく》する。飲み下して、ようやく、やめてよ、と遮った。

「私、そういうことがやりたいんじゃないの」

思いのほか、ふてくされたような幼稚な響きになった。柊ちゃんが間髪をいれず「じゃあ、どういうことがやりたいんだ？」と詰めてきた。答えられない。だって、やりたいことがあって辞めたんじゃない。やりたくないことが多すぎて辞めたから。

黙り込んでいると、柊ちゃんは短く息を吐いて、水に口をつけた。私も残りの水を飲み干したけれど、喉はカラカラのままだった。お茶が飲みたいな、と強烈に思った。森本家の和室で、畳の上で、飛鳥くんとお茶を飲みたい。今すぐ。

柊ちゃんがなおも言い募ろうとした気配を感じたから、「そろそろいこうか」と財布を出した。財布の中には一万円と二千円しか入っていなかった。一瞬ためらって、一万円をテーブルに置く。荷物をまとめて席を立とうとした瞬間、いいよ、と柊ちゃんが気遣わしげに言って札を押し返してきた。

自分でも、どうしてそれでスイッチが入ったのかわからない。

気づけばぽろりと涙が出ていた。

「春指」

柊ちゃんが、がたっと腰を浮かせた。おどろいた顔がみるみるうちに滲み始める。

「ごめん」「俺が悪かった」「考えなしだった」柊ちゃんは焦ったようにしきりに謝ってくる。声が大きかったせいで、店内が静まりかえった。見られているのがわかる。だめだ。泣き止まないと。泣いたら柊ちゃんが悪者になってしまう。でも止まらない。泣きたくなんかないのに涙が次から次へとあふれだしてくる。なんの予兆もなかった。わけがわからない涙だ。柊ちゃんは柊ちゃんなりに私のことを思って、私の可能性を信じて、正面から考えを話してくれただけだ。泣くようなことじゃない。わかってる。でも、私はもう柊ちゃんの正面に立ちたくなかった。立たせないでほしかった。私をあきらめてほしかった。そのくせ、それを言い出す勇気もなかった。柊ちゃんの言葉は確かに私の自尊心をくすぐってくれたから。

柊ちゃん、と嗚咽をこらえて声を絞り出す。

「私、柊ちゃんと話してると、く、苦しくなる。昔から、ずっと。自分のことが、い、いやになる」

言葉は足りないくせに、言い回しは過剰になった。だけどもういっぱいいっぱいだった。目頭に薬指を当てる。指の腹が熱く濡れた。涙をぐっと拭う。洟を啜った。せめて泣き止みたかった。

すとん、と柊ちゃんが座った。

そして、ごめん、と言った。

今まででいちばん静かな謝罪だった。

どうしようもなく、取り返しのつかない響きだった。

6

……そうなんですね、美緒さんおひとりで介護も家事も……。「自分の親ならまだしも、旦那の親なんて他人に等しいです。どうして私が引き受けなくちゃいけないのかわかりません」そうですよね、美緒さんのお気持ちはとてもわかります。美緒さんには美緒さんの時間と自由があり……

……そうなんですね、美緒さんおひとりで介護も家事も……。ご自分の時間がなかなか取れない中、こうしてお手紙を書いてくれて本当に嬉しく思います。どうかこの手紙を読む間は、少しでも現実を忘れられるよう……

……そうなんですね、美緒さんおひとりで介護も家事も……。差し出がましいようですが、そのことについて、ご夫婦の間で話し合いはされているのでしょうか。残念ながら、不満は言ってもらわないと気づけないという人もいるようで……

……そうなんですね、美緒さんおひとりで介護も家事も……。……

文字の上でペン先が滲みはじめた。つづきが思い浮かばない。あきらめて、個人情報の部分に保護スタンプを捺してから、丸めてゴミ箱に入れた。これで四枚目、いや、書き損じも含めると五枚目だ。

座卓に頬を押しつける。吐いた息で天板が白く曇った。いっこうに筆が進まない。同じところを何度も何度も書き直してはボツにして、を繰り返している。

これだけ書けないなら、美緒さんへの返事は後回しにしようかと思ったけれど、後に控えている手紙はどれも似たようなものだ。パートナーへの不満、子育ての大変さ、義理の両親との確執、親の介護問題エトセトラエトセトラ。

さすがに十代の飛鳥くんに相談するのは憚られるものがすべてこちらに回ってきている感覚だ。自分の境遇の辛さを訴える手紙が予想していたより遥《はる》かに多い。「誰にも言えないけれど、誰かに言いたい、知ってほしい」という感情は、かならずしもポジティブなものとはかぎらないらしい。ただ、正直な話、それを私に向かって叫ばれても、「そうなんですね、大変なんですね」以外、どう返してあげればいいかわからない。

だって、私の乏しい人生経験でいったい何が言える？

介護のことも夫婦間の問題も、私には想像もつかないし、自分に引き寄せて考えることもできない。だから、とおりいっぺんのことしか出てこない。うすっぺらい共感とアドバイス。書かないほうがましだ。

それでも返事をしないわけにはいかないから、期限までにはなんとかそれらしいことを書いて送る。こんなものでお金を貰ってしまっていいのか、書けば書くほど歯がゆさが募る。

サポーターを外して、手首を回すと痛みが走った。そろそろ湿布を貼らないといけない。携帯すらも重く感じる。もう何枚書いたかわからない。

書く枚数は日に日に増えている。どうやら若手の人気俳優が深夜ラジオで紹介してくれたらしい。飛鳥くんとふたり、聴き逃しの配信で聴いてみたところ、最近はまっていること、という流れで『鳥と港』の名前を出していた。

『俺ね、最近文通始めたんですよ。わかります?文通。手紙書いて送り合うってやつ。〝鳥と港〟っていう、文通相手になってくれる人たちがいてね。この前、雑誌の撮影のときに、ライターさんから教えてもらったんです。今の時代に文通?って思うじゃないですか。俺も思ったんですよ。でもね、一周まわってわりとアリで。楽しいっすよ文通。いま便箋とか切手とかめっちゃ集めてます。何書いてるか……うーん、仕事のことはぜんぜん書かないかなー。すんごい変な味のラーメン食べたとか、近所の野良猫がなついてくれて嬉しいとか、そういうどうでもいいことばっかなんですけど、〝俳優としての自分〟ってのを意識せずに思ったことじゃんじゃん書きまくれる感じがよくて。匿名で送ってるから流出もないし(笑)。タイムラグも逆にいいんすよ。仕事終わって帰ってきたらポストに手紙届いてて、めっちゃサプライズ感あるっていうか。〝鳥と港〟の人も、なんかねー、言葉選びがやわらかくて癒やされるんですよね。文通のプロって感じ。いいっすよ、文通。おすすめです』

その日をきっかけに申込者が急増した。

その俳優は本名で送ってきてくれているわけだし、誰がその俳優なのか私たちはもちろん知らない(変な味のラーメン、というくだりで、なんとなくあたりはついたけれど)。知っていても、当然やり取りの内容を明かすわけにはいかない。私も飛鳥くんも、そういった問い合わせが増えるのでは、と警戒していたのだが、送られてきた手紙は、彼と「同じこと」をしてみたい、という微笑ましいものがほとんどだった。

きっかけはなんだっていい。途中で飽きたっていいのだ。自分の好みに合うとくべつな便箋を探して、書き残したい感情や出来事を自分だけの言葉で綴る。それを愉しんでくれる人が増えたのは率直に嬉しい。

だからこそ、私たちはそれらにきちんと、そしてひとしく応えなくてはいけない。これは仕事だ。子どものお遊びじゃない。……ましてや私の再就職のための踏み台なんかでもない。ここで書き切れないなら、家に持ち帰って納得いくまで書けばいい。

美緒さんの手紙と書きかけの返事をクリアファイルに入れて、次の手紙をレターケースから取り出す。新しい便箋を取ろうと手を伸ばしてぎょっとした。

大きな溜息とともに、飛鳥くんが叩き付けるようにして卓上に手紙を投げ捨てていた。自分が書いたものじゃなくて、送られてきたものを。

「ちょっと飛鳥くん」

思わず厳しい声が出る。はす向かいに座っていた飛鳥くんは一瞬ばつの悪そうな表情を見せたが、すぐにふいっと目を逸らし「違うんだって。俺も限界っていうか。まあ読んだらわかるよ」と早口で言った。

「言っとくけど、これ一通じゃないから」

がさっと手紙の山を寄越した。読め、と目が言っている。注意の言葉を飲み込んで、いくつかの手紙に目を通す。通しているうちに、眉根が寄るのがわかった。

「これは……」

手紙、というかファンレターだ。森本先生と飛鳥くんへの。

森本先生の著作への感想。先生の執筆の様子を教えてほしい。新作はいつ出るのか。先生はどういう人がタイプなのか。お母さんはどんな人なのか。飛鳥くんは普段何をしているのか。彼女はいるのか。飛鳥くんと個人的に仲良くなりたいが今度会えないか。

「いつからこんなに？」

飛鳥くんと内容の相談をしていたのは夏頃までだ。忙しくなってからは、お互いどんな手紙が来て何を書いているのか把握し合っていなかった。

「雑誌に載ってから急に増えた。最初っから多かったよ。まあ、俺も実を使った以上ある程度は覚悟してたけど、さすがにうんざり。もっと中身のあること書いてくれって感じ」

ぴん、と一枚の便箋を爪で弾いた。当たりどころがよかったのか、こちらにまでひらりと飛んできた。

花柄の便箋に、丁寧で懸命な文字が綴られている。雑誌のインタビューを読んだこと。かっこよくてびっくりしたこと。飛鳥くんの考え方を尊敬していること。

書き手の女の子が飛鳥くんに好意を抱いているのがひしひしと伝わってくる。

「……でも、やっぱり、せっかく書いてくれた手紙を、そういう風に扱うのは違う気がするな」

「え？　俺、今説教されてる？」

飛鳥くんの目に挑発的な光が浮かんだ。初めて見る表情にたじろいでしまう。そこまで言えば、素直に「わかった」と応じてくれると思っていた。

ええと、と言葉を探す。

「その……説教とかじゃなくて。何を書くかは自由だし、それに応えるのも、お仕事のうちっていうか」

「そのへんは俺だってわかってるよ。でも、仕事の愚痴ってひとつも言っちゃいけないわけ？」

「愚痴っていうかさっきのは」

「みなとさんはちゃんとした手紙を書ける人たちとやり取りしてるからわかんないんだろうけど」

飛鳥くんが普段じゃ考えられないほど冷淡な声で吐き捨てた。

何かが気に障ったのか、もともと虫の居所が悪かったのか。

飛鳥くんは今冷静に話し合える状態じゃない。いったん私が引いたほうがいいんだろうけど、どうしても引っかかる。

ちゃんとした、って何？

飛鳥くんだって、私に来ている手紙がどんなものか知らない。あれが苦しいこれが辛い。私ではどうにもしてあげられない悩みや、目をおおいたくなるような誰かの悪口ばかり。

飛鳥くんの手紙のほうがよっぽどもらって嬉しいものなんじゃないの？

「……ないがしろにしない、って言ったのは飛鳥くんじゃない」

思いがけず、あてつけのような言い方になった。

「今のは」と謝ろうとしたけれど、それより先に飛鳥くんが「そーでした。俺でしたね、はい」とふざけたように言って、便箋を手に作業に戻った。深くうつむき、髪で顔を隠しているけれど、耳が赤くなっているのが見える。

言葉をかけあぐねて、私も便箋を一枚取った。ペンを回し、考え込んでいるふりをする。間違ったことは言っていない。はずだけど、もっと上手い言い方はあった。

ちらりと腕時計を確認する。二時半。もう少しでおやつ休憩の時間だ。この雰囲気でいつもどおり歓談できるだろうか。飛鳥くんは黙々と手紙を書いている。わざとらしいぐらい真剣に。

どう仕切り直せばいいのか。今から謝るのも違うし、飛鳥くんの発言を蒸し返すのも論外。ああ、こんなときこそ森本先生が乱入してきてくれたらいいのに。なにか、とってもとんちんかんなことを言いながら。

「メール確認しとくね。朝、見たきりだったし」

いつもならこんなことでいちいち声かけしないけど、飛鳥くんもそこは「ああはい。お願いします」と立て直しに協力してくれた。

タブレットを立ち上げ、『鳥と港』のメールボックスを開く。新規申し込みが四件と、問い合わせが二件。問い合わせてきた二人はどちらも私の担当だ。『返事がまだ届かないが、いつ送ってもらえるのか』という催促に、今日投函するので、もう二日ほど待ってほしい旨を書いて送る。もう一人のほうにも、名前だけ変えてコピーアンドペースト。自嘲のような笑みが口の端に浮かぶ。謝罪のくせに誠意がない。飛鳥くんには偉そうに言ったくせに。

ああいやだ。苛立ちと焦燥でみぞおちのあたりが苦しい。返事は書けない。空気も悪い。申し込みのメールだけ処理して帰ってしまおうか。

受信順にメール処理を進め、リストに必要項目を入力していく。会社員をしていた頃は流れ作業が苦痛で仕方がなかったが、今となってはこういう作業のありがたさがわかる。何も入れず何も出さない。「私」を一切関与させずに事を進められるからまったく消耗しない。

これで最後、と四通目のメールを開けた瞬間、固まった。

『春指ちゃん。お久しぶり、下野です。下野奈々子。覚えてる？　総務二課で一緒だったやつです。これ春指ちゃんがやってるの見かけて申し込んでみました。あんまお金余裕ないから半年コースで終わると思うけど。よろしくお願いします』

会社の近くにある、という理由でいけなくなったお店がいくつかある。

各国の伝統的なスープが味わえるスープ屋さんは、会社の通りに。

絵本モチーフの洋服や文房具を取り揃えた雑貨店は、社員が通勤に使う地下街に。

目利きの店主が蒐集《しゅうしゅう》した本ばかりが並ぶブックカフェは、課長御用達の定食屋の横に。

どれもこれも、素敵なお店だった。

行きたいな、と思うことはある。でも、会社の人に出くわす可能性が一パーセントでもあるのなら、私は行かない。行けない。行けないと、人に言ったことはない。気にしすぎだ、大丈夫だ、って励まされるだけだろうから。

会社を辞めて、一年近く経とうとしている。もう大半の人が、私の顔も名前も忘れている。会ったからといってどうだというのか。きっとどういうこともないんだろう。それが関わりの薄かった社員Aなら。

でも、田島課長だったら？　私を採用してくれた人事部の人だったら？　今もあそこでしっかり働く同期だったら？　一瞬の邂逅《かいこう》の可能性が一パーセントでもあるかぎり、私はその一帯に近づけない。

うっすらとだけど、飛鳥くんもそうなんじゃないかと感じるときがある。

一緒に出かけるとき、飛鳥くんは高校の通学路にあたりそうな道や同級生がいそうな場所はさりげなく避ける。制服の集団が向こうからやってきたときは、髪を整えるふりをしてバケットハットを目深にかぶり直す。私はなるべく気づいていないふりをして、どうでもいい会話を仕掛ける。飛鳥くん、という名前を呼ばないようにする。飛鳥くんが声を出さなくてもいいよう、長めのエピソードを一方的に喋り続ける。

会ったからといってどうだというのか。きっとどういうこともないんだろう。飛鳥くんは学校に行かないし、SNSだって同級生たちとはつながっていない。何をどう言われようと飛鳥くんの耳に入ってくる確率は低い。だから大丈夫でしょ、気にするほどのことじゃないよ、なんて私は絶対に言えない。

行けない場所がある。会いたくない人がいる。

それを知らないままでいられた人間ではないから。

まぶたを開け、薄暗い天井をじっと見つめる。不思議な色合いの夕暮れだ。青闇に紫光が一筋差し込んでいる。湿った匂いはするが、雨は降っていない。肌寒い秋風がカーテンを膨らませてはなびかせている。そろそろ閉めないと、とさっきからずっと思ってはいる。でもどうしても起き上がれない。

かけ布団をあごまで引き上げて、つま先をすりあわせた。眠くはない。活動ができないだけ。頭はせわしなく動いているから気はまったく休まらない。考えてもどうしようもないことばかり水泡のように浮かんでは消えていく。田島課長の嫌みを思い返しては、今ならこう言い返してやるのにとか、研究室の先輩からの指摘を受けて、矛盾点を屁理屈でぼかしたのは卑怯だったな、とか。

そういうことをとりとめもなく数珠つなぎに考えていたら、先週自分がしでかしたことを急に思い出して「ああっ」と叫びかけた。

本当に、どうしてあんなことをしてしまったんだろう。

この一週間、その自問ばかり繰り返して、そのたびに叫び声を上げそうになる。

あの日、下野さんからきた文通の申し込み。

私はリストに一通りの情報を入力して、「担当」の欄を「飛鳥」にした。申し込みメールは、テンプレートの返信をした後、メールボックスからもゴミ箱からも削除した。

思い返せば返すほど、めちゃくちゃで、中途半端な工作だ。申し込みをなかったことにしたいなら、返信もせず、削除すればいい。もしくは何かの理由をつけて断りのメールを送る。飛鳥くんに任せたいなら、事情を説明して担当をお願いすればよかっただけ。あのとき、確かに気まずさはあったけれど、本気でお願いすれば飛鳥くんはきっと引き受けてくれた。

ふたりが文通を開始すれば、下野さんが本当は私宛てにメールを送っていたことがいずれ伝わるだろう。こそこそと証拠を隠滅していましたと白状する日も遠くない。

うう、と呻き、ぎゅっと目をつむってみたけれど、自分がやったことも後悔も消えてはくれない。

下野さんはいつ手紙を送ってくるだろう。一緒に働いていたとき、下野さんは何かにつけ着手が早かったように思う。一通目がくるまでにさっさと飛鳥くんに打ち明けてしまったほうがいい。頭ではわかっている。けれど、今日も情けなさと後ろめたさで言い出せなかった。これでもう一週間だ。

布団の中にもぐりこむ。みのむしみたいに丸まって、とまらない呻き声をシーツに押しつけた。

夕食後、持ち帰った分の手紙を書くのがここ一ヶ月の習慣になった。お風呂までに三通、お風呂を出てから就寝までに二通。それを翌朝投函してから、森本家に向かう。確かめていないが、おそらく飛鳥くんも似たようなことはしている。

今日も昼間に書き切れなかった分を持ち帰ってきた。よくないとは思いつつも、そうでもしなければ追いつかない。森本家との往復に使っているリュックの中から手紙を取り出し、畳の上に置いていたペンケースを卓上に載せる。初めの頃はガラスペンにインクをつけて書いていたが、途中からボールペンに切り替えた。ガラスペンだと時間がかかりすぎる。

今までのやり取りを読み返してから、返事をしたためる。山野さんには最近観た映画の話を、ちーちゃんさんには大学院時代の話と進路に悩んだときの話を。

今日は比較的返しやすい手紙ばかりだ。久しぶりに筆がのる。こういうものばかりなら楽しいのに。

「みなとさんや」

ほかほか湯上がりのお母さんが和室に入ってきた。ほっかむりみたいに、タオルで頭をおおっている。

「なに？」

「これ玄関に落ちてたよ」

ほら、と渡されたのは、高田さんからの手紙だった。

「うそ」

「超ほんと」

「どこに？」

「だから玄関だって。わたしのスニーカーの横に落ちてた」

お風呂てきとうに入りなねー、と言ってお母さんが出ていった。

高田さんの手紙の束と今までのやり取りを確認すると、一通欠けていた。そりゃそうだ。目の前にあるものがそうなんだから。

信じられない。手紙はいつも決まったクリアファイルに入れてリュックで持ち運びしている。落とすタイミングがない。でも、動かぬ証拠が目の前にある。

いつ？　どうして？　お母さんは玄関と言ったけれど、そこで何かした覚えは……ある。使わなかった折り畳み傘を出すために、リュックを開けた。まさか、そのときに？　それでも、落としても気づかないなんて、そんなこと……。

嫌な予感がして、他の人の手紙も卓上に広げる。向こうから来た手紙と、私が送った手紙。やり取りの回数と辻褄《つじつま》を確認していく。気づいて、指が震えた。

一通、ない。

弘明さんからの手紙だ。違うところに紛れていないか、何度も何度も並べ直して確かめる。ない。四つん這《ば》いになって、座卓の下を見る。ない。リュックをひっくり返してみるが見当たらない。玄関まで引き返して、長くも広くもない、ひと目で見渡せてしまう廊下をゆっくり歩く。すぐに突き当たって、階段を上る。部屋に入る。机の上、下、上。心臓がうるさい。大丈夫。まだ徹底的には捜していない。失《な》くすわけがない。もう一度。外に出て、ドアを開けるところから。ゆっくり。落ち着いて。

サンダルを脱ぎ、三和土から上がろうとした瞬間、脳裏に閃《ひらめ》いた。

私、手紙を投函した。森本家から帰る途中。今日は五通だけだからと、郵便局にはいかず、ポストから。そのときにリュックを開けた。リュックの紐を片方だけ肩にかけて、手だけ中に突っ込む横着をして、クリアファイルから手紙の束を――。

スニーカーに足を突っ込んで飛び出した。裏手の公園を突っ切って、人通りの少ない夜道を転がるように駆け抜ける。

お願い。どうか。どうか。どうかどうかどうか！

ぶつかる勢いでポストにたどり着く。肩で息をしながら、ポストの下、裏、まわり、赤い塗装のアスファルトを何度も何度も見て回る。ない。それらしきものはどこにもない。街灯だけじゃよく見えない。ライト、とポケットを探ったけれど、携帯を持ってきていなかった。しゃがみこんで捜そうとしたら、嘲笑《あざわら》うかのように風が強く吹いた。あんな手紙一通、どこで落としたかなんて、関係ない。

手紙には弘明さんの住所も名前も載っている。お子さんの不登校の事情もつまびらかに書かれている。私を、『鳥と港』を信用して打ち明けてくれたのに。それを気軽に持ち出すなんて大馬鹿だ。総務二課時代、「個人情報の持ち出しは絶対にしないでください」「どうしても必要な場合は厳重に注意を」と再三言い続けてきたくせに。自分がどういうことをして、何を取り扱っているのか、私はちゃんとわかっていなかった。

容赦のない風にふらふらと流されて、植え込みに腰かけた。どうすればいいかわからなくて、行き交う車の光をただ目で追い続ける。

ああ、いっそ、風にさらわれたものたちの集積所のようなところがあればいいのに。そうしたらどこへだって、果ての果てへでも捜し求めにいくのに。

帰宅して、お風呂に入った後、もう一度家中をくまなく捜した。お母さんとお父さんには気づかれないよう、さりげなく。まだ、大ごとにする決心がつかなかった。そこらへんからひょっこり見つかる可能性を諦められなかった。

その日の夢見は最悪だった。

フロアで鳴り続ける電話。新人だから真っ先に取らなくては怒られる。取れば罵声が飛んでくる。そんな電話を何本も取っていたら通話相手が田島課長に変わる。いつもの立ち飲み屋に呼ばれて駆けつけると、顔も知らないはずの弘明さんが出てきて、私は怒り心頭の弘明さんにひたすら頭を下げ続ける。手紙の紛失はいつのまにか警察沙汰になっていて、ニュースでも新聞でも『鳥と港』が取り上げられる。森本先生と飛鳥くんに謝りにいきたいのに、どこをどう歩いても森本家は見つからない。人にたずねても、てんで違う道を教えられて、永遠にたどり着けない。途中で飛び起きることもかなわず、鼻先だけが水面から出ているような浅くて苦しい眠りの中、虚実入り交じる夢に苛まれた。

飛鳥くんに紛失を打ち明けるときのことを考えると吐きそうになる。

過失も責任も私にのみある。弘明さんへの連絡も謝罪も、私がひとりで行う。でも、これは『鳥と港』の信頼に関わることだ。説明しないわけにはいかない。

いつもの三倍は時間をかけて坂を上り、鉛のように重い指で呼び鈴を鳴らす。何も知らない飛鳥くんは、「今日めっちゃ天気よくない?」と朗らかに出迎えてくれた。

靴を脱ぎながら素早く目を走らせたけれど、玄関まわりに手紙は落ちていない。

「あ、みなとさん。今週末さ、暮島緑地公園の蚤の市いかない？　最近あんまりそういうのできてないじゃん」

「……いいね。いこうか。お弁当もつくる？」

「賛成。ていうかなんかさー、実も行きたがってて、俺は正直来んなって感じなんだけど。連れていかなかったらいかなかったでずっとうるさいし、まあ犬か財布だと思って……みなとさん？」

飛鳥くんが首をかしげた。うん、となんとか笑顔を作る。

楽しいだろうな。早起きして、みんなの好物だらけのお弁当をつくって、三者三様のおめかしをして。秋のよく晴れた昼下がり、ピクニックシートをふかふかの芝生に広げて。森本先生がしょうもないことを言って、飛鳥くんが辛辣な返しをして、私は仲裁もせず寝転がって高く澄んだ秋空とうろこ雲を見上げる。そのまま少し眠ってみたり、気が向いたタイミングで蚤の市を見にいったり。自分だけのお宝を見つけて見せて褒め合って。

打ち明ける日をほんのちょっとずらすだけで、幸福な一日が約束されている。

「蚤の市、ひさしぶりだね。最後にいったの、五月だっけ？」

「四月じゃない？　わりと出会ってすぐだった気がする。て、あれからまだ半年しか経ってないのか」

「もう半年、じゃない？　あっというまだったよ。夏とか記憶ないもん」

「そう？　俺、今年が人生でいちばん濃い夏だったけど。みなとさんにとってはそうじゃなかったんだ」

わざとらしく肩をすくめた飛鳥くんに続いて和室に入る。返しを考えながら、いつもの場所にリュックを置き、いつもの座布団に座ろうとした瞬間、目に飛び込んできたものに動きを止めた。

「これ……」

「あ、そうそう。それだけ残ってたから。みなとさん持って帰るの忘れてんなー、って」

卓に置かれていたのは、私が捜していた、弘明さんからの手紙だった。

うれしい、という形容ではなまぬるい、痺れのような震えが全身を駆け抜けた。なんで、と言う声がよろめく。

「なんで連絡してくれなかったの？　私、これ、ずっと捜してて……」

「え、みなとさん捜してたの？　ていうかそれこそ確認の連絡くれればよかったのに。みなとさんちになけりゃ俺んちにある可能性高くない？」

「……確かに、そうだね。気づかなかった」

嘘だ。気づいていた。森本家に残してきた可能性も。でも、今日、自分の目でこっそり捜そうとしていた。飛鳥くんに連絡を取るということはつまり紛失を白状することだったから。

「あ、午前の郵便来たっぽい。俺取ってくるわ」

飛鳥くんが軽快な足取りで玄関に向かった。

畳の上にへたり込み、手紙を胸に抱きしめる。あった。失くしてなかった。本当によかった。全身から一気に力が抜けた。

ゴン、と思いきり座卓の天板に額を打ち付ける。情けないのと恥ずかしいのと自己嫌悪と安堵とで言葉にならない。

「みなとさーん、今日も大量。週末のために気張んないと、て、うわ、どしたん」

飛鳥くんがおどろいているが、顔を上げられない。

「熱中症？　はないか、もう十一月だし。いやでも日差しキツいしあるのか？　水持ってこようか？」

「おかまいなく……。己のいたらなさを省みているところなので……」

「ふーん。じゃ、仕分けていくから反省タイム終わったら言って」

飛鳥くんがさばさばと言った。隣でてきぱきと包みを開けていく音がする。

息をひとつ吐き、頬を天板につけたまま見上げる。

「飛鳥くんのそういうところ本当にありがたい」

「実で慣れてるから。あいつもよくそういうポーズ取ってるし」

手紙を仕分けていた飛鳥くんが、ちら、とこちらを見た。「おでこ赤いし」と笑う。スポーツドリンクのコマーシャルにでも出られそうな爽やかな笑みだ。首元まで釦《ボタン》を留めきった白いシャツに紺のカーディガンという制服風の着こなしもあいまって、一瞬、教室で同級生と話しているような錯覚を起こした。

「もし同級生だったら、私たち仲良くなれてたかな」

つい、ぽろっと漏らしてしまった。飛鳥くんが仕分けの手を止める。「なんすか、急に」

「俺らがクラスメイトだったら、ってこと？」

「そう。なんかね、この角度から飛鳥くんを見上げてたらちょっと高校に戻った感じがして。机をとなり合わせてるみたいな。まあ二十五にもなって何言ってんだって話だけど」

急に恥ずかしくなってきて早口でまくし立ててしまう。笑い飛ばされるかと思ったけれど、飛鳥くんは「ふむ」と思いのほか真剣に考え始めた。

「みなとさんってどういう高校生だったんですか？　クラスの中心系？　自分らだけで固まってた系？　それによるかも」

「中心、ではなかったと思う。部活も入ってなかったし、派閥とかも……あんまり覚えてないなあ。その時々で話したい子と話してたかも」

休み時間も読みたい本があれば図書室に行って本を読んでいたし、予習が間に合っていなければ机に向かっていた。かといって、独りで困ったという記憶もとくにない。話したいことがあれば近くの子をつかまえて喋っていた。

そう言うと、飛鳥くんが「ああ、ぽい」と頷いた。

「みなとさん、そのへんフラットな感じする。地味にコミュ力高いタイプ。グループとか男女とかあんま気にせず誰にでも話しかけてたでしょ」

「そうだったかも」

「なら仲良くなれてたよ。俺、基本的に自分からは絡みにいかないから、みなとさんタイプじゃないとそもそも話さない」

「来るもの拒まず去るもの追わずだ」

「や、ある程度拒む」

「なにそれ！　飛鳥くんムズ！　やっぱり私レベルじゃ仲良くなれてないよそれ」

体を起こして叫ぶと、飛鳥くんが「んなことないすよ」と笑った。

「まあ、俺こんなんだから同年代の友だち少ないんですよ。実の知り合いとか、年上のほうが付き合い多いし。同年代からは嫌われがち。とくに女子とか。裏で悪口言われてんじゃないかな。冷たいとかって」

「いやいや、飛鳥くんは裏でモテてるタイプだよ。なんかそういうちょっと近寄りがたいクールボーイがいいんだよ、年頃の子には」

「年頃の子て。フォローいいよ、恥ずかしいって」

「違う違う、ほら、現に手紙もそういうのが多い……」

そこまで言って、「あ」と口を閉ざした。飛鳥くんも気まずそうに目を逸らす。そうだった、そういう手紙が原因で言い争ったんだった。

思いきって、「この前、ごめんね」と謝ってみる。

「飛鳥くんの現状も悩みもわかってなかったくせに、一方的にいろいろ言ったね。ごめん」

居住まいを正して、頭を下げる。

手紙を大切に扱ってほしかったのは本当だけど、柊ちゃんとのことが尾を引いていなかったと言えば嘘になる。肩に力が入りすぎていたかもしれない。

結局、柊ちゃんとはあれから連絡を取っていない。店から帰って数日後、柊ちゃんから長文の謝罪メッセージが届いた。私は何も返さなかった。何を返せばいいかわからなかった。それが最後。大人は楽だ。学校と違って毎日顔を合わせることもないから、連絡さえ絶てばそのままフェードアウトできる。

飛鳥くんには柊ちゃんとの仲違《なかたが》いを言えなかった。あんな悲しい思いをするのは私ひとりで充分だ。

私が顔を上げるのとほぼ同時に、飛鳥くんがゴン、と額を天板に打ち付けた。けっこう派手な音で心配になる。

「大丈夫？　音すごかったよ」

「……大丈夫です。己のいたらなさを省みてるだけなので」

どこかで聞いた台詞だ。続いて、「すみませんでした」とくぐもった声が響いてきた。

「みなとさん、全然悪くないです。謝んないでください。俺がガキすぎました。あんときの俺、キツすぎる。すげー恥ずかしい……」

飛鳥くんがこちらを見上げてきた。重めの前髪が割れて、赤くなった丸いおでこが見える。体勢から何から、さっきと完全に逆転している。

私ももう一度、頰を天板にくっつけて飛鳥くんのほうを向く。飛鳥くんがわずかに瞳を揺らした。

「仕事としての手紙って難しいんだね。好きなように書けない手紙も出てくるし、相性が悪い人とのやり取りも続けないといけない。言葉しか送れないから、誤解を生むこともあるし、気持ちを上手く伝えられなくて歯がゆい思いもする。時間もないから、心ゆくまで書くこともできない」

自分の中だけで消化しきろうと溜め込んでいたことが、自然と出てきた。うなじのあたりが、すうっと軽くなるのを感じる。

この距離で見つめ合って話すなんて、立った状態なら気恥ずかしくてとてもできないけれど、この姿勢なら不思議とできてしまう。

「飛鳥くん、前に〝おもしろくなくっちゃ、死んじゃうよ〟って言ってたじゃない。今の状態はどう？　死んじゃいそうだったら、正直に言ってほしい」

飛鳥くんが思い描いていたものと、今の状況とはたぶん、少しずれている。それはもちろん、私のものとも。

やってくる手紙は、よろこばしいものばかりではない。過度な好意にも、縋《すが》りついてくるような相談にも、真正面から向き合わなければいけない。腕はパンパンで、手首は痛くて、ペンダコもたくさんできている。おもしろい、とためらいなく言える、言わせてあげられる自信はない。

飛鳥くんは一瞬だけ目を閉じて、すぐにまた開いた。私の目を真っ直ぐ見て、生きてるよ、とささやいた。

「確かに、おもしろいだけじゃないけど、それも含めておもしろい。少なくとも、家で、ひとりで、自分の好きなことばっかりしてたときよりは、ずっと生きてる」

鎧《よろい》のない、やわい言葉のつらなりに、うん、と頷くだけにとどめる。言葉は言葉で受け止めないほうがいいときもある。かたちをかえてしまうこともあるから。飛鳥くんのそのまま、を今はそのまま受け取りたかった。

飛鳥くんのくちびるが続けてなにか音を生もうとした瞬間、障子戸の隙間から冷たい風が強く吹き込んできた。手紙の山が崩れた音がして、私も飛鳥くんも、はっと目を見ひらいた。そういえば和室にいたんだった。

「……残り、仕分けていきましょうか」

数秒見つめ合った後、飛鳥くんがゆっくり起き上がった。首をさすっていて、声は心なしかふわふわしている。私も上体を起こすと、頭が少しぼうっとした。現実の鮮明さを処理しきれていない感じ。魔法が解けたあとってこんなふうなのかもしれない。

畳の上に落ちた手紙を拾い上げ、仕分けを再開する。私が差出人を読み上げ、飛鳥くんがリストを見て担当を確認、私がそれぞれのレターケースに手紙を入れていく。

繰り返して、最後の一通を読み上げた。仕分けはこれで終わりだ。お昼まであと二時間はある。ご新規さんの一通目を読みたい気持ちをぐっとこらえて、今日中に返事を書かないといけないものから着手して……と、そこまで考えて、飛鳥くんからの指示がないことに気づいた。

「どうしたの？」

「いや、その人、いないなと思って」

手元の手紙をもう一度見る。宮西《みやにし》のぶ子《こ》さん。リストで検索をかけても出てこないようだ。

「メールは？」

「調べたけど来てません」

「メールわからなくて直接送ってきたのかな」

「可能性高いですね。名前的に年配の方っぽいですし」

「とりあえず開けてみるね。〝鳥と港〟宛だし」

柄のない真っ白の封筒は、文通用というより何かの通達書のようだ。なんとなく胸騒ぎがする。レターカッターで開封すると、入っていたのは一枚の手紙だった。縦の罫線だけが入ったシンプルな白い便箋。あすかさま、みなとさま、と宛て書きされている。癖の強い達筆でかなり読みにくい。

覗き込んできた飛鳥くんと一緒に読み進める。時候の挨拶から始まり、のぶ子さんの自己紹介が続く。その先、書かれていたのは――。
私も飛鳥くんもその一行に言葉を失った。
息をのんだまま、微動だにできない。
読み間違いを願って、飛鳥くんを見る。
色を失った顔がこちらを見ていた。
その表情に、どうしようもなく、本当であることを悟った。

7

風のない日は時間の流れがひどくゆるやかに感じる。音がないせいだろうか。耳をすましてみても、葉擦れの音ひとつ聞こえない。なにもかもが示し合わせたように息をひそめ、町全体が黙り込んでいる。鏡の中の世界にいるようだ。私も追い出されないようひっそりと歩く。

公園の奥、私たちが出会った郵便箱の前に、飛鳥くんはもう来ていた。やわらかな木漏れ日に染まりながら、じっと何かを見上げている。飛鳥くんのまなざしはどこまでも澄んでいて、思わず歩みを止めた。落ち葉を踏み分ける音すら立てたくなかった。飛鳥くんのことを可愛いなと思ったことは何度かあったけれど、綺麗だなと思ったのは初めてだった。どこか儀式めいた、ふれられない美しさだった。

どのくらいそうやって見つめていただろう。飛鳥くんが不意にこちらを見た。目が合ったけれど、飛鳥くんは何も言わず、ゆっくりとまた視線を戻した。夢の中のような、とろりとした動きだった。

息苦しさを覚えて、自分が息を止めていたことに気づく。呼吸を整えてから、そうっと近づく。飛鳥くんの視線の先を追うと、枝先に薄桃色の桜が一輪だけ咲いていた。

「帰り花だね」

「帰り花？」

「今日みたいな小春日和に、桜とか躑躅《つつじ》とか、季節はずれの花がぽんと咲いちゃうの。〝くるい咲き〟っていう言い方のほうがよく知られてるのかな」

「ああ、それなら聞いたことある」

飛鳥くんが手を伸ばす。

白くて細い指先が花弁にふれる、その直前でためらうように止めた。


いつまでも電車が通過しない踏切の向こう側に、自転車が二台、三台と増えていく。右を見ても左を見ても、電車がやってくる気配はない。けたたましい警報音だけがどこにも吸い込まれることなく鳴り響いている。

金網のフェンスを指で摑んで片足で立つ。履き慣れない黒のパンプスを脱ぎ、靴の形に合わせた浅めのソックスも脱ぎ落とすと、小指に靴ずれができていた。

「痛そう」

気づいた飛鳥くんが顔をしかめた。

「絆創膏《ばんそうこう》……まだ時間あるかな？」

「大丈夫だと思う。ここの踏切長いから。最低でもあと二本は通るよ」

「この辺までよく来るの？」

「昔の記憶。通学路だったから。荷物持とうか」

飛鳥くんがすっと手を出した。お願い、と言って、お供えを入れた紙袋だけ預ける。

肩掛けの鞄はしゃがむついでに地面に置いた。ポーチから細めの絆創膏を取り出して、赤く腫れぼったい小指に巻き付ける。ソックスと靴を履き直して鞄を肩にかける。

飛鳥くんから紙袋を受け取ろうとしたタイミングで電車が通過した。荒い風が起こって、飛鳥くんの濃紺のブレザージャケットがはためく。

「制服、初めて見たかも」

「今言う？　みなとさんノーリアクションだったから気づいてないのかと思った」

飛鳥くんが襟元を軽く整えた。ジャケットの胸元には校章が金糸で刺繍《ししゅう》されている。

「言っていいのかわかんないけど、ちょっとコスプレ感ある。もう着る時期を過ぎた人が着ちゃってる感じ」

「ゴリゴリ悪口じゃん。一応現役だって俺」

飛鳥くんが口の端で笑った。大人みたいな笑い方だった。

今日はピアスを外して、前髪を少しだけ上げている。髪も耳にかけていて、余計に制服が似合わない。ブレザーの無機質なデザインも安っぽい赤いネクタイも、今日の飛鳥くんが醸し出しているアンニュイな雰囲気とミスマッチを起こしている。

「何着たらいいか、わかんなくて」

そうつぶやいて、飛鳥くんがそっと目を伏せた。ずるをした子どものような、言い訳めいた言い方だった。

「そうだね」と相槌を打ちながら、少しだけ、いいな、と思った。正解の服を持っていることに。

私だって、何を着たらいいかわからなかったから。

調べたら、弔問に喪服はダメだと書いてあった。平服で、でも多少のフォーマル感は必要で。クローゼットをひととおり見まわして、結局会社員時代に着ていた服を引っ張り出した。グレーの細身のスラックスに黒のアンサンブルニット。首元に目立たない控えめなネックレスをひとつ。ただ死を悼みにいくだけなのに、どういう服を着たらいいか、いちいち調べて悩んでしまう自分に嫌気がさした。時間をかければかけるほど、気持ちに不純な飾り付けをしているようで。

電車がもう一本通り過ぎた。踏切はまだ開かない。

団地の薄暗くて狭い階段を、一列になって上っていく。自然と、私が先頭になった。年齢のことを考えたら当たり前かもしれないけれど、香典を用意したのも、お供えを用意したのも私だ。これからインターフォンを鳴らすのも、哀悼の意を述べるのも私なんだろう。

寒々しい廊下を進み、宮西さんの部屋の前で呼吸を整える。インターフォンを鳴らすと、のぶ子さんはすぐに出てきてくれた。

のぶ子という名前や手紙の文面や字体から、柔和でふっくらとしたやさしそうなおばあさんを想像していたが、のぶ子さんは日によく焼けた、立ち姿がしゃんとした細身の老婦人だった。小粒のパールイヤリングと緑色に塗られた爪に目がいく。挨拶をすると、「どうぞ」と短く言って迎え入れてくれた。

私たちは勧められるままにダイニングテーブルの椅子に座り、のぶ子さんがきびきびとした動きでお茶を用意してくれるのをただ見ていた。

「ごめんなさいね、お忙しいのに」

テーブルにガラスコップと菓子盆を置いて、お茶を注いでくれた。

「こちらこそお忙しいところすみません」

頭の中では毅然とした声をイメージしていたのに、実際に出たのは早口でぼそぼそとした声だった。のぶ子さんはもうこちらに背を向けていて、いいえ、と軽く言った。

緊張で心臓が痛いほど鳴っている。唇が乾きコップに口をつける。ドクダミのようなほろ苦い滋味が広がる。のぶ子さんは備長炭を入れた水をコップに注いで、席についた。

「じゃああらためて。横田源造《よこたげんぞう》の妹の、宮西のぶ子です」

「春指みなとです」

「森本飛鳥です」

「〝みなとさん〟と〝あすかさん〟ね。生前は兄の源造がお世話になりました」

のぶ子さんが軽く頭を下げた。こちらこそ、と頭を下げ返す。髪が落ちてきて邪魔だ。括ってくればよかった。

「ゲンさん——源造さんのこと、お知らせいただき本当にありがとうございます。その、このたびは……」

事前に調べて覚えてきた弔問の文句を、一言一句違えず吐き出す。言い慣れない、形式ばった言葉を重ねれば重ねるほど、たずさえてきた気持ちが乾き、消えていく気がする。飛鳥くんは私に続いて頭を下げるばかりで、何も言ってくれない。

それ以上どう話を続ければいいかわからず、視線をさまよわせた。キッチンの小窓から射し込む光に浮かぶ調味料が見覚えのないものばかりで、今他人の家にいるのだと妙に強く感じる。

「よかったら、こっちに」

のぶ子さんが立ち上がり、閉めてあった襖《ふすま》を開けてくれた。隣接した和室の隅には小さな座卓が置かれていて、写真立てと線香立て、一輪挿しが並べてあった。

「ゲンさん……ですか？」

写真には、五十代ぐらいの男性が写っていた。太い眉に不機嫌そうな目つき、絶えず奥歯を嚙みしめているような張ったエラが特徴的だ。首から上しか写っていないが、胸元では腕を組んでいそうな威圧的な雰囲気が漂っている。

「ちょっと若いでしょう。最近の写真がなくてねえ。もしあなたがたが持ってるならそれと替えてもいいけど」

「あ、いえ……。私たちはお手紙のやり取りだけで、直接お会いしたことはなくて。その、お顔も今まで知りませんでした」

手紙のやり取りをしていたのは数ヶ月だ。それも、『鳥と港』の活動が忙しくなってきてからはゲンさんへの返事は後回しにしていた。最後に返事をしたのは、いつだっただろう。

ゲンさんが亡くなったのは十月の初め、ジロとの散歩中意識を失ってそのまま、とのぶ子さんからの手紙には書かれていた。

写真の中の男性と、手紙の中のゲンさんとがどうしても結びつかない。線香をあげて手を合わせてみても、胸の中、何を思えばいいかわからない。ご冥福を、という言葉を思い浮かべてみるものの、それもまた、こういう場ではそうするべきだからそう考えているんじゃないか、私は無理に悲しもうとしているんじゃないかという雑念で自分の気持ちに集中できない。遺影があって、線香をあげて、手まで合わせているのに、ゲンさんが亡くなったという実感が湧かない。私たちは十通にも満たない手紙のやり取りをしていただけ。思い出話ができるほど親しかったわけではない。悲しんでいいのかわからない。この胸のざわつきと息苦しさを悲しみと名付けてしまっていいのかわからない。

目を開けて、写真の中のゲンさんを見つめる。そのまなざしの強さに、責められているような感覚を覚えて思わず目をそらす。

「おふたりとも、こんなにお若い方だったなんてね。あすかさんは高校生？」

はい、と飛鳥くんが硬い声を出した。のぶ子さんが「そう」とまぶしそうに目を細めた。

「みなとさんは？　おいくつ？」

「二十五歳です」

「兄の相手なんて大変だったでしょ。話も合わないでしょうし。こんな偏屈でわがままなじいさんによく付き合ってくれたわ」

「そんなことないです。ゲンさん、いつもすごく丁寧な文章でお返事をくれていました。お手紙の内容も、ちいさなことを大切にされているお人柄が伝わってきて、読んでいるこちらも嬉しくなるというか。ねえ、飛鳥くん」

「はい。とても楽しかったです」

「あら、そうなんだ。意外」

のぶ子さんがかすかに目を見はった。

ゲンさんの手紙は鞄の中に入れてきている。クリアファイルから取り出して見せるか迷っていると、のぶ子さんが立ち上がり窓を開けた。

「ちょっと寒いだろうけど、我慢してね。わたし、線香くさいのきらいなの」

「あ、ごめんなさい」

「いーえ。わたしがお線香あげてってお招きしたんだから。ああ、もう足崩してちょうだい。疲れたでしょう人の家でこんな」

涼しい風が吹き込んで首元にかいていた汗がすっと冷える。

ごほごほと咳をして、のぶ子さんが和室から出ていった。お言葉に甘えて正座を崩す。のぶ子さんはコップを片手にすぐに戻ってきた。水を飲み、太い柱にもたれながら「まったく」と足を交差させた。

「喪主も納骨も大変だったわ。こんな齢《トシ》でまだこんなことやらなくちゃいけないなんてひどいと思わない？　わたしだってもうやってもらう年齢のはずなのにねえ」

コップを座卓に置いて、写真立てについていた埃を軽く払った。「もうちょっとましな顔探そうかしら。せめて笑顔よねえ。これじゃ指名手配犯よ」

眼鏡をかけて携帯を見始めた。「これも、うーん、これもいまいちね。わたしも今のうちにもうちょっとばえる写真撮っとかないと」のぶ子さんの言い回しに、飛鳥くんが弱ったように笑った。

手紙が来たときから、少し気になってはいた。どうして妹さんなのだろう、と。

「あの、ゲンさんには確か息子さんが……」

「ああ。いるけど、来ないわよ。大昔に大げんかして、それっきり。孫が生まれたタイミングで戻ってくるかと思ったんだけどね。いっかいも会いに来てないんじゃないかしら。葬儀の段取りも兄の家の整理もぜんぶわたし。お線香ぐらいあげに来るかと思ったけどお断りします、だって。兄も兄だけど、息子もたいがい常識なしよ」

のぶ子さんが語気を荒くした。線香を倒し、お供えとして私たちが持参した最中《もなか》をひとつ持ち上げた。

「最中のことは手紙で？」

「はい。お好きだと、書いていらしたので」

「そう。そんなこと、もうわたしぐらいしか知らないと思ってたわ。あの性格だから、隣近所との付き合いもなかったんじゃない？　気を許してるのは犬ぐらいだと思ってたから」

「あ、あの、ジロはどうなったんですか」

「ジロ？　ああ、犬ね。知り合いに預かってもらったわ。ここじゃ飼えないからね。あのこ、ずっと兄の帰りを待ってるみたいで、連れて出る時ずいぶん苦労したのよ。まったく、あのこぐらい人も大事にしてやってりゃひとりぐらいお焼香にも来てくれたでしょうに。誰ひとり来やしない。これじゃあんまりだと思ってあなたがたにお手紙出させてもらったの」

「……そう、だったんですね」

隣の飛鳥くんが深くうつむくのがわかった。クリアファイルをそっと鞄の中に戻す。

ゲンさんは、お子さんとも、お孫さんとも、近所の人たちとも良好な関係だと手紙に書いていた。頻繁に会いに来てくれる、真面目でやさしい子どもたち。

じいじ、と慕ってくれる孫たち。

ゲンさんはすいかを買って待つと書いていた。今年のお盆も楽しみだと、書いていた。

絵に描いたような、幸福な暮らしを送っている人だと、私たちは思って、いいですね、嬉しいですね、と手紙を——。

ぐっと喉の奥が鳴るのがわかった。

これ、と言ってのぶ子さんが座卓の下に置いていた長方形の缶を取り出した。お菓子の名前が書かれたロイヤルブルーの缶だった。

「ちょっと錆びてるけど、手持ちじゃこれがいちばん上等な容《い》れ物だったんでしょうね」

のぶ子さんが缶を開ける。入っていたのは、私たちが送った手紙と、ささやかな——押し花にした桜のしおりや展覧会のポストカード、朝顔の種、使い捨てのクラフトコースターに数枚の懐紙——本当にささやかな添えものだった。

「どこにあったと思う？　なんとねえ、枕元。何かあったときに持ち出せるように、ってとこかしら。この住所も、見てこれ、こんなにでかでか書かなくても、って思わない？」

笑いながら、のぶ子さんが四つ折りになったカレンダーを取り出した。広げて見せてくれる。裏に書かれていたのは『鳥と港』の宛先と、「あすかさん」「みなとさん」という文字だった。名前の下には、私たちが今まで書いた、どうでもいいような細かい情報がサインペンで書き連ねられている。

「あの、これは」

飛鳥くんが缶の中を指さした。一通、私たちが出したものではない封筒が交じっている。

のぶ子さんが「ああこれね」と言って封筒から便箋を一枚取り出した。

「あなたがた宛ての手紙よ。勇気が出なかったのかご迷惑になると思ったのか、切手まで貼ってるのに投函してないの」

畳の上に便箋を置いた。ゲンさんがいつも使っている、補助線だけが入ったシンプルな白の便箋だ。

「読ませてもらってもいいですか」

「どうぞ」

飛鳥くんが背筋を正して便箋をそっと持ち上げた。ひと文字ひと文字、丁寧に読んでいるのがわかる目の動きだった。まばたきもしない。目に刻み込むような読み方だった。

たっぷり一分は時間を使って、飛鳥くんが手紙を読み終えた。便箋を膝に置いて深く息を吐き、一度だけ、長く深く頭を下げた。

「みなとさんも」

飛鳥くんがそっと差し出した。

ゲンさんが投函できなかった、最後の手紙。飛鳥くんのリアクションからは、何が書かれていたのかまったく読み取れなかった。正直、読むのはこわい。でも、これは私に向けて書かれたゲンさんの気持ちだ。たむけの花をうまく持てないならせめて、この手紙は受け取らなくちゃいけない。

意を決して受け取り、おそるおそる目を通す。

みなとさん
あすかさん

お元気ですか。ゲンです。久しぶりです。まだまだ暑いです。ジロも夏バテしとります。今年はクーラーが壊れて大変でした。暑いのでスーパーにいったり図書館にいったりしましたが、ジロは入れないので可哀相でした。手紙前にも送ったのにまた送ってごめんなさい。みなとさんもあすかさんもいそがしいですか。いそがしいのはいいことです。でも体には気をつけてほしいです。もしくは僕がしつれいなことを書いたでしょうか。すみません。こんなじいさんですがお手紙書いてくれると嬉しいです。楽しみにしています。これからもよろしくお願いします。

ゲン

短い手紙だった。短いのに、こちらを気遣ってばかりの、やさしい手紙だった。

引き絞られるような胸の痛みに襲われて、途中から便箋を持つ手がどうしようもなく震えた。

ゲンさん、どんな気持ちでこれを書いたんだろう。

返事がこなくなって、不安で、待って、待ち続けて、自分からもう一度送ってみるか迷って、悩んで、筆を執って、書いて、読み直して、封をして、切手を貼って、それでも最後、やっぱり出せなくて、私たちからの手紙をずっと待っていた？　今日も手紙が届かなかったと、郵便受けを、毎日見ていた？

のぶ子さんから連絡が来なかったら、私たちはゲンさんが亡くなったことを知らなかった。

手紙も返さないままで、いつの日かふと、そういえば返事をしていなかったと思い出したように書いて送って、宛先不明で返ってきても引っ越したのかなと首を捻る程度で済ませていた。

気まぐれで文通を始めて、忙しくなってきたら後回しにして放置して。

だって、仕方がない。ゲンさんはお客さんじゃないから。

ゲンさんの手紙は、お金にならないから。

喉がひくついて、嗚咽が漏れそうになって、口をおさえる。目のきわから涙がこぼれ落ちそうになって、歯を食いしばった。泣いちゃだめだ。私に泣く資格はない。泣いても、私がしたことは帳消しにはならない。

洟をすすって、ゲンさん、と震える声で写真に向かい合う。

「おひさしぶりです、みなとです。お手紙、ありがとうございます。お返事、遅くなってごめんなさい。失礼なことなんて、ひとつもされてないです。お手紙、何通でも送ってきてください。嬉しかったことも、大変だったことも、たくさん教えてください。私、ゲンさんのお手紙大好きです。やさしくて、丁寧で、読んでいて幸せな気持ちになれます。あのとき、郵便箱から私の手紙を見つけてくれてありがとうございました。とても、とっても楽しかったです。また、お手紙書かせてください」

頭を下げた瞬間、涙がぽとりと落ちた。


団地を出て、信号をひとつ渡ったところで足が止まった。泥のような体を引きずってここまで来たけれど、ひどくくたびれて、もう一歩も歩きたくなかった。

先をいく飛鳥くんは気づかず進んでいく。呼び止めるのも億劫《おっくう》でその場に立ち続ける。気を抜くとばらばらになってしまいそうだった。自分の中につかまるところが見つからない。

目に入ってくる何もかもがわずらわしくて空を見上げる。雲ひとつ見えない、痛いほどの秋晴れ。これがいい。この青を目から流し込んで、すべて塗り消せたらいいのに。

だんだん立っている感覚が薄れてきて、そうっとつま先立ちになれば、そのまま空に落っこちてしまえそうだった。

「みなとさん」

声をかけられて、ずしんと体に重みが戻ってくる。いつのまにか飛鳥くんがそばに立っていた。

「大丈夫？」

「……大丈夫。ちょっと疲れただけ」

「どこかで休憩する？」

いい、と首を振る。そう、と言って飛鳥くんが道端に腰を下ろした。

「しんどいなら、座ったほうがいいよ」

軽く指先を引っ張られる。やけに冷静な声が耳にさわる。いい、と拒んで立ち続ける。飛鳥くんが短く息を吐いて手を離した。

「ゲンさん、思ってた五倍ぐらいいかつい顔してたなあ。俺もっとかわいいおじいちゃん想像してたんだけど。みなとさんは？　イメージ通りだった？」

「わかんない」

飛鳥くんが「そっか」と頷いた。

「まあ、文通相手の顔とかあんま気にしないか。俺はわりと想像しちゃうけど」

「そうなんだ」

会話を続けるのも面倒だった。

飛鳥くんはおかまいなく何か言い続けている。やめてほしい。言葉も、風も色も音も受け止めたくない。何も感じたくない。考えたくない。言葉にしたくないのにいろんなものが邪魔してくる。そういうのは後でちゃんとやるから、今だけは放っておいてほしい。

「言っても入らないかもしれないけど」

不意に、飛鳥くんの声が耳にすべりこんできた。目をあけて横を向くと、飛鳥くんが立ち上がっていた。

「こういうので、あんまり自分のこと責めないほうがいいよ」

ふしぎなくらい、他人事みたいな言い方だった。

飛鳥くんだってゲンさんに手紙を書いていた。返事を怠ったのは同罪のはずなのに。

「飛鳥くんは、なんでそんな普通でいられるの？」

私のうしろでうつむいていただけだから？

飛鳥くんは、ふつう、とつぶやいた。あめ玉のような、濡れた黒い目を何度かまたたかせて、

「ふつうでいられるやり方を、知ってるだけだと思う」

しずかに言った。

そう、と吐息だけで答える。いいね、という声が空虚に響いた。

この体の動かなさときたら、まるでダンスだ。

決まった動きを自分の体で実行しないといけないのに、思うように動かせず途方に暮れてしまう。いつぶりだろう。自分の体にそっぽを向かれる、あの苦い感覚。

やるべきことはわかっている。

森本家に行く。送られてきた手紙を開封する。読む。ペンを握って、返事を書いて、封をして投函する。それだけだ。でもできない。

のぶ子さんのところから帰ってきた翌日も疲れがとれなくて、お休みをもらった。一日眠れば復調するかと思ったけれど、だめだった。次の日もだめだった。起き上がれなかった。なんとなくしんどい、が何日か続いた。さすがにまずいと思って、飛鳥くんに私の担当分の手紙をまとめて転送してもらった。直接届けにいくと飛鳥くんは言ってくれたけど、やんわり断った。玄関先で帰すわけにもいかないし、今の自分の状況を説明するのも、心配されるのも面倒だった。

和室に引きこもって携帯をさわって、目が痛くなってきたら横になってこたつで眠る。起きる頃には日が沈んでいて、夕飯の時間がくる。ご飯を食べて、携帯をさわって、お風呂に入ったらまぶたが重くなってすぐに横になる。毎日信じられないぐらい眠っているのに、疲れもだるさもまったくとれない。

一週間経っても、二週間経ってもだめだった。何度も会いに来ようとしてくれた飛鳥くんには、年内いっぱいはそっとしておいてほしい、と告げた。

幸い、クラウドファンディングのリターン期間は一月までだったから、十二月ともなると送られてくる手紙の数は知れている。

クラファン後の申し込みにはテンプレートを作った。最近の気候のこと、冬の好きな食べ物のこと、好きな本のこと、相手が書いた内容はぜんぶ無視したただの文字の羅列。それをパソコンで打って、印刷して、便箋に書き写した。

自分でも最悪だなと思う。こんなの〝プロ〟の文通屋がすることじゃない。こなしているだけ。きっとそのうち、クレームのメールが『鳥と港』宛てに届くだろう。対応するのは飛鳥くんだ。本当に最悪。でもこうでもしないと書けない。言葉を紡げない。相手の言葉に言葉で返す方法がわからない。手紙を読んでも、なにも心にふりつもらない。自分のなかのどこをどう探しても、贈れる言葉や返せる気持ちがない。まっしろだ。なにもない。なにも感じられない。リターンの手紙を書き始めた頃、何通も何通も夢中で書いていたのがうそみたいにからっぽだ。

どうしてビジネスになんかしてしまったんだろう。

ただの、趣味の文通でとどめておけばよかった。書けないときは無理をして書かない。嬉しいこと、報告したいことがあったときだけ書けば、もっと気楽に楽しくやれた。優先順位になんかとらわれずに、好きな相手に、好きなだけ返事をして。そうすればゲンさんとだってもっとやり取りできた。お金をもらっているせいで放り出すこともできない。好きで始めたはずのことがどんどん義務になって枷《かせ》になっていく。

十二月いっぱい、と飛鳥くんには言ったけれど、気づけばもう三日もない。そろそろどうにかしなくちゃいけない。でもまだ三日もあるんだから今は考えないでおきたい。

背を丸めて、こたつの冷たい天板に頬を押しつける。眠気に逆らわずまぶたを閉じる。

うとうとしかけた頃、唐突に「こんちゃーす」というラフな挨拶が玄関から聞こえた。え、と顔を上げる暇もなく、ダウンを羽織った柊ちゃんが勢いよく和室に入ってきた。

「ひさしぶり、春指」

二歩で背後にまわりこんできたかと思ったら、ぽかんと口を開けたままの私の腕を引っ張った。

「ほら、立て立て」

「いや、えっ」

容赦ない力でこたつから引きずり上げられる。布団の裾に足が引っかかってよろめくと、もう片方の腕も持ち上げられた。ばんざいで横歩きの恰好だ。

「ちょっと」

「おい足腰の力なさすぎだろ。しっかりしろよ、カニの介護だぞこれじゃ」

あっというまに廊下に連れ出された。そのまま押される形で廊下を進む。玄関で保冷バッグを置いてムートンブーツを脱ぐお母さんと目が合った。

「じゃ、行ってきます」

「わるいねー、柊ちゃん。帰省中なのに」

「いいっすよ。帰ってきても暇なんで、これぐらい。おい春指、コートどれ?」

「そのモスグリーンのやつー」

なぜかお母さんが返事をする。玄関に置いてあるコート掛けから、柊ちゃんが私のコートを豪快に外した。目を白黒させているうちにコートを着させられ、お母さんが巻いていたマフラーを巻かれ、気づけば外に連れ出されていた。

「ちょっと柊ちゃん何これ」

「おつかいだよ。さっきそこで春指の母さんに会ってさ。焼き芋が食いたいんだって」

「焼き芋？」

「そうそう。焼き芋屋がそこらへんを回ってて、どうしても食べたいから探しにいってほしいって」

こっちの大通りから見るか、と言って柊ちゃんが急左折した。

「なんで私まで……」

「最近こもりっきりらしいじゃん。運動不足解消にちょうどいいだろ。ほら、深呼吸してみ。俺、冬の空気大好きなんだよ。パリッとしてて、体内の空気が入れ替わる感じするじゃん」

柊ちゃんが鼻の穴をめいっぱい広げて息を吸った。つられて息を吸うと、おどろくほど冷たい空気で、久しぶりに鼻の奥がつんと痛む。

柊ちゃんはいつも通りだ。私がメッセージを無視した時点で、もう二度と今までのような関係には戻れないと思っていた。

そう感じたのは私だけだったのだろうか。表情をうかがっていたら、「ん？」と見下ろされて、咄嗟にマフラーで顔を隠す。

通りに出たり裏路地をぐるぐる回ったりしていたら、呼び込みの声がかすかに聞こえて、柊ちゃんと顔を見合わせた。

「あっちから聞こえたよな」

「え、うそ。私はこっちから聞こえたんだけど」

目をつむって耳をすましたけれど、音の首根っこが摑めない。さっきより遠のいている気もする。

「とりあえずこっち行くか」

柊ちゃんは私が言った方を指して交差路を右に曲がった。

「あの、間違ってるかも。やっぱり柊ちゃんが言った方から」

「違ってたらまた追えばいいって。狭い町なんだからそのうちどっかで会えるよ」

逆光の中、柊ちゃんが笑いながら言った。

お寺の境内を抜けたり、階段を駆け上ったり、民家の隙間と隙間を縫ったり、音だけをめがけて、耳だけを頼りに町中を探し回る。呼び込みの声がどんどん大きくなって、二人ともだんだん小走りになる。

「いた」

道元橋を渡り終えた瞬間、土手の遥か向こうで軽トラが曲がるのが見えた。

「走れ！」

柊ちゃんが走り始めた。ぐんぐんスピードを上げて、あっというまに背中が小さくなっていく。慌てて追いかけたけれど、柊ちゃんはこっちの体力なんておかまいなしの本気の走りだ。

追いつくのはあきらめて、柊ちゃんの背中を見失わないよう走る。すぐに汗ばみはじめて、マフラーを取る。コートも脇に抱えていつぶりかわからない全速力で一直線に走る。顔を打つ川風が冷たい。洟が垂れて唇が乾いてきた。風が歯にしみる。わき腹が痛い。

土手を駆け下り、息を切らして駐車場の角を曲がると、そのちょっと先で、柊ちゃんと軽トラが見えた。焼き芋の袋を抱えて、大きく手を振っている。

ホカホカのうちに食べたくね？と柊ちゃんが言い出して、近くにあった公園のブランコに座ることにした。

「いいのかな。持って帰るころには、お母さんのぶん冷めてそうだけど」

「大丈夫。俺が責任をもってあたため直すから。ほれ」

柊ちゃんが焼き芋を半分に割って渡してきた。受け取った焼き芋からは湯気が立っている。まだ熱そうだったけれど、皮をむいて思い切ってひとくち齧《かじ》る。信じられないぐらい甘い。熱くて濃い蜜が舌の上でゆっくり溶けて、口の中の水分がぜんぶ持っていかれる。自販機で買ったほうじ茶をごくごく飲んで、ペットボトルをブランコ横の地面に置く。はふはふ言いながら食べ進めて、食欲なんてなかったはずなのにぺろりと食べきってしまった。

「ひさしぶりに食うと旨いなー」

柊ちゃんが満足そうにお腹をたたいた。

「俺、なんなら高校のときの部活帰り以来かも。春指は？」

「私はじめてだよ」

「え、焼き芋食ったことないの？」

「あるけど、こういうので買うのは初めて。だいたいは家でお母さんが蒸《ふ》かすし。こんな、急に食べたいなんて言い出したことない……」

そこまで言ってようやく、お母さんが気を回したのだと気づいた。

「そういうこと？」

「ばれたか」

柊ちゃんが苦笑した。

「おばさんと駅前でばったり会ってさ、春指の様子それとなく訊いたんだよ。そしたら、この一ヶ月ぐらい、ほとんど家に引きこもりっきりで手紙もあんまり書けてなさそうって」

柊ちゃんが言葉を切った。何かを飲み込むような、不自然な間の取り方だった。

「心配して見に来た？」

「まあ、そう。心配っていうかちょっと不安で。春指の不調って俺のせいだったり、と思って。俺が余計なこと言ったせいで書けなくなったんじゃないか、って。春指メッセージ無視するしさあ、正直俺もなあなあにしときたかったけど、なんか後味わるいまま年越したくないしやっぱり一回ちゃんと話したいなと思い、焼き芋作戦を敢行しました」

「普通に家で話すんじゃだめだったの？」

「シリアスな話には、ほぐれた体と満たされた腹が必要だと思わないか」

「なつかしい。それ、誰だっけ。北山先生？」

「そう、キタセン。〝ほらっ、春指さん、腹は満ちているか！〟午後の一発目の授業で絶対言うやつ」

「なんでまだそんなに似てるの」

「定期的にやってるから」

「どこでよ」

ははは、と笑って、自分の口から出たかろやかな笑い声におどろく。からだに響いて、すごく気持ちよかった。

自然と、「ごめんね」と言葉が出てきた。

「柊ちゃんのせいじゃないよ。なんか、いろいろちょっとキャパオーバーしちゃったの。メッセージも無視してごめん。柊ちゃんは悪くないからこそ、なんにも返せなくて」

ブランコを軽く漕ぐ。汗が冷えてきた。コートの下は部屋着だ。よく考えたらもう三日ぐらい着ている気がする。家に帰ったらすぐに着替えたいし、熱い湯船に浸かりたい。靴を脱いで足の指を曲げて伸ばしてほぐしていく。ルームソックスの中まで汗をかいている。あたまのてっぺんからつま先まで、すっきりとした気持ちのいい疲れに身を預ける。そうだった。からっぽって、こういうことを言うんだった。

「後輩がひとり辞めてさ」

押し黙っていた柊ちゃんが唐突に言った。

「新卒で、俺が教育担当だったんだよ。俺的にはけっこうしっかり面倒見て、気にかけて、うまくやれてるつもりだった。でも、夏の終わりぐらいからちょっと様子がおかしくて。ずっと表情が暗くて欠勤とか早退が増えてきて。話聞いても〝大丈夫です〟〝ごめんなさい〟しか言わないわけ。で、今月の頭に早退してそのまま退職。会社に出て来てた最後の日もさ、体調悪そうだったから会社の近くの駅まで送っていったんだ。そしたらちょっとぎょっとするぐらい泣き始めて」

前を向いたまま、ひと息で吐き出した。

聞いているうちに奥底に閉じこめていた記憶が顔を出し始めるのがわかったけれど、不思議とそこまで痛みはなかった。

柊ちゃんが軽く地面を蹴ってブランコを漕ぎ始めた。

「何訊いても、〝戸田さんは悪くないんです、ごめんなさい〟しか言わないわけ。俺、駅の改札前でバカみたいにただ突っ立って、春指のこと思い出してた」

「そんなシーンで思い出さないでよ」

「無理言うなよ。俺、あれかなり衝撃だったんだから。春指って泣かないイメージだったし」

「そうなの？」

「そう。昔から情緒が安定してるっていうか、あんま喜怒哀楽の波がないから一緒に居て安心感あるイメージ。急に怒ったり泣いたりしないじゃん」

「柊ちゃんの前ではそうかもね。でも私も、会社を辞める直前はトイレの個室で泣いたりしてたよ。つらーい、辞めたーいって」

ちょっと気恥ずかしくて、茶化しながら打ち明ける。

柊ちゃんがブランコを漕ぐのをやめた。見なくてもわかる。目をかっぴらいて、私の横顔をまじまじと見ている。「なんで？」という視線から逃れたくて、強く地面を蹴ってブランコを漕ぐ。膝を曲げて、伸ばして、曲げて、脚を思い切り振り抜く。つま先に引っかけていた靴が綺麗な放物線を描いて飛んでいった。

「ほら、柊ちゃんも」

「え、俺も？」

「そう、はやく」

はやくはやく、と言うと、わかったと頷いて漕ぎ始めた。ノリがいいのと、やるとなったら本気でやるのが柊ちゃんのいいところだ。長い脚を駆使して、見ていて怖くなるぐらいの高さまで漕ぎ上げる。鎖が軋《きし》んで、これ以上はいけない、というところで脚を振った。緑色のスニーカーが空高く舞い上がって、私の靴の手前に落ちた。

靴が止まったのを見届けてから、ブランコの速度をゆるやかに落とす。最後は片足で着地して、ぴょんぴょん跳びながら靴を取りにいく。砂をはたきおとしていると、柊ちゃんが追いついてきた。

「負けた。思ったより飛ばなかったなあ」

「こういうのは高さじゃないからね」

「角度ってやつ？ というか、ひさしぶりに漕いだらあれだな、ちょっと酔うな」

柊ちゃんが、げえ、と胸のあたりをさすった。

「ね。ちょっとむかむかする」

それに手のひらが冷たくて痛い。見ると、痕が赤く残っている。そういえば、ブランコの鎖って鉄臭くて昔からあんまり好きじゃなかった。漕ぐのは好きだったけど、鎖は極力握りたくなかった。

「慰めとかじゃないんだけど」

前置きすると、柊ちゃんは怪訝な表情を浮かべながらも「うん」と先を促してくれた。

「ひとつのことって、ひとつの要素からはできてないと思うんだよね。この靴飛ばしだってさ、ブランコを漕ぐっていう動作と、靴を飛ばすっていう動作があるじゃない。靴飛ばし自体は楽しいんだけど、ブランコを漕ぐのが嫌だからしたくない。もしくはその日履いてる靴がお気に入りの靴だから飛ばしたくない。いろんな要素があって、そのどれかひとつでもダメだったらできないこともあるというか」

どんなことにしろ、なににもつまずかず、なんのさしさわりもなく「できている」って、けっこう奇跡的なことなんじゃないだろうか。

「その、辞めちゃった後輩さんはどうかわからないけどさ、私に関して言えば、たぶん〝働く〟ってことの根っこの部分じゃなくて、周りの部分がとことんだめだったんだと思う。私は柊ちゃんのこと好きだけど、柊ちゃんが上司だったとしてもあの会社は辞めてたと思うよ」

屈《かが》んで靴を履く。ついでに靴紐を結び直して立ち上がると、柊ちゃんが失敗した福笑いみたいなへんてこな顔をしていた。

「なにその顔」

各パーツの感情が統一されていない。

「いや、なんか、喜んでいいのか……。ちなみにだけど、春指が言う〝周りの部分〟っていうのはたとえば？」

「急あつらえの〝いい話〟を共有する毎朝の朝礼とか、手順と慣習優先のマニュアルとか、うわつらだけの反省日報とか、半強制の飲み会とかその翌朝はお礼回りしなくちゃいけない感じとか役職が上の人をやたら立てる文化とか」

「それで退職？」

「そう」

「……まあ、そういうのが合わないやつもいるよな」

柊ちゃんが小刻みに頷いた。理解を示そうとしているが、全然納得いっていない表情で笑ってしまう。

「内心、〝そんなことで？〟って思ったでしょ。みんな我慢してることだぜ、って」

「そんなことは……」

「だって私も思ったもん。〝そんなことで？〟って。だから、〝我慢できる〟柊ちゃんには言えなかったの。恥ずかしくて、情けなくて」

マフラーを口元から外して、ふーっと空に向かって息を吐く。もう一度、吸って吐く。白い息はまたたくまに消えていく。

これでよかったのに。

吐き出せば消えるのに、気づけなかった。私をいたずらに持ち上げていた風船をぱんぱんに膨らませていたのは私だった。

「柊ちゃん、私泣くよ。けっこうすぐに。悲しいことには弱いし、つらいことからはすぐ逃げる。いやなことは我慢できないし、わがままだし、協調性もあんまりない。気遣いもできないし空気も読めない。柊ちゃんは私のことをすごく褒めてくれるし、それは嬉しいけど、一方的に奉られても、苦しくてむなしいだけなの」

言えた。やっと。思ったよりも自然に。

もっと早く言えばよかった。私は「すごいやつ」じゃなくったって、柊ちゃんと友だちでいられたはずなのに。こうやって焼き芋屋さんを追いかけて、ブランコを漕いで、本心を話すことに釣り合いなんて気にする必要なかったのに。

履くタイミングを逃したのか、柊ちゃんは靴を指に引っかけたまま器用に片足立ちしている。

「靴履きなよ」と笑う。「ああ……」とふぬけた声を出して、柊ちゃんが靴を落として履いた。

うーん、と唸《うな》り声を上げ、柊ちゃんが弱ったようにがしがしと頭を掻いた。

「そんなに奉ってた？　俺」

「奉ってたよ。〝学年一位の春指〟のイメージで。あんな一回こっきりのことでいつまでも」

今さらだったけれど、言わずにはいられない。思い当たってばつの悪そうな顔でもするかと思いきや、柊ちゃんが見せたのは意外な反応だった。

「学年一位って？」

「私が深町入って初めてのテストで学年一位とったでしょ。あれからだよ、柊ちゃんがやたら〝春指スゴイ〟を言い始めたの」

「そうだっけ」

「そうだよ。あんだけ自慢して回ってたのに覚えてないの？」

「や、覚えてるよ。あれもインパクトあったもん。でも、俺その前から春指のことはすごいやつだと思ってたから」

「え？　ああ、中学のときも勉強はできてたしね」

そういえば、テストが返却されたら柊ちゃんは真っ先に私に点数を訊きにきて、誰それより勝っているだの言って喜んでいた。点数が悪いときは露骨にしょんぼりするから、私も苦手科目から逃げずに、まんべんなく勉強するようになった。そのおかげで志望校にも合格できたし、持ち上げられるのも悪いことばかりじゃなかった。

「いやそうじゃなくて、まあそこもなんだけど。春指、中学の卒業式の答辞やっただろ。俺の中じゃあれがいちばんデカかった気がするんだよ」

「卒業式の答辞……」

確かに読んだ。うっすら記憶にある。

先生に添削された、友情、感謝、未来と形式ばった文章を読むのにうんざりして、本番で勝手に変えた気はするが……正直内容はまったく覚えていない。

「ごめん、何喋ったか全然覚えてない」

「うそだろ？　春指、アドリブみたいなことしてたじゃん。途中で答辞の紙をパッと置いてさ、そ、らで喋りはじめて……。何かの引用かな、さびしさが音をつくる、みたいなの」

「あ、もしかして宮沢賢治の〝告別〟かな」

「タイトルじゃちょっとわかんない」

「えっとね、うろおぼえだけど……みんなが遊んでいるときにおまえはひとりで草を刈る　そのさびしさでおまえの音をつくるのだ、みたいな」

ちょうどその時期、国語の教科書で出会った宮沢賢治にはまって、図書室で片っ端から著作を読んでいた。「告別」は確か、宮沢賢治が教師を辞めるとき生徒に向けて書いた詩だ。

「そうだ、それそれ。それ聞いた瞬間、ぴたっと涙が止まったんだよな」

「止まった？　余計に泣いたんじゃなくて？」

「そう。俺さ、中学時代ってあんまり楽しい思い出なくて。気の合うやつがそんなにいなかったっていうか。いつも誰かとはつるんでるんだけど、よくわかんねータイミングでハブられることもあったし。部活の先輩からの風当たりもきつかったし、顧問とも相性わるくて、ひとりだけ意味わかんねー理由で罰掃除とかさせられてた」

「ぜんぜん知らなかった……」

「そりゃ知られないようにしてたから。俺上手いんだぜそういうの」

柊ちゃんが大げさに肩をすくめた。私の中の柊ちゃんは、人当たりがよくて、ソツがなくて、いつも輪の中心で屈託なく笑っているイメージだ。柊ちゃんがそう「見せている」だけかもしれないなんて、思いもしなかった。

「それでも、卒業式って独特の空気あるじゃん。つるんでたやつらも顧問も泣いてるし、俺も泣かなくちゃいけない気になって泣いてたんだけど、春指のあの言葉を聞いた瞬間、我に返ったっていうの？ 俺、なんで泣いてるんだろう、って。俺の三年間のこと、ほんとにわかって肯定してくれてるのこっちじゃん、って。マジで覚えてないわけ？ あれ、もっかい聞きたいんだけど。春指、ほら……」

「いや再現は無理だって。ああいうのってなまものなんだから」

自分で言いながら、そうだったな、とかみしめる。ことばはなまもの。大切にしすぎると、腐らせてしまうことだってある。昔はそれができていたのに、年を重ねるにつれ、瞬発的な発言がどんどん苦手になってしまった。

答辞を読んだときのこと、なんとなく思い出してきた。ストーブのききすぎた体育館。冷え冷えとした壇上。答辞の原稿からふと目を離して、狭くて息苦しい体育館で整列したみんなの顔を見た瞬間、「負けないで」と思った。何に対してかはわからなかったけれど、友達も、苦手な子も、けんかした子も、一度も話したことのない子も、みんな、負けないでほしいと思った。

今日この日をもって、みんなばらばらになって、どうしようもなくひとりになる。これから先ひとりで泣く子もいる。そのとき、私はそばにいてあげられないけれど、ひとりでも前を向けるようなものをなにか渡せたらという衝動に駆られて、ふっと思い浮かんだのが「告別」だった。詩を引用して、そのまま思いの丈を喋った気がする。

　喋っているうちに興奮してきたのか、柊ちゃんが「今からうち行かね？」と言い始めた。

「親に聞いたら卒業式の動画出てくるかも。一緒に見ようぜ」

「絶っっっ対いや」

「なんで」

「ふつーに恥ずかしい」

「すごかったのに」

「私がすごいっていうか、賢治がすごいだけだし」

「いや賢治もすごいけど、それを俺に届けてくれたのは春指なわけじゃん。あの場で春指が言ったことに意味があるんだよ。俺が一生知らずに終わるところだった感情を引き出してくれたってこと。あのときの春指、壇上ですんげえ光ってた。俺がまいっちゃうのもしょうがないだろ」

「柊ちゃん知ってる？　答辞読む人間にはスポットライトが当たるんだよ、物理的に」

「もー、おまえほんとああ言えばこう言うだな！　へらず口！　がんこ！　理屈屋！」

「そうだよ、十年以上友だちやってるのに知らなかったの？」

　笑うと、柊ちゃんに「開き直るな」と頬をつねられた。

　力いっぱい握っていた風船のひもを、ようやく離せた。空からゆっくりゆっくり降りてきて、柊ちゃんの正面に立ち、ひさしぶり、と笑いかけた。

うまく書けない返事のこと。気の重くなるような類いの手紙のこと。ゲンさんとのこと。そして将来への不安。

帰りながら、柊ちゃんにひとつずつぽつぽつと打ち明ける。あのまま公園で、もしくは家に帰ってから話してもよかったけれど、歩きながら話したい気分だった。年の瀬独特の、すこしゆるくて、名残を惜しむような空気がちょうどよかった。

「柊ちゃんに、いつまでやるつもりなのかって訊かれて、内心ぎくっとしたんだよね。私も心のどこかできっと、そう思ってたから」

やりたいことがないまま就活をして、入社して、やりたくないことだらけの会社を辞めて、ぶらぶらしていたら飛鳥くんと出会って。

なにもない、暗い穴の中に居続けるのがこわくて、伸ばされた飛鳥くんの手を掴んでしまったという気持ちもやっぱりなくはない。仕事の背骨、のようなものがなくて、ちょっとでもつつかれたら、つつかれた場所からぐにゃぐにゃと形を変えてしまう感覚だ。こんな状態でいつまで『鳥と港』をやれるんだろう、やっていいんだろう。口には出せなかったけれど、そういう後ろめたさのようなものが、ずっとあった。

気づけば海のほうまで出てきていた。防波堤の上をひた歩く。垂れ込める分厚い雲の隙間から一筋の光が寒々しい海を撃ち抜いている。海の色は空次第なんだと、ことさらに冬は強く思う。

風が出てきて、髪をマフラーに押し込む。防波堤から下りて、脇の歩道を歩いていた柊ちゃんに並ぶ。柊ちゃんが腕に引っかけていた焼き芋の袋と手がぶつかった。もうすっかり冷え切っている。

「そろそろ帰ろっか」と言おうとした矢先、柊ちゃんが「あのさ」と言った。

「春指、あくまで提案のひとつなんだけど、今後はマッチング制にしたらどうだ？　つまり、文通をしたい人同士を検索機能で引き合わせてあとはお互いご自由に、って感じ」

思いがけない提案に、歩みが止まる。

「文通の場とシステムだけ提供するってこと？」

柊ちゃんも立ち止まり、頷いた。

「そう。恋愛アプリでもあるだろ。ああいうイメージ。年会費とか登録料だけ貰って、あとは共通の趣味とか悩みで検索かけてヒットするようにする。その運用ぐらいなら副業でも十分こなせると思う」

「それってサービスとして成り立つのかな？　個人情報が気になる人もいるだろうし」

「そこはどうにでもなるんじゃないか。〝鳥と港〟宛に送ってもらって、発送はこっちがする。都度やってたら手間だから、月ごとに締め切り日を決めておいて、溜まった分をまとめて転送する、とか」

「……それだと、相手と急に連絡がつかなくなったり、ってこともあるよね？　返事が来なくなって、どうしたんだろう、ってやきもきするというか」

「そこはまあ、そういう不確定要素も織り込み済みで、としか言えないよな。いつでもやめられるインスタントさが気楽だ、って人もいるだろうし」

ここ渡っとこうぜ、と言って柊ちゃんが小走りで道路を横断した。後に続いて、渡った先の階段をゆっくり上る。手すりもない急な階段だが、柊ちゃんは軽快な足取りですいすい上っていく。

不確定要素も織り込み済み。

柊ちゃんが想定しているのはたぶん、システムっていうものの「割り切り」を直感で理解できる人だ。今までもいろんなサービスを使ってきて、たくさんの「ご了承ください」に慣れている人。

でも、そうじゃない人も、いる。

階段を上り終えて、道なりに歩いていく。柊ちゃんが「もしマッチング制に変えるなら」と話を続けた。

「クラファンのリターン分は春指と飛鳥くんが書き切る。で、新規で申し込んでくれた人には、サービスの形態が変わることをお知らせして、それでも続けたいなら継続、それが嫌なら返金、って感じだろうな。そのぐらいのプールはあるだろ?」

「それはたぶん大丈夫」

「ま、あくまで一案だけどな。春指がこのままの形態で続けていきたいっていうならそれでもいいと思うけど。でもやっぱり、こっちのほうが二人の負担が軽くなるのは確かだと思うよ。飛鳥くんも来年あたり受験だろうし」

受験。

その単語に、頭の中でもやもやと考えていたことが一瞬で霧散する。

飛鳥くんは今、高校二年生だ。あと四ヶ月もすれば三年生。これからどうするのか、気にかかりながらも、訊けないままここまできてしまった。

「春指ってさ、フルリモートの在宅勤務なら案外いけるんじゃないか」

「フルリモート？」

「そ。さっき言ってた、春指が苦痛に感じてる仕事まわりのことって、結局会社に出勤するから発生するもんなわけじゃん。多少摩擦はあるだろうけど、出勤しなくていい会社ならそのへんわりとクリアじゃね、と思って」

「確かに……そうかも」

新卒で一律入社、スーツを着て、出社して、「職場」という空間で朝から夜まで働く。

そういうイメージが自分の中で固まりきっていた。そういう働き方ができてこそ、「一人前の大人」だと頭のどこかで決めつけていた。

「フリーランスがわるいってわけじゃないけど、どっかしらに入ってたほうが、保険や年金関係も気は楽だろうし」

「うん……そうなんだよね。社会保険系、正直めっちゃ不安だし負担」

「だろうなあ。俺、毎月天引きの額見てぎょっとするもん。あれ自力で払うのはきついって」

柊ちゃんでもそう思うのか。ちょっとほっとする。自分で選んだ道だから、お金とか生活の不安とか、なんとなく親にも友だちにも言いづらかった。それは大人として「最低限」のラインで、話すべき悩みではない感じがしていて。減っていく預金残高にも、まだ大丈夫と言い聞かせて再就職を先延ばしにしていた。

フルリモートの在宅勤務を本業として働いて、副業で『鳥と港』のサービス運用や広報活動をする。

それなら、今回みたいに私が不調を起こしても運用にはさほど支障をきたさないだろう。私は私でどこかに就職して、私の生活を守りながら『鳥と港』も続けていける。飛鳥くんも自分の進路に集中できる。引っかかるところはあるけれど、これが現実的な案なのかもしれない。私にとっても、飛鳥くんにとっても。

「雪だ」

柊ちゃんが空を見上げた。鈍《にび》色の空からきらきらと雪の花が舞い降りてくる。今年初めての雪。手のひらで受けとめると、形を確認する間もなくとけて消えた。

積もるかもな、と柊ちゃんが嬉しそうに言う。これじゃ積もらないよ、と答えて、コートのポケットに手を入れた。

8

坂を上り終えるまでに心の準備をしようと思っていたのに、飛鳥くんは坂の途中に立っていた。ガードレールの向こうの、白く光る海とかすみがかった町をぼんやり見下ろしている。飛鳥くんのまなざしを通して見るものはきれいなものばかりで、これからもあの視線の先はそうであればいいと、目を細めながら祈りにも似た気持ちを覚える。

こちらに気づいた飛鳥くんが、そうっと坂を下りてきた。

「家で待っててくれてよかったのに。寒かったでしょう」

雪こそ降っていないが、元日らしい引き締まった寒さだ。飛鳥くんの鼻も耳も少し赤くなっている。

「そろそろ来ると思ったから。俺、ふんぞり返って新年の挨拶待つのって性に合わないんだよな」

飛鳥くんが白い息を吐きながら言った。チェスターコートの下は、白いハイネックニットに、ヘリンボーンのスラックスだ。わざわざ着替えて出迎えにきてくれたのだろう。

「体調はどう?」

さりげなく、という調子で飛鳥くんが訊いてきた。横並びになって、ゆっくり坂を上っていく。

「大丈夫。ごめんね、手紙の転送とかメール対応とか、たくさん迷惑かけて」

「それはいいんだけど……。心配なのはシンプルな体調っていうか、その」

言葉を選びあぐねている飛鳥くんに、伝わるようにもう一度しっかり頷く。ちゃんと目を合わせて。なにもかもがもう大丈夫、というわけではないけれど、体も心も大丈夫なほうに向かってきちんと動きはじめた感覚はあった。

ほっとしたように、飛鳥くんが「そっか」とつぶやいた。

「じゃあ、あけましておめでとう、でいい？」

「うん。そういえばまだ挨拶してなかったね」

坂を上り終えて、森本家の門の前であらためて「あけましておめでとうございます」と頭を下げ合う。

正月にどこかに帰省したり、誰かが挨拶に来たりするような家じゃないから、誰かにかしこまって新年の挨拶をする機会はあまりなかったけれど。

「いいもんだね」

「なにが？」

「言葉にして、確認し合うこと」

あたらしい年、無事にあけましたね。会えましたね。おめでとう。昨年は仲良くしてくれてありがとう。また一年、どうぞよろしくね。お互いの息災とこれからをことほぎ合うのってわるくない。

お邪魔して、玄関からそのまま森本先生のところへ挨拶にいこうとしたら、和室で待つよう言われた。森本家も森本先生も久しぶりで、内心緊張していたけれど、現れた森本先生を見た瞬間噴き出してしまった。

「先生、どうしたんですかその恰好」

ド派手なオレンジの羽織に亀甲柄の金襴袴《きんらんばかま》を合わせていて、後ろの閑寂な庭から完全に浮いている。

「いやあ、みなとさんが新年の挨拶に来るっていうから、これはちょっと気合いを入れないと、と思って。どう？　よくない？　殿様感あるでしょ」

「バカ殿な」

飛鳥くんが切って捨てた。そんなことないですよとフォローしたいところだが、正直私もそう思った。ちょんまげがついていないのが不思議なくらいだ。おまけに先生がパッと開いた扇子には「新年」の二文字が書かれていて、ばかばかしさに笑いが止まらない。森本先生が「おっ」と嬉しそうに笑った。

「みなとさん初笑い？」

「初笑いですね」

「やった」

「これが初笑いなの残念すぎだって」

「飛鳥だって笑ったくせに」

「あれは登場の仕方が悪い。こいつ、今朝この恰好で踊りながら起こしに来やがったんですよ」

飛鳥くんはがんばって渋面をつくっていたけれど、そのときの姿を思い出したのか、ぶふっと笑って「くそ」と悔しまぎれに悪態をついた。

挨拶だけして今日はそのまま帰ろうと思っていたけれど、飛鳥くんに誘われて日縄《ひなわ》神社に初詣にいくことになった。

昼の二時ごろで、そこまで人はいないんじゃないかと思っていたけれど、神社に近づくにつれ道や角から一人二人と出てきて、着く頃にはたくさんの人で境内がにぎわっていた。ずらりと並ぶ屋台を流し見て、ゆっくり参道を進む。飛鳥くんが焼きとうもろこしを見て「旨そう……」と漏らした。

「俺あとで食べようかな。おせちも美味かったけど、なんか胃が落ち着かないかんじの美味さなんだよなあ」

「ちょっとわかるかも。私もたこ焼きとか食べたい。思うぞんぶん食べ歩きしよ」

焼きそばも、フランクフルトも、チョコバナナも。絶対食べきれないのに、あとであれも食べようと言い合う。日縄神社に来るのは夏祭り以来だ。あのときはゲンさんに教えてもらって、飛鳥くんと滑り込みで来た。

どこかで焚火《たきび》をしているのか、煙のにおいが鼻をくすぐった。道ゆく人たちの笑い声が響く。水色の空を見上げて、正月の日縄神社もたのしいです、と胸の中でそっと伝える。

飛鳥くんと並んで鈴を鳴らし、二拝し、柏手を打った。なにか願おうかとも思ったけれど、なにも浮かばなかった。目を開けて、飛鳥くんの真剣な横顔をそっと眺める。思えば、初詣でなにかを願ったことがあまりない。受験のときだって、入試直前にインフルエンザにでもなったらおしまいだと思ってお参りにすら行かなかった。すべては自分の力次第だし、願いごとがあれば自分の努力で叶えればいいと、今思えばへんに尖《とが》って驕《おご》っていた。

お参りの輪から離れて、甘酒をもらいにいく。日縄神社は毎年三が日の間、甘酒を無料でふるまってくれる。甘酒は得意じゃないけれど、初詣のときの甘酒はふしぎとおいしく飲める。体が芯からあたたまって、気持ちよくほぐれた。

おみくじは私が末吉、飛鳥くんが中吉だった。「無難すぎてコメントしづらい」と言っていたら、私のおみくじに「物陰の赤い服の女に注意」というやたらに具体的で意味深な忠告が書かれていて、「やばい、ぜったい妖怪じゃんこれ」と騒ぎ合う。屋台では飛鳥くんが焼きとうもろこしを、私はじゃがバターを買い、端に設置されたスペースではふはふと食べ、そろそろ帰ろうかと参道の流れに戻ったときだった。

「あれ、森本?」という声が耳に飛び込んできた。振り向くと、人波の向こうで背の高い男の子が私たちを見ていた。流れに逆らってこちらに来ようとしていたけれど、私と目が合った途端、怯《ひる》んだように動きを止めてそのまま背を向けた。あ、と追いかけそうになったけれど、どちらにどう声かけを、と悩んでいるうちに、飛鳥くんとも男の子とも距離が開いていく。男の子はそそくさと逃げるように、けれど後ろ髪をひかれるように何度も振り返って飛鳥くんを見ていた。

飛鳥くんはゆったりとした足取りで進んでいく。小走りで追いついて「あのさ」と呼び止める。

「さっき、飛鳥くんのこと呼び止めてた人いたよね」

「え、いました?」

後ろを振り向いて、首を捻っている。とぼけているようには見えない。

「うん。百八十センチぐらいある男の子で、ゆるいパーマかけてた。肩幅がけっこうしっかりある子で、大人っぽい雰囲気」

「あー、今田かな。眼鏡かけてた？」

「かけてた。黒縁の。友だちだった？　声かけたそうにしてたけど」

「友だちっていうかクラスメイト？　まあ、よく話すほうだったけど。あいつやたら骨董《こっとう》品に詳しいんだけど、誰も興味持ってくれないからって俺が休み時間によく話聞かされてた」

家が古物商やってるらしくてさあ、と懐かしむように飛鳥くんが笑う。飛鳥くんとどこか似かよった雰囲気の、理知的で柔らかい顔つきの男の子だった。

「今なら追いつけると思うよ」

「いいよべつに」

「でも、話したそうだったよ今田くん」

そう言うと、飛鳥くんは「そう？」と言って、姿を捜すように再度人混みを振り返った。

もし、私がいなければ。

私という「大人」の存在がなければ、あの子は飛鳥くんに声をかけていたかもしれない。

飛鳥くんが学校にいかなくなったのは、学校というシステムが合わなかっただけだ。そこがダメだったからといって、ほかのすべてを捨てる必要なんてない。

今からでも遅くない。追いかけて、声をかけて話してみたら。

「ね、追いかけてみようよ」

思い切って腕を引いてみる。

柊ちゃんが私にしてくれたように、かろやかに引っ張っていけたらと思ったのに、飛鳥くんのほうが力が強かった。

「ほんとにいいって」遠慮がちに、けれどあっさりと腕を払われてしまう。

「なんで？　せっかく会えたのに。話したほうがいいよ」

「話したほうがいいって……どうしたのみなとさん。なんかテンションが変」

戸惑い気味に言って、飛鳥くんが歩き始めた。屋台の並びを抜けてしまう。もう鳥居がそこまで迫っている。

「変っていうか、向こうが飛鳥くんと話したくて、飛鳥くんも嫌じゃないなら話してみてもいいんじゃないかなって。ほら、高校生活ももうあと一年じゃない。だから、その、〝鳥と港〟だけに飛鳥くんの時間を割かなくてもいいっていうか」

「何に時間を割くか決めるのは俺じゃないですか？」

「それはそうなんだけど、気づかないうちに私が飛鳥くんの可能性とか、視力みたいなものを奪ってしまってるかもしれないとは思ってて」

「可能性？　視力？　わかんない。どういうこと？」

鳥居を抜けたところで飛鳥くんが歩みを止めた。

言うなら、今かもしれない。

『鳥と港』の今後のこと。飛鳥くんの進路のこと。

「あのね、〝鳥と港〟のことで年末に柊ちゃんと話したんだけど、今聞いてもらってもいい？」

「いいですけど……戸田さんと？　なにをですか」

路傍に寄って、柊ちゃんと話したことをそのまま伝えてみる。

クラファン分が終わったら、文通したい人同士を検索サービスで引き合わせるマッチング制に変えてみること。そうすれば話が合わない相手とやり取りをすることもなくなるし、飛鳥くんが森本先生めあての手紙に対応することもない。私は再就職できるし、飛鳥くんは受験に専念できる。

「……だからさ、飛鳥くんも忙しくなるだろうし、いったん活動からは離脱して、友だちとか、受験に時間を割いてもらえば……いいと……」

飛鳥くんの表情がどんどん険しくなっていくのが見てとれて、最後まで言えなかった。

なんだろう。柊ちゃんと話したときは良いアイディアだと思ったのに、こうやって直接言葉にして伝えると、とんでもなくなにかを間違えている気がする。でも今さら引っ込めることもできない。沈黙がこわくて、とにかくこれは私たちのためなのだともう一度強調して、言葉をかさねつづける。

いよいよ言うことがなくなったころ、私は飛鳥くんのコートのボタンに映る自分を見ていた。

しばらくして、飛鳥くんが「言いたいことはわかったけど」としずかに言った。

「みなとさんはそれを〝戸田さん〟と相談して〝決めた〟ってこと？」

「き、決めたわけじゃないよ。あくまで提案っていうか」

「でも、みなとさんの中でほぼ決まってるでしょ。それは〝決めた〟って言うんだよ」

声にかくしきれない怒りがにじんでいる。

顔が上げられない。参拝客が立ち止まっている私たちを避け、顔をほころばせながら鳥居に向かっていく。ほんの一時間前までは私たちもそうだったはずなのに。

「みなとさん、マッチング制がいいって、心の底から思ってる？　ゲンさんのこととか、自分のことでいっぱいいっぱいになって、逃げようとしてるだけじゃない？」

「そういうわけじゃ……。ただ、私は飛鳥くんと同じように考えるわけにはいかないっていうか。逃げる、じゃないけど、現実的なところも考えないといけなくて」

「現実的なところって？」

生活のこと。お金のこと。これから四十年ほどつづく、「はたらく人生」の最初の最初で道から落っこちて、どんどん遠ざかっていることに不安をおぼえていること。どれもこれも、高校生の飛鳥くんに言ったところでピンとはこないだろう。

黙り込んでいると、飛鳥くんが短く息を吐いた。

「みなとさんの不安もわかるけどさ、俺は、やれるところまでふたりでやりたいよ。もし失敗しても、そのときはそのときでまた考えればいいじゃん」

「……そのときは、そのときで？」

聞き流せなかった。

どうしても、その一言だけは。

このままふたりで『鳥と港』だけ続けてみて。

がんばったけれど、やっぱりだめでした。

では、もうやめましょう。

そして、次のことはそれから考えましょう？

飛鳥くんはそれですむかもしれない。

あの広い家に生まれて、豊かに育って、これからどう転んでも一生お金に困ることのない親がいて。

でも、私は？

そのとき私は何歳？　そこから再就職はできる？　たった九ヶ月のキャリアしかない人間が、そこからなにをさせてもらえるんだろう。

飛鳥くんはいいよ、という声が震えた。

「やれるところまでやってダメだったとしても、いくらでもやり直しがきく。私とは違うから」

いけないと思うのに、頭に血がのぼって止められない。

「ねえ、飛鳥くんって今、何にお金を遣ってる？　服？　ゲーム？　私は年金とか保険とか携帯代とかが最優先だよ。遊びにいっても、頭のどこかで遣った額を計算して楽しかった時間を後悔しちゃう。結婚式とかも、おめでたいことなのに今は呼んでほしくないって思っちゃう。これから先ずっとそうなのかなって無性にこわくて焦って不安になる。でも、そんなの飛鳥くんはわかんないよね。ぜんぶ。しょうがないよね。飛鳥くんは、森本先生に守られてるこどもだから」

なにをどう言えば、相手がいちばん傷つくのか。

自分を正当化できるのか。

勝てるのか。

こんなときでも、私はことばを選んでしまう。

どんどん蒼白《そうはく》になっていく飛鳥くんの顔を見つめながら、誰か私の口を縫い合わせてと祈りながら、私は上手に飛鳥くんを傷つけつづけた。

い。


「それは春指が悪いね」

文学部棟の入口で、サフラン色の手袋を外しながら陽ちゃんがずばっと言った。

事のあらましを説明して二秒、容赦ない有罪判決に、わかってるよ、とつぶやくことしかできない。

陽ちゃんが手袋を片っぽ落とした。私がすぐに屈んで拾い上げる。陽ちゃんのニットワンピースはおなかのところがかなり膨らんでいて、なにかにつけ先回り先回りで動いてしまう。陽ちゃんは「まだそんなビビんなくても大丈夫だって」と笑っているが、ビビるなというほうが無理。この中に人ひとり入っているなんてとんでもない話だ。

美代川先生の研究室がある三階まで階段で上がろうとした陽ちゃんを制してエレベーターを呼ぶ。タッチの差でエレベーターは上に上がってしまい、なかなか一階まで下りてきてくれない。

「私もさ、話してる途中でこれはまずいかもって思ったんだよ。相談事として持ちかけるべきだったのに、ほとんど決定事項みたいな言い方しちゃって」

「みなとが、みなとの人生のためだけに決めた運用変更ね」

陽ちゃんが深く頷いた。

「……いやな言い方するなあ」

「今聞いた感じだと、そう取られてもしゃーないっしょ」

「でも、私のためだけでもないっていうか。飛鳥くんだってこれから受験だし」

「受験するって本人言ってたの？」

「言ってない、けど」

でも、進学しないとも明言はしていない。

おそらくだけど、飛鳥くんは勉強がきらいじゃない。今までも合間合間に勉強している姿は見かけていたし、学校の勉強じゃなくても、「学ぶ」ことそのものは好きなんじゃないかと思う。だから、どういう形でかはわからないけれど、大学に進むものだと思っていた。

「決めつけられた上に、絵に描いたような子ども扱いでボッコボコ？　飛鳥くんかわいそー」

もうなにも言い返せない。とくに最後のあれは、本当に言うべきじゃなかった。あのときの飛鳥くんの顔。信じていた人に突然心を刺し貫かれ、苦しみと怒りにじっと耐えているような表情は、思い出すだけでも胸が痛くなる。

うう、と呻いていると、エレベーターの扉が開いた。先に陽ちゃんに入ってもらう。陽ちゃんは「ありがと」とラフに言って、「これあたしもなんだけど」と前置きした。

「なんかさー、大卒の人間ってみんな大学いって当たり前みたいに思っちゃうんだよねたぶん。いっといて悪かったことって特にないじゃん。人間関係の幅も広がったし、就活でも大卒って枠でエントリーできる。自分が嫌だったことって人には薦めないけど、自分が経験してよかったことって案外無神経に薦めちゃう気がするな」

エレベーターから降りて、旧館に移動する。静かで埃っぽいうす暗い廊下、日に焼けた古い本のにおいに、懐かしさがどっと押し寄せてきた。

「諏訪《すわ》ちゃんの研究室あいかわらずやばいね。中見えないじゃん」

陽ちゃんが首を伸ばした。諏訪先生の研究室は入口ぎりぎりまで本が積まれていて、中に先生がいるか外から確認することはできない。

卒論や修論の提出期限を過ぎたからか、一月下旬の研究室付近に人はいない。諏訪先生の研究室を通り過ぎ、いちばん奥の部屋の前で立ち止まる。ノックをしようとしたら、美代川せんせー、と陽ちゃんが声を張った。すぐに「入ってきてー」と声が返ってくる。

中に入ると、コーヒーの香りに包まれた。美代川先生はデスクに眼鏡を置いて立ち上がったところだった。

「あれ、先生髪切ってる」

「イエス。昨日切りたて」

「ショート似合うね先生。あたし冬に髪切る人かっこよくて好きだなあ」

陽ちゃんが勝手知ったるというようにソファーの上に荷物とコートを置いた。「そのセーターもかわいいね」続けざまに言う。

「いいでしょう。この前の学会のときに向こうで買った」

美代川先生が柄を見せるようにセーターの裾を少し引っ張った。グレーのショートヘアーとノルディック柄の赤いセーターは、はっきりした顔立ちの美代川先生によく似合っている。

「菊池さんはずいぶんお腹が出たね」

「いま七ヶ月だよん」

「さわっても？」

「どーぞ」

美代川先生が指輪を外してそっと陽ちゃんのお腹を撫でた。

「へんなかんじ。あたしの体なのに、あたしじゃない部分が撫でられてるみたい」

へへ、と陽ちゃんが笑って、ソファーの肘掛けに腰かけた。

「先生、これお土産。春指と買ってきた。青麗館《しょうれいかん》のクッキー」

「やった。あそこのクッキー並ばないと買えないでしょ」

「今日はわりと空いてたよ。自分ち用にも買っちゃった。先生、アールグレイとバターどっちがいい？」

「じゃ、バターで。春指さんたちもなんか飲みなよ。菊池さんはノンカフェイン？」

「うん」

「ノンカフェインはねー、こっちの棚にいくつか入れといたはず……って、春指さん、どうした。ぼけっとして」

声をかけられてはっとする。研究室の入口で突っ立ったままだった。

髪を切ったとか、服がすてきだとか、お菓子を持ってきたとか。なんでもない会話が今はものすごくありがたい。まるい言葉をしゃぼん玉のように吹いて飛ばして。ふれたそばから消えてまた吹いて。うすもいろの、やさしいゆめの中で話しているようだ。

「や、なんか落ち着くなあ、と思って。最近すごく目まぐるしい感じだったから」

扉を閉めて、私も奥まで進む。

私ははちみつ紅茶を、陽ちゃんはノンカフェインのハーブティーを。各自好きなティーバッグを取って、好きなカップに入れて、電気ポットからじゃぼじゃぼとお湯を注ぐ。茶葉をティーポットでゆっくり蒸らして、ティーカップを温めて、そういうのもきらいじゃないけれど、ここの適当な雰囲気が好きで、昔はよく陽ちゃんと入り浸っていた。

「文通屋さんだっけ。春指さん、どうなの最近」

美代川先生がクッキーの缶を開けて皿にざっと載せた。そのまま一つつまんで「あー、久しぶりに食ったらうまいね。皿にバターがいく感じがするよ」うんうん、と満足げに頷いている。

私もクッキーを食べながら、何をどこからどこまでどう言おうか悩んでいると、陽ちゃんがさっさと「みなとは八こ下のビジネスパートナーをボコボコにして猛省中」と言ってしまった。

へえ、と美代川先生がおもしろがるように片眉を上げる。しぶしぶ、飛鳥くんとの出会いから今にいたるまでをかいつまんで話し、最後に、飛鳥くんを怒らせたこと、傷つけたことも白状した。

美代川先生は皿にかりんとうとえびせんべいを雑多に足して、ぱくぱく食べながら「ほーん」とか「へえー」とか、じつに美代川先生らしい気のない相槌を打ち、最後に「あなたはあいかわらずプロセスを省こうとするねえ。めんどうを愛するような商売を始めたくせに」と的確に殴ってきた。いつのまにかしゃぼん玉が鉄球に変わっている。そういえばそういう場所でもあった。

「それで、その飛鳥くんとは決裂したままなんだ？」

「決裂っていうか、連絡するな、って言われちゃって。とりあえず待ってるんですけど、向こうからの連絡はまだないです」

「ひと月？」

「はい」

「いっさい？」

「いっさい、です」

私がひどい言葉をぶつけた後、飛鳥くんはうつむいて、すみません、とちいさく謝って、一人で帰った。私は罪悪感と自己嫌悪でいっぱいになってすぐに電話をかけたけれど出てもらえず、返ってきたのは「しばらく放っておいてほしい」という拒絶のメッセージだった。

柊ちゃんと言い争った後、メッセージを無視し続けたこと。飛鳥くんの心配をはねのけて、連絡しないでほしいと告げたこと。今まで自分がしてきたことがそっくりそのまま返ってきている状態だ。

ひどいやり方で、傷つけた。

言葉でつけた傷を言葉をつくすことで癒やせるのなら、今すぐにでもそうしたい。でも、飛鳥くんはそれを求めていない。

待つべきか、受け取ってもらえなくてもしつこく謝り続けるべきか、それとも柊ちゃんがしたように奇襲するべきか、うだうだ悩んでいるうちにひと月近く経ってしまった。

「いいね、飛鳥くん。なかなか気骨のある子じゃない。対話対話って言うけどね、テーブルにつかない選択も時には必要なんだよ」

美代川先生が愉快そうにヒュッと口笛を吹いた。

「先生、おもしろがってますよね」

かるく睨んでみたけれど、そりゃそうよ、とわるびれるそぶりも見せない。

「こんな狭い部屋で洟垂らしながら論文読んでるよりよっぽどおもしろいじゃない」しゃあしゃあと言う。

ひど、と言ってみたけれど、深刻に考え込まれたり諭されたりするよりはよっぽどいい。美代川先生のふまじめさ、ひょうきんさが苦手だという人も一定数いたけれど、私も陽ちゃんもそこが大好きだった。

「まー、傷つけちゃった問題は置いといて、実際の運用を考えたときにマッチング制はアリだとあたしは思うけどね」

陽ちゃんがシャカシャカとカイロを振りながら言った。

「春指もさ、話題の違いに限界感じてたわけじゃん？　共通の話ができる人と文通したほうが楽しいは楽しいと思うけど」

「じゃあ、陽ちゃんはどう？　もしそういう、文通したい人とマッチングできるサービスがあったら使ってみる？」

「……そう言われたら微妙なとこかも。こっから先、出産して子育てしてってなったら、同じ悩みを持つ人とつながりたいって瞬間は出てくると思うんだよね。でも性格的にママ友の輪に入るのは無理っぽいし、文通って距離感的にはちょうどいいかもとは思うけど、まったく知らない人といきなり腹割ったやり取りするのはハードル高い気もする。ハマったらハマったで、相手から返事が来なくなったらそのぶん辛そうだし」

「そうだよねえ」

柊ちゃんに提案されたときからずっと引っかかっていたことだ。マッチング制だと、相手が飽きてやめてしまったとき、楽しみに返事を待っていた人は橋を急に落とされる感覚になるんじゃないだろうか。

「春指の気持ちとしてはどうなの？　自分が書き手から卒業することに抵抗はないの？　あたしはてっきり、手紙を書くのが好きだから始めたんだと思ってたけど」

「……どうだろ。好きは好きだけど、なにがなんでも書き手で居続けたいって気持ちはそこまで強くないのかも」

飛鳥くんに誘われて『鳥と港』をやろうと決めたとき、単なる「好き」とは違った、もっと複雑な思いを抱いていた気がする。

便箋、インク、封筒、切手、気持ち、話題、ことば。すみずみまでこだわって、整理して。手紙を書くときに覚えるのは、心の手入れをしているような感覚だ。ここだけは私の庭。私の居場所。私の国。そして、それをそっと見せ合うのが文通なんだと思う。

手紙を書いて、読んで、居場所を分かち合う。そのときに立ち上がってくる世界をまとめて守れるのなら、自分は書き手じゃなくてもいいと思う。でも、柊ちゃんに提案されたシステムじゃ、すべては包み込みきれない。もっと、なにかもっと、広く、確実に受けとめられるようなものを――。

「だめ、わかんない」

天を仰いだ。もう少しでなにかがわかりそうなのに。風をつかむように、伸ばした指の隙間から思考が逃げていく。

美代川先生が研究室の窓を開けた。冷たい風が吹き込んでくる。さむっ、と身を縮こまらせた陽ちゃんに、先生がブランケットを放《ほう》った。

「換気換気。酸素不足は思考を鈍らせるのよ、春指さん」

軽快に言って、マイ・フェイヴァリット・シングスを口ずさんだ。陽ちゃんが鼻歌で続く。まぶたをとじて、耳を傾ける。あやふやな歌詞、わらい声、ほがらかな音がくすぐったい。

私はここがとても好きだった。学ぶことがたくさんあって、学びたい人たちが集まっていて、かろやかに、ふかく、ふくよかに生きられた。過ぎ去った、もう戻れない幸せな居場所を美化しているだけかもしれないけれど。

　うぬぼれでなければ、私はきっと今、飛鳥くんの居場所になっている。なにもかもから守ってあげられるほどの大樹ではないけれど、日よけ程度の木陰はつくれている。

　でも、世界は広く、かぎりなく、飛鳥くんは可能性だらけで、どこへでも、どこまででもいけるたくましい翼をもっている。

　だから、できれば私以外のところでも羽をやすめられる場所を見つけてほしいと、勝手なのはじゅうぶん承知で、私は飛鳥くんに望んでしまっている。


　飛鳥くんへの連絡を控えるようになって、ひと月半経った。もう二月も中旬だ。待とう待とうと自分に言い聞かせてきたけれど、そろそろ限界だ。

　まずは謝罪を。そして話を。

　と思ってここまで来たが、いざ門の前に立つと緊張してなかなかインターフォンを押せない。あのとき押しかけてくれた柊ちゃんの勇気に今さらながら感謝する。

　飛鳥くんには連絡なしで来てしまったから、文字通り門前払いされる可能性だってある。いっそ裏庭に回って縁側から乗り込む？　いやいやそれじゃ強盗だ。なんだかんだでもう十分近くここで立ち止まってしまっている。

「あの、そちらに何かご用ですか」

振り向くと、男の人が立っていた。黒いロングダウンに身を包んだ、三十代半ばぐらいの男性。見覚えがあるような、ないような。マスクをつけていて、目元しか見えない。森本先生の担当さんだったかな、と身を引いて頭を下げると、男性は「ああ、あなた」と頷いた。「どうもお久しぶりです。ちょうどよかった。僕も用事があって。ご一緒しても？」

まずい。どうやら知り合いのようだがピンとこない。

あの、とか、いえ、とかまごついていると、男の人は躊躇なく門に手をかけた。がしゃがしゃと何度か引っ張って「あれ、今日開いてないな」とすぐにインターフォンを鳴らした。止める暇もなかった。

「あ、森本先生？　どうもー福崎です。森本くんのことでお話が。今いいですか？」

福崎先生！

思い出した、飛鳥くんの担任だ。

どうしよう。この人と一緒じゃ、追い返される可能性が高い。今からでもモニターから消えて出直そうかと悩んでいるうちに門が開いた。

福崎先生が「じゃ、行きますよ」と号令をかけてくる。ぴしっとした声で、思わず「はい」と後に続いてしまった。

「おもしろい組み合わせだね」

森本先生は三和土の真ん中で腕を組み、門番のように立っていた。チャコールグレーのもこもこの部屋着に黒い半纏《はんてん》を羽織っている。なんとなく目が見られない。

「入口で偶然会ったんですよ。ね、春指さん」

福崎先生が振り向いた。名前、覚えてるんだ。内心おどろきながら頷く。

「あれ、森本くんはお出かけ中ですか？」

もう今にも靴を脱いで上がりそうな福崎先生が動きを止めた。言われて見てみれば玄関にそれらしい靴がない。

「ああ」

森本先生が軽く頷いてあっさりと言った。

「飛鳥なら家出中だよ」

「い、家出!?」

「そ。だから今家にはいないの」

「いや、家出って、そんな軽く……」

「まあまあ、いいじゃない」

森本先生が鷹揚《おうよう》に笑った。

「書を捨てよ、町へ出よう、家出のすすめで自立自立ってね。今んところ連絡ないから、まだ帰ってくる気ないんじゃない？　粘ってるよねえ、飛鳥も。えらいえらい」

えらいって……と福崎先生が言葉を失った。沈黙に、ようやく頭が回り出す。

いくら森本先生といえど、子どもが家出してさすがにこの態度はない。福崎先生は森本先生の言葉を信じきっているようだが、この人はとことんくえない人だということを忘れてはいけない。

「森本先生は行き先をご存知ないんですか？」

「いやだなあ、親が知ってたら家出じゃないでしょう」

「でも、手紙。〝鳥と港〟宛の手紙、どこかには転送してますよね。飛鳥くんがそれを放り出していくとは思えないです」

「お、するどい」

先生がわざとおちゃらけるようにウインクした。

「まあ仮に知ってても、みなとさんには教えてあげないけど」

いつものようににっこりと笑っているが、心なしか棘と圧がある。後ろめたさがあるぶん、それ以上追及ができない。

この様子だと、森本先生はおそらく飛鳥くんの行き先を知っている。家出と言っても、まさかこの真冬に野宿しているとは思えない。

「まあまあ、飽きたら帰ってくるでしょう。というわけで、本人不在なのでおふたりともお引き取りを！」

ひらりと身を翻した。ちょっと、と福崎先生が叫んだが、森本先生は振り向かなかった。背中にハッキリ「帰れ」と書いてある。福崎先生とふたり、玄関に取り残されてしまった。

「春指さん、どういうことですか。あなた森本くんから本当に何も聞いてないんですか」

「いや、本当に私も知らなくて……」

「連絡は？　取れるでしょう」

「電話してみます」

すぐに電話をかける。つながらないかと思ったが、スリーコールぐらいで飛鳥くんは出た。

『どうしたの、みなとさん。なにかあった？』

落ち着いた声だった。最後にあんなふうに言い争いをしたとは思えないほど、いつも通りの。かえって、私のほうが焦ってしまう。福崎先生がスピーカーにしろとジェスチャーしてきた。

「もしもし、飛鳥くん？　今どこにいるの？　おうちに来たんだけど、飛鳥くんがいなくって」

なるべくいつもの調子で、居所を探っているとは勘づかれないよう。

福崎先生が耳をそばだてていて、気分はまるで、警察に取り囲まれながら逃亡中の友人に電話をかける裏切り者のようだ。

飛鳥くんは『あー、それね』と濁すように笑って、『まあ、ご心配なく。手紙もちゃんと書いてるし。みなとさんに迷惑はかけないよ。じゃ』あっさりと電話を切ってしまった。

もう一度かけてみようかと思ったが、思い直してやめる。きっと、何度かけても飛鳥くんの中の「なにか」が終わるまで、もう電話には応じてくれないだろう。美代川先生の言うとおり、気骨のある子、なのだ。

「まいったなあ」

福崎先生が、ちっともまいっていなそうに言った。

「まあ森本くんも元気そうでしたし。僕は聞かなかったことにしておきます」

そそくさと去ろうとした福崎先生を「ちょっと待ってください」とつかまえる。

「さすがにそれはないいんじゃないですか」

ええ？　と先生が眉根にしわを寄せた。

「じゃあどうしろと？　警察に届けますか？　親はおそらく行き先を把握している。本人とも連絡が取れる。この状態で、何をどうします？」

「それは、そうなんですけど……」

これはいったいなんなのだろう。飛鳥くんがどこでなにをしているのかさっぱり見当がつかない。

「先生、行き先で思い当たるところはないですか？　たとえば、誰かお友だちのおうちとか……」

「いやー、わかりませんね」

「仲が良かった子とか」

「長く泊めてあげるほどですか？　表向きはそんな友だちはいなかったと思いますよ」

「じゃあ……」

じゃあ、どこに。

福崎先生がドアを開けて、出ましょう、と促した。

「そんなしゃかりきにならなくていいんじゃないですか？　あの調子なら、待ってればそのうち帰ってくるでしょう」

そう言って、先生は門に向かってすたすた歩いていく。

「福崎先生、せめて行き先だけでも一緒に考えませんか！」

そう、たとえば日縄神社で会った今田くんに連絡を取り、校内で行き先を知っている人を探してもらって。

そう言うと、福崎先生はくるりと振り返り、ずんずんとこちらに戻ってきた。

「いいですか、春指さん。僕は森本くんの担任です。そして森本くんは進級を望んでいる。ならば僕の仕事は森本くんを無事進級させることです。不必要に騒ぎ立てて、森本くんの心証をわるくすることではない。親の力だろうとなんだろうと、出られるなら高校はつつがなく出ておくべきです。森本くんが学校を嫌っているのはわかりますが、僕は学校というものを変えてやることはできない。できるのはせいぜい、学校というシステムの中で、最低限の体裁をつくろって上にあげてやることぐらいです。だから」

そこまでひと息で言って、言葉を切った。ぜえぜえ言っていて、かなり呼吸が苦しそうだ。先生は一瞬マスクを外しかけたが、思い直したように手を離した。

「あの、私はかまわないので」

「いえ、念のため。時期が時期なので」

手で制して、肩で息を整えた。そういえばそろそろ国立二次の時期だ。

「だから、彼がどこで何をしているかなんて正直知ったこっちゃありません。森本くんと連絡は取れそうですし、進級については森本先生伝いで確認します。そこまでが僕の仕事なので」

あなたはあなたの領分を、とやけに神妙に言って、福崎先生は帰ってしまった。

寒空の下、ぽつねんと立ちつくす。ちら、と振り返ってみたが、森本先生が出てくる気配はない。さっさと出ておゆきとばかりに、冷たい風が吹き寄せてくる。福崎先生みたいに足早に出ればよかった。追い出され、とぼとぼと歩いて出ることほどみじめなものはない。

坂をゆっくりと下る。足に力が入らない。なんだかもう、今すぐどこかにくらくらと倒れ込んでしまいたい気分だ。家出って。家にこもっていた私とは正反対の逃亡だ。

福崎先生の言うように、待っていればそのうち帰ってくるんだろう。

もうなにもかも大丈夫だと、すっきりとした顔で。お母さんが亡くなって、森本先生が抜け殻になっていた間、ひとしれず夜を乗り越えたみたいにして。

でも、それを、すくなくとも私は、〝みなと〟は待っていてはいけないし、待っていたくない。

立ち止まり、海をみやる。

行き先の心当たりはまったくない。かといって森本先生から聞き出すのは無理だろう。

飛鳥くんがどこかに身を寄せているとして、そこの住所、いやせめてエリアだけでも絞れたら。

ダメ元でもう一度電話して、なにかしらのヒントを探ってみる？　飛鳥くんとつながれる手段と言ったら、もう電話ぐらいしか——。

そこまで考えて、あっ、と声が出た。

あった。飛鳥くんの現在地を絞れる手がかりが。

そして、それを直接聞き出せる可能性のある人が、たったひとり、いる。

あとは、そのひとりに会いにいく勇気を私が振り絞るだけだ。

9

「いらっしゃいませ」

入店のベルがかろやかに鳴り、店員さんの声が快活に響いた。

急いで食べかけのパニーニを皿に置く。お手拭きで指先だけ拭って、ニット素材のバケットハットのつばを引っ張る。振り向きざまに入店した客の顔を盗み見た。

入ってきたのは五十代ぐらいの女性二人組だ。どちらも見覚えはない。

鼻からゆっくり息を吐き、口の中に入っていたパニーニを冷めきったスープで流し込んだ。底に溜まっていたコンソメの粉が濃くて少し噎せる。水に手を伸ばした瞬間またベルが鳴り、慌てて振り向いた。明るい茶髪を巻いた女性。一瞬心臓が大きく跳ねたけれど、目当ての人――下野さんではなかった。

椅子の背にもたれてハットを取った。ぺたんとおでこに張り付いた前髪を真ん中で分けていると、隣の席で携帯をさわっていた大学生らしき子と目が合った。ぱっと目をそらして、もう一度ハットを深く被り直す。見たくもなるだろう。我ながら挙動不審な動きばかりしている。

次の瞬間下野さんが現れたとして。こんな調子で私は本当に話しかけられるんだろうか。

逃げるようにして辞めた会社の、同じ部署内の先輩。せっかく『鳥と港』に文通を申し込んでくれたのに、その気まずさから、私は下野さんの担当を飛鳥くんに振った。知り合いだということも、私を希望してくれていたことも伏せたまま、一方的に。それっきりだ。どんな顔で声をかければいいのか正直わからない。わからないまま、来てしまった。

喉が痛いほど渇いてコップに手を伸ばしたけれど、セットのドリンクも水ももう飲み切っていた。悩んだが、ドリンクを追加で注文する。一時半。十二時前から粘り続けているけれど、下野さんは姿を見せない。

下野さんはいつも何時にお昼をとっていただろう。決まった時間はなかったような——と考えて、ああ、違う、と思い出す。昼休憩は二人ずつ時差で行くのが暗黙のルールだった。

誰かが電話応対をしなくちゃいけないから、一斉に休憩には入れない。私はだいたい、課長か下野さんと一緒に昼休憩をとっていた。本当はお昼ご飯くらいひとりでゆっくり食べたかったけれど、言えるわけもなかった。課長行きつけの定食屋に連れていかれるのも嫌だったが、休憩室でほかの課の人たちとご飯を食べるのも苦手だった。旦那さんの悪口、子育ての愚痴、社内の噂話、本当に心の底からどうでもいい話に、興味があるふりをして付き合うのがきつかった。

あんまりにもしんどくて、一度、下野さんが休みの日に、屋上に続く階段でこっそりご飯を食べたことがある。

誰とも話さず、音楽を聴いて、続きが気になっていた漫画を携帯で読んで、少し眠って。休憩ってこういうことなんだと、しみじみ感動した。明日からは下野さんに言って抜けさせてもらおうと決意した翌日、総務一課から、「昼食は所定の場所でとってください」という注意メッセージが回ってきた。

記憶の蓋をめくると、心の皮も一緒にべろんと剝がれるような痛みに襲われる。思い出したくない、けれど、思い出さなければ飛鳥くんにはたどり着けない。もう少しだけ、剝がす。

十一時半頃に、田島課長がまず昼休憩に出る。その後、私と下野さんのペアと、内海係長と八木さんのペアが交互に出る。十二時半からの組と、一時半からの組。私と下野さんは週に二回、外に食べに出ていた。週の前半と後半で一回ずつ、量も味付けもちょうどいい、会社からは少し離れたこのカフェに。

気が重い。心臓に鉛でも埋め込まれたような重さだ。このカフェには、下野さん以外の人もたまに来る。辞めてから一年ちょっと経つ。私の顔なんて覚えていないだろう。でも、万が一話しかけられたら。

私は『鳥と港』のインタビューで、前に働いていた会社が合わなくて辞めたことも言った。具体的なエピソードも話した。喋ったときはインタビュー中だったこともあって、気が昂《たか》ぶっていた。どれほど苦しかったか、誰かに聞いてもらいたくて、みんなに知ってほしくて、つまびらかに話した。もしあれを前の会社の人が読んでいたら。社内で共有されていたら。

私にはもう関係ない場所なのだと頭ではわかっているのに、そんな場所ですら、私は人に悪く思われたくないし、嗤《わら》われたくないんだろう。

二時を回った。

下野さんは現れない。念のため二時半まで待って、席を立った。ドリンクを追加で頼みすぎてお腹がたぷたぷだ。肩すかしをくらった気もしたが、ほっとしたというのが正直なところだった。今日は会えなくてよかったのかもしれない。まだ時間はあるし、明日以降のほうがきっと私も落ち着いて話しかけられる。

そうかまえていたら、次の日も、その次の日も下野さんは来なかった。結局、金曜まで五日間粘っても、下野さんは現れなかった。

どうしよう。

もうここでランチをとるのは止めたんだろうか。あきらめて、下野さんが行きそうなほかの店を探してみるべき？　でも、下野さんと外食するときは、ずっとここだった。

今週は忙しくて、外に出る時間が取れなかったのかもしれない。もう一週間だけ、がんばってみよう。飛鳥くんの居場所につながる手がかりは、ここしかない。

さすがにお財布が厳しくなってきてその日はドリンクだけにしてみたけれど、ランチタイムにドリンクだけ頼んで何時間も居座り続けるのはひどく肩身が狭く、次の日からは外で待つことにした。

向かいの雑貨店の入口付近でうろうろしながら、カフェに入っていくお客さんを見かけたら外に飛び出る。しばらくして冷えてきたらまた雑貨店に入る。相当な不審者だ。十二時から二時までの二時間だけ、と決めて待つ。

そんなことを一週間もしていたから、金曜日、水色のトレンチコートを着た下野さんが現れた瞬間は躊躇よりも喜びが勝って、「下野さん！」と勢いよく声をかけられた。

「春指ちゃん？」

「あの、お久しぶりです。私、下野さんのこと待ってて」

「え？　は？」

目を白黒させている。当然だ。

店員さんに「何名様でしょうか」と訊かれ、下野さんが、ええと、と迷うそぶりを見せた。ここで同席できなければ、この二週間が水の泡だ。「二人でお願いします」とやや強引に割り込む。

こちらへどうぞ、という店員さんの案内について店の奥まで進む。下野さんにはソファー席に座ってもらった。水とメニュー表がテーブルに置かれ、下野さんがランチメニューのページを開いた。

「えーと……なんかよくわかんないけど、めっちゃお腹空いてるから先に注文していい？」

「あ、はいそれはもちろん」

「あたし、パスタセットのAでサイドはサラダかなー。春指ちゃんどうする？」

「私もパスタセットで」

「A？」

「はい」

「サイドとドリンクは？」

「スープとオレンジジュースで」

「おっけー。ドリンクは食事と一緒でいいよね？　すみません、注文いいですかー」

下野さんが手を振り、てきぱきと二人分をオーダーしてくれた。そういえば、いつもそうだった。頼りになる、ちょうど十個上の先輩。

メニュー表を端に寄せた下野さんが携帯を確認し始めた。話に入っていいかわからず黙り込んでいると、「いや、なんか喋ってよ」と下野さんが笑った。「すみません」と頭を下げて、「あの、飛鳥くんのことで」と切り出す。

「飛鳥くん？」

「その、飛鳥くんから最近手紙ってきました？　この一ヶ月以内ぐらいで。下野さん、飛鳥くんと手紙のやり取りをしてました、よね……」

それを訊ねるより先に、私がメールの申し込みを無視したことを謝るべきだったと気づく。

「その……その節は、すみませんでした。私宛てに申し込んでくれたのに、ろくにお返事もせずにこんな時だけ頼って。あつかましいのは承知しているんですけど、でも、その、下野さんしかあてにできる人がいなくて。ここに来たら、下野さんに会えるかなって、飛鳥くんがいま行方不明で、手がかりがあるとしたら下野さんの」

「ちょちょちょ、待って待って春指ちゃん。話散らかりすぎてわかんないわ」

下野さんに手で遮られて、すみません、と再度謝る。かなり前のめりになっていた。

そのタイミングでスープとサラダがそれぞれ運ばれてきて、下野さんが「食べながらでいい？」とフォークを手に取った。

「とりあえずあたしに訊きたいことがあって、この店で待ってたってことよね？」

「そうです」

「やば。よくわかったね、あたしが来る日」

「わかったというか、ここ二週間毎日来てたので……」

「二週間⁉」

下野さんが食べる手を止めて目を丸くした。

いや、あの、と弁解する。

「前は下野さんと週二ぐらいでここに来てたので、もう少し早くお会いできるかなと思ってたんです。で、待ち続けてたらこんなことに……。今はあまり食べに来られないんですか？」

「今、っていうかひとりだとめったに外出ないよ、あたし。今だから言うけど、春指ちゃんがいた頃はけっこう無理してたんだから」

「そうなんですか？」

「うん。なんか春指ちゃん居づらそうだったしさ。今はお金ないからふつーに弁当つくって食べてる」

さらっと下野さんが言った。

そうだった。下野さんはそういう人だった。さばさばして見えるけれど、本当によく私のことを見て気遣っては仕事をフォローしてくれていた。私が会社のトイレに籠もって泣いてしまったときは、荷物を持ってきてくれた。何も訊かずに帰してくれた。そういう人だった。

それなのに、勝手にこわがって、嫌がって、私はメールを無視した。

「下野さん、本当にすみませんでした。せっかく文通を申し込んでくれたのに、私、下野さんだとわかっていて、飛鳥くんに担当を振ってしまいました」

深く頭を下げると、下野さんが「いや、付く付く」と言って、スープに入りかけた私の髪をさっと払ってくれた。すみません、と慌てて毛先を持つと、下野さんが「そんな真っ正直に謝んなくても」と笑った。

「うやむやにしとけばいいのに。あたしもなんとなくそうかなーって思ってたし。ふつーに考えたら嫌だよねえ、前の職場の人間とつながり持つの。ま、春指ちゃんと文通できなかったのは残念だけど、飛鳥くんとの手紙も……あ、で、そうだ。飛鳥くんが行方不明なんだっけ。行方不明ってどゆこと？」

運ばれてきたパスタにフォークを巻き付け、ほおばりながら眉を寄せた。

オレンジジュースをひと口だけ飲んで、初詣以降のことをなるべく端的に説明する。

下野さんが「はえー」と唸った。

「そんなことになってたんだね、〝鳥と港〟。まー、二人以上の人間が絡んで仕事してりゃ揉めることもあるか。で、それでなんであたし？」

「手紙です。下野さんは飛鳥くんとやり取りしてましたよね。飛鳥くんの文通相手で、私が直接連絡を取れるのは下野さんだけなんです」

「でも、差出人の住所って事務局的なやつでしょ。特定できないいんじゃない？」

その通りだ。私たちはレンタルポストの所在地を住所として使っている。飛鳥くんも、今住んでいるところの住所は書いていないだろう。だから、唯一手がかりがあるとすれば。

「消印です。消印は、投函した地域のものが反映されます」

「あ、なるほど。特徴的な地名なら一発で絞り込めるか」

下野さんが間髪いれず「いいよ」と頷いた。

「家帰って見とく。ちょうど先週、届いたところだから」

「ありがとうございます！」

頭を下げたら、毛先が今度はパスタに付きかけて慌てる。「もー早く食べちゃいなよ」と下野さんに促されて、ようやくフォークを手に取った。

安心したのか、お腹が急に空いてきた。鮭ときのこのクリームパスタ。塩味は効いているけれど、クリームがあっさりしているおかげでそこまで濃く感じない。鮭ときのこの味もしっかりわかる。飛鳥くんの好きそうな味だ。

「あの、差し支えない範囲で大丈夫なんですが、手紙での飛鳥くんは元気そうでしたか？」

「え、わかんない。なんかいつも通りやさしー感じだったけど。先月あたしがちょっと体調崩して、前の手紙でそのこと書いたんだよね。そしたら、あれ飲めこれしろってめっちゃ書いてきたの。あの子高校生だよね？　田舎のおばあちゃんかよって思ったわ」

からから笑って、下野さんが水を飲み干した。

「体調はもう大丈夫なんですか？」

「あー、うん。まあなんとか。年末で八木さん辞めちゃってさー」

「えっ、八木さん辞めたんですか」

「そ。新しい人まだきてないから、あたしと課長と係長しかいないんだよね今。で、課長はあれじゃん？　実質あたしと係長で回してて、それでちょっとグロった」

下野さんがカフェにやってきたのは二時過ぎだった。お昼にしては遅い。私は結局経験しなかったけれど、年度末は忙しいと柊ちゃんも言っていた。かなり立て込んでいるのかもしれない。

「なんかね、八木さん起業するんだって」

「起業、ですか」

「そ、意外だよね。学生時代の仲間と新しく会社つくるんだって。人材系って言ってたかな？　送別会で超熱く語ってて、酔っぱらってたのもあるけど、こんなに喋れんだこの人って思った」

確かに、八木さんのそんな姿は想像できない。黙々と振られた仕事をこなしていた印象だ。

いいよねえ、と言いながら、携帯でそのときの（顔を真っ赤にした）八木さんの写真を何枚か見せてくれた。

「下野さんは転職されないんですか」

なにかほかにやりたい仕事があるなら、と思って訊いただけだったが、下野さんは「アハハ！」とおかしそうに声を上げて笑った。

「春指ちゃん、あたし派遣だよ？」

「知ってますけど、でも下野さん、私の何倍もお仕事ができる方ですし。あの会社じゃなくったって、やろうと思えばどんな仕事でもできるんじゃないのかな、って」

言いながら、なんだか柊ちゃんみたいなことを言っているな、と思う。

下野さんが「そっかそっか」と笑いながら頷いた。

「春指ちゃん、よっぽどあの会社の仕事が気にくわなかったんだね。春指ちゃんにとって、あそこで働いてる人たちは、夢もやりたいこともない人たち？」

「そんなことは……」

ない、と言い切れなかった。

心のどこかで、そう思っていたかもしれない。

意味のない仕事。やりがいのない仕事。誰にでもできる仕事。こんなことをするために大学で勉強したんじゃない。「私」がやるようなものではない。

ひとかけらも、そんなことは思っていなかったと胸を張って言えるだろうか。

「……すごく、失礼なこと、言いましたね私。ごめんなさい」

頬がじわじわと熱くなっていくのを感じる。

下野さんは、あの会社の人たちは、私が「捨てた」仕事を拾って生きているわけじゃない。私がしていない仕事を誰かがしていて、誰かがしていない仕事を私がしている。ただそれだけ。その補完でお互い暮らしているだけなのに。

下野さんは「まっ、好きであの会社にいる人なんて一握りだと思うけど」と笑い飛ばしてくれた。

「べつに好きなこととかやりたいこととかなくてもよくない？って思うけどね。好きなことを仕事に、って聞こえはいいけど、それだって、いろんなリスクとかしんどいことあるわけじゃん。あたしはそういうの背負ってまで仕事にやりがいとか求めてないし」

「……でも、どうせやるなら、そういうものがあったほうが楽しくないですか？　人生の半分近くを占めてるものですし」

「そりゃあったら嬉しいけど、あたしは第一はお金のために働いてるから、給料のほうが優先順位高いかも。やりがいとか要らないから正社員にしてくれー、って思う」

下野さんがナプキンをとって口元を拭いた。コンパクトミラーを取り出し、口紅を塗り直している。

総務二課で正社員だったのは田島課長と内海係長と私だけだった。八木さんは確か契約社員で、下野さんは派遣。とても仕事ができる人たちなのに（なんなら田島課長よりよっぽど）、それでも正社員ではなかった。

「やっぱり、途中から正社員で雇ってもらうのって難しいんでしょうか。その不安もあって、私、飛鳥くんに当たってしまって。〝鳥と港〟をこのまま続けて、だめになってからじゃもう遅い、戻れないんじゃないか、って。下野さんのキャリアでそう思われるなら、なおさら私なんか……」

「いやいや春指ちゃん、自分の市場価値わかってなさすぎ」

下野さんが笑いながら手を振った。

「言ってて悲しいけど、こういうのってキャリアとか経験じゃないんだって。春指ちゃんは若いし学歴あるし、いつでもそっち側に戻れるから大丈夫」

そう言って、すい、と下野さんが水平に指を動かした。私と下野さんを分かつラインを引くように。

どう返せばいいかわからなくて、もうほとんど残っていないパスタをフォークに巻き付ける。

「春指ちゃんって、大学院まで出てるんだっけ？」

「はい」

「奨学金とか借りてた？」

「いえ」

「すごいね。院まで奨学金なし？　いいおうちじゃん」

下野さんがおどろいたように言った。

言われてみれば、学費のことで進路を悩んだことはなかった。たまたま行きたい大学が国立だったからそこを受験しただけで、私立も当然視野に入れていた。自分がどこで学びたいか、で選ぶのが当たり前だった。

学生時代もバイトはしていたけれど、仕送りは貰っていたし、家賃も払ってもらっていた。バイトは勉強にさしさわりのない範囲でシフトに入って、バイト代は本や観劇、交際費に充てていた。私にとってはどれも「ふつう」のことだったけれど――。

「今って実家暮らしだっけ？」

「はい」

「じゃあ、大丈夫だよ。焦らなくても。奨学金の返済も、生活費の心配もしなくていいなら、ゆっくり考えたらいいと思う」

頷いて、下野さんが頬杖をついた。

「あたしさ、春指ちゃんが入ってきたとき、すっごく嬉しかったんだ。若くて、賢そうで、一生懸命で。いいなあ、がんばってほしいなあ、って」

まぶしいものを見るように目をほそめて私を見つめた。

身に覚えのあるまなざしだった。飛鳥くんを見るとき、私はこんな顔をしているのかも、という。なんとなく据わりが悪くて、そっと目をそらす。

「だから、文通屋さん始めたって知ったときなんかテンション上がっちゃって。やっぱ春指ちゃんはそっちの人だよね、って。あたしも昔から手紙書くのも好きだったし。ほら、授業中にさ、手紙をハートの形に折ってこっそり交換したりとかしなかった？　ああいうのあたし超好きで。あたしも、春指ちゃんとそういうことしたら、その間だけは春指ちゃんのきらきらを分けてもらえるんじゃないかなーって思って申し込んじゃった。ごめんね、あんま深く考えてなくて」

「いえ……」

苦い、本当に苦い後悔がこみあげてくる。

私は下野さんの期待もときめきも乱暴にはたき落として逃げた。生まれ変わりたかったから。前の、不出来な私を知っているひととはつながりたくなかったから。まっさらで、きれいな『鳥と港』の「春指みなと」でいたかったから。

下野さんのコースはもう終わってしまう。私が逃げずに申し込みを受けていたら。会社では知るチャンスのなかった下野さんの考えや、暮らしや、心を知れたかもしれないのに。

それでも、「私」じゃなくてごめんなさいと言ってしまうのは、飛鳥くんと下野さんのこの半年に対しても失礼な気がした。

「下野さん、飛鳥くんとの文通はどうでしたか？」

訊ねると、下野さんは「楽しかったよ」と笑った。

「手紙書くのもだけど、やっぱり貰うと嬉しくなるね。あの子さ、あたしが書いたすっごく些細なことに対しても、いいところを見つけておもしろがってくれるの。いいですね、素敵ですねって。最後の一文字まで丁寧に書いてさ。それ読んでると、あたしまでいいもののように思えてくるんだよね」

やってよかったよ、とはにかんだ。

「このまま続けられたらいいんだけど。ごめんね、そこまで余裕なくて」

貯金してまた申し込むから、それまで続けててよ、と下野さんが眉を下げた。

せっかく文通の楽しさを知ったのにこれでもう書かなくなるのはもったいないような気もして「個人的に文通しますか？」と言いかけたけれど、それを言ってしまっていいのかわからなくて、言い出せなかった。

同じように手紙を書いていても、お金を貰う側と払う側だ。『鳥と港』の人間として、その線引きをどこまで崩していいのかわからなかった。


下野さんと連絡先を交換して店を出る。

待ち人を二週間待ち続けて、ようやく会えた。あとは下野さんからの連絡を待つだけ。もっと達成感があってもいいはずなのに、どうにも気持ちが晴れない。

どこかに寄って帰る気にもなれなくて、そのまま帰宅する。

リビングをのぞくと、お母さんが布団を抱えて中庭から戻ってきたところだった。

「お、グッドタイミングガール」

えいっ、とお母さんが布団をラグの上に放った。

「どう？　ちょうど干し立て。ふかふかだよ」

そのままぼすんと倒れこんだ。

おいでおいでと誘われて、私も上着を脱ぎ寝転がる。お日さまのあたたかい匂いに包まれて、強張っていた体からゆっくり力が抜けるのがわかった。

「もう三月だし、そろそろ衣替えもしないとねえ。コートはまだ着る？　着ないやつあるなら、これからお母さんのと一緒にクリーニングに持っていくけど」

「……ううん、自分のタイミングで持っていくから大丈夫」

「おっけー。あ、晩ごはん食べたいものある？　クリーニングの帰りにスーパー寄るから、リクエストあるなら今のうち。なにもなかったらロールキャベツだけど……みなと？　どうした？」

「……なんでもない」

体をくの字に曲げて、髪で顔を隠す。そうしないと暴れてしまいそうだった。

『自分の世話だけでいい人か、誰かに世話してもらえる人』

陽ちゃんが言っていた、ただ働くだけでいいという環境に無自覚な人。あのときは陽ちゃんと一緒になって憤っていたけれど。

「家事は労働だよ」「麻痺してるよ」なんて、陽ちゃんや三好さんに偉そうなことを言ったけれど。

私、一度でも自分のこと省みたことある？

掃除も洗濯も料理も。季節ごとの行事も、なにもかも、お母さんがすべてやってくれている。私はそれを当たり前のように受け取って。家事は労働だよと言いながら、お金も家に入れていない。

顔から火が出そうだ。

奨学金の返済もない。暮らしの心配もない。今これだけ自由に悩めているのは全部、お父さんとお母さんがいてくれるおかげだ。

それなのに私、自分のことを棚上げにして飛鳥くんにも言った。あなたは恵まれてるからわからないよね、と。

自分の今までの発言が容赦なく襲いかかってくる。死にそう。恥ずかしくて死にそうだ。がまんしきれず、うああと声を漏らしてしまう。

「はい終了〜〜」

お母さんが言って、布団を引っ張った。ごろごろと転がされて、テレビ台の角でゴンと頭を打つ。もはや痛みがありがたかった。

この年になるまで、自分の「当たり前」がどういうふうにして、どんなものの積み重ねでできているのか考えたこともなかったなんて。

「……ねえ、お母さんって、お父さんと結婚する前は何してたんだっけ？」

「なに急に。仕事的なこと？」

「的なこと」

「ええー、なんかいろいろやってた気はするけど。なんで？」

「もっと続けたかった仕事とか、あったのかな、って」

起き上がって、お母さんのほうを向く。私にとってお母さんは、生まれたときから「お母さん」という人だった。そうじゃないときもあるのはもちろんわかっていたけれど、とくに興味もなくて聞いたことがなかった。

「続けたかった仕事……あったかなあ。あんまり覚えてないけど、あったら続けてたと思うよ。お父さんもべつに〝おなごは家庭に入れ〟みたいなタイプじゃないし」

「じゃあ、仕事を辞めたことは後悔してない？」

「まあ、家の仕事は好きだし、後悔はしてないけど、〝ちょっとこわい〟はずっとあるね」

「〝ちょっとこわい〟？」

うん、と言いながらお母さんが布団をかついでリビングから出ていった。「生きるのにはお金がいるのにさ」声だけ聞こえてくる。

「そのお金は自分じゃない人に頼り切ってる状態ってのがやっぱね。お父さんが急に働けなくなるとか、ない話じゃないしさ。そういう意味ではお父さんにも訊いてあげればよかったなあ。当たり前みたいに家計を任されちゃって、お父さんも〝ちょっとこわ〟かっただろうなと思うし」

プレッシャーやばいよねえ、と言いながら戻ってきた。クリーニングバッグを手に持っていた。

「貸して。私が行ってくる」

「ほんと？　じゃあお願い。その間にスーパー行ってくるわ」

そのままターンしてキッチンに向かったけれど、「あ」と戻ってきた。

「だめだ。今、チャリ一台しかないもん。やっぱお母さんが行ってくるわ」

「私が帰りにスーパー寄ればよくない？」

「だめだめ。みなと買い物ヘタだから」

ずばっと切られて何も言い返せない。今までの怠慢を痛感する。

「ねえ、お母さん。今からでも、もしやりたいことがあったら言ってね」

「え？　やりたいこと？　大富豪とかは久しぶりにしたいけど。この前テレビでタレントさんたちがババ抜きしててさー、将棋じゃ勝てないけど、カードゲームならお父さんに勝てそうな気がするんだよね」

むしろカードゲームこそお父さんのほうが強いのでは。

いやそうじゃなくて。

「大富豪でもいいんだけど、もっとこう、人生の夢的な……。趣味でも仕事でも、あ、今から大学にいくとかそういうのでも」

「えー？　今さらいいよ。今でもじゅうぶん楽しいし。それにお母さんもう五十二だよ？　そういうところにはもう戻れないって」

言いながら、チャリチャリチャ〜リ〜〜と歌いながらクリーニングバッグも持っていってしまった。

まただ。

下野さんも似たようなことを言っていた。会社を辞めてからずっとつきまとう、私の焦りと不安もそう。

そっちがわ。こっちがわ。もどれる。もどれない。

下野さんがすっと引いたライン。

目の前を流れる川が、どんどん深く広くなっていく。向こう岸にいる人たちがかすんで見える。橋を見つけないと、もう対岸には渡れない。でもその橋は、年齢や性別や境遇次第で本数が変わってしまう。橋は自分で作ればいいと言う人もいるだろうが、それを作るための資材は向こう岸にしかない可能性だってある。

春指ちゃんは戻れる、と下野さんは言った。

あのとき、私はそう言ってもらえたことに正直ほっとしてしまった。早く向こう岸に戻らなくちゃいけないと思っていたから。

そう、私の頭の中にあるのはずっと、戻らなくちゃ「いけない」だ。でも、戻り「たい」かと訊かれると、答えはよくわからない。

仕事に何を求めるかは人それぞれだ。でも、私にとっては時間を使うということは自分を使うということで、やっぱり、好きという気持ちややりがいを優先して働きたい。お金や生活の安定を二の次にしてもいいわけじゃないけれど……というか、そこは本当に天秤《てんびん》なんだろうか。そちら側とこちら側なんて分け方は合ってる？　前にお父さんに指摘されたように、二元論的な考えに走ってしまってはいない？　あれかこれか、じゃなくて、もっとどうにかならない？　どうにかできるんじゃない？

サンダルを足につっかけて中庭に出る。かすみがかった穏やかな日差しはもう春なのに、風はまだ冷たい。息を吸うたび鼻先がむずむずする。新鮮な空気を取り込んでみたけれど、思考の核の部分にかかったもやは取れない。

今まで引っかかってきたことをかき集めればうまくつなぎ合わせられそうな気もするのに。肝心の引っかかりがことばとして立ち上がってきてくれない感覚だ。一度目を閉じてしばらく思考に集中してみたけれど、これ以上ひとりで考えても答えは出そうにない。あきらめてリビングに戻った。

『写真撮ってみたけど、微妙？』

下野さんからのメッセージ通知に飛び起きた。

ベッドに座り直し、急いで写真を確認する。消印の箇所を拡大してみたけれど、最後の文字以外かすれて読みとれない。はっきり確認できた文字は「浦」だけ。「浦」で終わる地域に、飛鳥くんは今いる。

後方一致検索で「浦」のつく地名を探すと、おびただしい数が出てきた。次に「浦」で終わる郵便局。これもかなり多い。せめて特徴的な絵柄入りの消印だったらそこから絞り込めたのに。画像検索も試したがヒットしない。

消印さえわかれば飛鳥くんの居場所はかなり絞れると思ったけれど、やっぱりそう簡単にはいかない。

ひとまず『ありがとうございます』と下野さんには返信しておく。すぐに『無理っぽい？』ときたから、正直に、『ちょっと厳しいかもしれません』と返す。『でも一文字わかっただけでもありがたいです』。

そう、手がかりはまったくのゼロじゃない。これなら、まだテーブルにはつける。

はやる気持ちを抑えて、次の日の昼まで待つ。朝方はしっとりとした雨が降っていたが、家を出る頃には晴れ間から太陽がのぞいていた。風は冷たいものの、日差しはあたたかい。坂をのぼっているとうっすら汗ばんできたから、キルティングのジャケットは脱いでリュックに入れた。髪を束ねて持ち上げる。風が通って気持ちいい。高い位置でぎゅっと括って気合いを入れ直す。

門の前で一度だけ深呼吸し、インターフォンを鳴らすと、「はい、森本です」とハウスキーパーさんが出た。用件を告げて、森本先生への取次ぎをお願いする。しばらく待っていると、森本先生本人が出てきた。

「どうしたの、みなとさん」

ネクタイを締めながら、門の前まで歩いてきた。見慣れないスーツ姿に一瞬固まってしまう。

チャコールグレーのスリーピースに紺青のネクタイ。髪も軽くセットしていて、和装のときより、よりすらっとした印象を受ける。

「ええっと……今からお出かけですか？」

「うん。文学賞のパーティーにね。どう？　なかなか素敵でしょう、こういう僕も」

「あの、はい、すごくお似合いなんですけど、お正月のときのバカ殿とギャップがありすぎて、ちょっと脳が混乱を……」

動揺して言わなくていいことまで言う。奇襲で先制しようとしたのに。間の悪いときに来てしまった。

「みなとさんの御用は？　あと五分ぐらいでお迎えがきちゃうけど、それまでに聞けるお話なら」

出直そうか一瞬悩んだものの、出直したところでまた森本先生が出てきてくれる保証はない。時間もない。ストレートにいくしかない。

「飛鳥くんの居場所について訊きにきました」

「あれ？　その話まだ終わってなかったんだ。知らないって言ったのに」

「〝浦〟で終わる地域にいませんか？」

はぐらかす気まんまんの森本先生にストレートにぶつける。先生は表情を変えずに、「どうしてそう思うの？」とだけ訊き返してきた。

「消印です。手紙の。飛鳥くんの文通相手でひとり、知り合いがいて、その人に会いに行きました」

「なるほどね。消印は確かにごまかせないね」

いいね、とおもしろがるように笑った。

「でも消印は不完全で、〝浦〟しか読めなかった。だから僕に訊きにきたんだ？」

「そうですね。教えてください」

「おや直球！」

わざとらしく目を見はった。ペースを崩されないよう、その顔をじっと見続ける。森本先生はおどけた顔をやめて、ふっとまなじりを下げた。

「そんなこわい顔しなくても、大丈夫だよ。あと二、三週間で帰ってくるから、飛鳥」

「えっ」

「もともと三月末までって話だからね。いろいろケリつけて帰ってくるだろうから、みなとさんはあとちょっと待ってればいいよ」

坂の向こうから黒い車が姿を現した。「じゃ、お迎えがきたから」と背を向けた先生に、「でも！」と食い下がる。

「そうやって、ひとりで乗り越えさせちゃだめなことだってありますよね。〝りっちゃん〟さんが亡くなったときだって、きっとそうでした」

森本先生がぴたりと止まった。まとう気配が変わったのが後ろ姿からでもわかった。こわい。みぞおちのあたりがぎゅっと縮む。

わかっている。〝りっちゃん〟のことを引き合いに出すのは、思い出や傷跡に土足で踏み込んでいく行為だ。でも、そのぐらいしないと、この人とは渡り合えない。「良い子で待つ」ことを選ばない以上、私に残された方法はこれしかない。

「飛鳥くんから聞きました。〝りっちゃん〟さんが亡くなった後、森本先生は抜け殻みたいになってたって。その間、飛鳥くんがどうやって生きていたか、先生知っていますか？　飛鳥くんだって、苦しくて悲しくて、夜も眠れてなかった。でも森本先生のほうが重傷に見えたから、ひとりで〝どうにかする〟ことを覚えてしまった。飛鳥くん、私に言いました。ふつうでいられるやり方を知ってるだけだ、って。確かに待っていれば、飛鳥くんは帰ってきます。うわばみみたいに、飲み込んだ怒りも悲しみもゆっくり溶かしてから。でも、そんなこと、私はもう飛鳥くんにさせたくないんです」

ゲンさんの弔問の後、飛鳥くんは「ふつう」に振る舞っていた。私はそれが理解できなかった。悲しくないの？　つらくないの？　まだ子どもだから？　飛鳥くんは私のおまけで、ゲンさんと文通していただけだから？

違う。今ならちゃんとわかる。あれは、私のために「ふつう」をしてくれただけだ。私がきちんと悲しめるよう、好きなだけ落ち込めるよう、寄りかかれるよう、飛鳥くんは「ふつう」に立つことを選んでくれた。それに気づけず、私は「いいね」なんて残酷なことを言った。

しばらくして、森本先生がゆっくりと振り向いた。

真顔、あるいは怒りの表情を想像していたけれど、森本先生が浮かべていたのは、胸がぎゅっとしめつけられるような寂しげな笑みだった。

「痛いところ突くなあ」

森本先生が本当に弱ったように目を伏せた。

「みなとさんの言うとおりだよ。情けないことにね、僕はりっちゃんがいなくなった後の記憶がほとんどないんだ。その間の飛鳥がどうしていたのかも、あんまりね」

数秒、しずかに目を閉じて、そうか、と息を吐いた。

「飛鳥は〝ふつうでいられるやり方を知ってる〟って言ったんだね。それは、彼にはまだ覚えさせちゃいけないことだったね」

森本先生が車から降りてきた男性に「十分経ったら下りてきてくれますか」と言った。

「みなとさん、ちょっと歩こうか」

腕にかけていたトレンチコートを羽織った。風が出てきた。私もリュックからジャケットを取り出して羽織る。歩き始めた先生の隣に並んだ。

「情けないついでにもうひとつ聞いてもらおうかな」

森本先生が空を見上げた。

「僕はね、飛鳥にすごく弱いんだ。そのときのことがあるから、あの子にあんまり強く出られない。高校にいかないって言い出したときも、じつはすごく心配だった。学校にいかなくてもどうにでも生きていけるけれど、楽な道じゃない。才覚があってもなくてもね。でも、僕はそれを飛鳥に言えなかった。普段は奔放ぶってるくせに、〝ふつう〟なんて気にするなってさんざん書いてきた人間のくせに、そんなまっとうでつまらない、〝親〟みたいなこと言うのかって、失望されそうで。〝親〟のくせにね」

深く息を吸い、吐き出した。眼鏡が少し、曇っている。私に話しかけているというより、空に向かって懺悔《ざんげ》しているようだった。

「学校にいかない。友だちと遊びにいく様子も見せない。家の中に僕とずっとふたりきり。本人は気づいてないだろうけど、口数も減っていたし、表情も乏しくなっていた。その分、発散されないエネルギーが爆発する寸前のように見えてね、僕はそれが内向きに破裂しないことを願うしかなかった。だから、みなとさんと〝鳥と港〟を始めるって言ったあの子の、外に向かっていく目のかがやきを見たとき、すごく嬉しかった。虫のいい話だけどね」

ありがとう、と言われて、いいえ、と首を振る。

私もそうだった。私もくすんだエネルギーを溜め続けるいっぽうだった。私たちはたぶん、お互いそうと知らずに、お互いの胸を開くひもを引っ張り合えたのだ。

「ねえ、みなとさん」と森本先生が立ち止まった。

「僕は〝鳥と港〟のことを応援しているよ。飛鳥の親としてもそうだし、言葉にたずさわる者としても、おもしろい取り組みだから潰《つい》えないでほしいと願う。だから、僕にしてあげられることならなんだってしてあげたい。今、あなたたちの翼を捥《も》ごうとしているものが金銭で解決することなら助力したいとも思っている」

眼鏡の奥、先生の目がまっすぐ私をとらえた。飛鳥くんの前ではあまり見せないだろう、大人のまじめな目だった。本気で言っているとわかる、真摯な声だった。

「お言葉は嬉しいですが――」

そこまで言って、違う、と続きを飲み込む。これは今、私が答えていいことじゃない。

ありがとうございます、と頭を下げる。そのまま、「でも」と続けた。

「イエスもノーも、私からは言えません。私と飛鳥くんで〝鳥と港〟なので」

クラウドファンディングを達成させるため、飛鳥くんは独断で森本先生に頼った。『鳥と港』のこれからについて、私は飛鳥くんより先に柊ちゃんに相談して決めた。でも、それじゃだめなのだ。今までも、これからも、私たちは『鳥と港』なのだから。

先生がそうだったね、とほほ笑んだ。

「で、どこにいるんですか飛鳥くん」

「急に旋回したね」

「なんかいい雰囲気のまま煙に巻かれそうな気配を察知したので」

「お、よく気づいたね。それは僕の得意技。そして僕の小説の欠点でもある」

森本先生がいつもの調子でにっこり笑った。

「でもさ、みなとさんが来たのって、これでまだ二回目だよね。もう一回ぐらいがんばってみてもいいんじゃない?」

「……三顧の礼ですか?」

もう一度出直せというんだろうか。回数をかさねるだけでいいなら、明日でも明後日でも訪ねるが……。

意図がわからず、先生の目をじっと探る。先生は目を愉しそうに光らせて、「そう」と頷いた。

「でも、三回目は僕のところじゃない。みなとさん、飛鳥のことを、もっともっともーっと考えてごらん。あの子はね、笑っちゃうぐらい、まごころを惜しまない子だよ」

そう言い残して、先生は坂を下りてきた車に乗り今度こそ行ってしまった。

坂のふもとにとどまって腕を組む。

どういうことだろう。飛鳥くんの居場所の手がかりが、森本先生以外のところにもあるというのだろうか。でも、いったいどこに?

飛鳥くんと最後に会ったのは、元日、日縄神社でだ。これからもよろしくね、と言ったばかりなのに、初詣の終わりには言い争ってけんか別れした。

日縄神社には、夏祭りでも行った。ゲンさんからの手紙を読んで、飛鳥くんと最終日に滑り込んだ。誰かと行くお祭りは久しぶりで、あれもこれもと買って、気づけばふたりとも両手がふさがっていた。人のすくない境内の隅に避難して、植え込みのそばでもぐもぐ口を動かしながら、遠くで打ち上がった花火を見ていた。

夏はとくにいろんなところに出かけた。『鳥と港』の活動も忙しかったけれど、合間をぬって市博や県美の展覧会も観に行ったし、灯籠流しも一緒に見た。夜の川に流れる灯籠のあかりと、飛鳥くんのしずかな息づかいがまじって溶けて、あのときの飛鳥くんは知らない男の子のように見えた。暑くなる前には、暮島緑地公園でピクニックもした。蚤の市を見て回った後、ピクニックシートに寝転んで、飛鳥くんの白い後ろ姿を見ながら『鳥と港』をやってみようと決心した。

本当にあっという間だった。飛鳥くんと出会ってからあと少しで一年、いやその前、「あすかさん」と知り合ってからなら、もう一年以上——。

あ。

気づいた瞬間、頭のてっぺんからつま先まで電気が流れたような衝撃が走った。

もしかして。

もしかして、もしかしてもしかして！

道路を走って横断する。住宅街まで出られる長い階段を、吹き上げてくる風にあおられ、何度か踏み外しそうになりながら下り切って、大通りまで一気に駆け抜けた。

そんなまさかという疑念と、絶対にそうだという確信がぶつかってまざって早く確認したい気持ちで足が止まらない。信号待ちすらもどかしくて歩道橋を渡る。前を行く人を抜いて抜いて走り続ける。

私の知っている飛鳥くんなら。

ひねくれているようでまっすぐで。はっきりものを言うわりに、自分のやわいところはなかなか口にはできなくて。人を大事にするのが上手くて、でも自分を大事にするのは下手で。

見あやまってしまうほどやさしくて、折り目正しい、私の知っている飛鳥くんなら、きっと——。

公園に駆け込み、ジャケットもリュックもベンチに放り投げて、ミントグリーンの郵便箱の前にしゃがんだ。噎せて咳が止まらない。肺がひゅうひゅう鳴って苦しい。咳き込みながら郵便箱を開ける。

心臓がぶわっと震える。

あった。

透明な保存袋。その中に『鳥と港』の封筒が一通と、二つ折りにされた裸の便箋が一枚。

手の震えを抑えながら、ジッパーを開ける。便箋を開くと、「実へ」という文字が目に飛び込んできた。

実へ
一応報告。今んとこ順調にやってる。昼浦は魚と水が美味い。あとずっと潮の匂いがする。いつも波止場にいるじいさんと仲良くなって、この前釣りを教えてもらった。いいとこだと思う。で、同封してるやつなんだけど、この前電話で言った通り、みふね公園の郵便箱に入れといて(ちゃんとジッパー付きの袋に入れること。周りに人がいないタイミングで入れること)。
俺の自己満だから、みなとさんには言わなくていい。じゃ、よろしく。

飛鳥

飛鳥くんが森本先生宛てに書いた手紙だ。「昼浦《ひるうら》」。聞いたこともない地名だが、飛鳥くんは今そこにいる。森本先生はちゃんと手がかりを入れておいてくれたのだ。私がこの郵便箱の存在を思い出して足を運びさえすれば、飛鳥くんの居場所はもっと早く知ることができた。
この未開封の手紙は私宛てということだろうか。宛て名も住所も書かれていないが、思い切って封蠟を破り、便箋を取り出す。

みなとさんへ
自分でもちょっとキモいかも、と思うので、こういう形にしました。みなとさんが気づかなかったらそれはそれで、ということで。帰ってきたら回収するつもりで書いてます。
まずは逃げてごめんなさい。この間の電話も切ってごめん。心配かけてると思うのでそれも。俺が今どこでなにしてるのか、気になってると思います。でも、手紙ではちょっと説明しづらいから

(長くなるから)、そのへんのところは帰ってから話します。なので、いったんそれはおいといて。

みなとさんと手紙のやり取りをし始めたのって、このぐらいからだったなー、とふと思って。記念とかそういうんじゃないけど、節目として、一応。

みなとさんがこの郵便箱を見つけてくれて、手紙を返してくれなかったら俺は今なにしてたんだろう、ってたまに思います。『鳥と港』なんて絶対してなかったと思うし。家でずっとぐだぐだしてたのかな。あんまりおもしろい状態じゃないのは確かだと思います。

みなとさんのおかげで、この一年、すごく楽しかったです。ありがとうございます。

やっぱりちょっとキモいかも。ここまでで二回ぐらい手紙破りそうになりました。まあ、でも、こういうのって言えるうちに言っとかなきゃだし。そもそも、みなとさんが郵便箱見に来る可能性も低いし。一年経ったからどうなん?って感じですよね。

あ、あと、みなとさん誕生日おめでとうございます。いつこれを読んでるかわかんないから、日にちずれまくってたらごめん(できたら三月二十日付近であってほしい)。

みなとさんにとって良い一年になりますように。

帰ってきたらまたちゃんとお祝いします。とりいそぎ。

あすか

ふ、と息が漏れた。

本当に、笑っちゃう。

笑っちゃうぐらい、まごころまみれの手紙だ。

あなた逃亡に向いてないよ、飛鳥くん。

逃げてるあいだぐらい、出会ってから一年経ったなんて、私の誕生日なんて、忘れちゃわないと。

手紙に顔をうずめた。ひだまりに頬を押しあてたようなぬくもりでいっぱいになる。

手紙からあふれる、したたるほどの光に、視界があたたかく滲んだ。

10

新幹線と在来線を乗り継いで三時間強、昼浦という町に着いたのは二時過ぎだった。

マップで見たときは半島の南端に位置する小さな港町という印象だったけれど、実際に着いてみると駅はそこそこ大きく、飲食店やショッピングビルも目に入る。観光地とまではいかないもののそれなりに人もいる。ただ、スーツケースを引いているのは私ぐらいだった。

パン屋のイートインで軽めの昼食をとってから、予約していたホテルにチェックインする。滞在期間は一週間と少し。日中は飛鳥くん捜しに充てて、夜は『鳥と港』の返事を書く。ただ、初日の今日は土地の雰囲気をつかむために、夜まで動き回ることにした。

ホテルを出てまっすぐ進んでいくと、大きな橋が見えてきた。橋からの見晴らしはかなりよく、幅広の浅い川が先の海へと流れていくのが肉眼でも確認できる。電車の車窓からうっすらと感じとってはいたが、昼浦はとにかく開けた町だ。高い建物はあまりなく高低差も少ない。すぐに階段や坂に行き当たる町に住んでいるから、どこまでいっても平坦な道が続くのは不思議な感覚だ。空は近くて広く、風は穏やかで、潮の香りがふっくらと漂っている。

橋を渡り終えて五分ほど歩くと商店街が見えてきた。学校帰りらしい高校生たちがコロッケを頬ばりながらやってくる。私も昔、学校帰りによく買い食いをしたなあと懐かしい気持ちですれ違いざまにそっと見る（包みには「お肉の福とみ」と書かれていた）。

昔、というか大人になってからもそうかもしれない。蜜柑を買えばそのまま公園で食べてしまうし、仕事帰りに小腹がすいたらコンビニで肉まんを買って、食べながら夜道を歩いていた。飛鳥くんは外で物を買ってすぐ食べるということをあまりしたことがなかったらしく、食べ歩きに憧れがあったと夏祭りのときに言っていたっけ。再会できたら、「お肉の福とみ」に誘ってみよう。揚げたてのコロッケを食べながら、あてもなく歩こうと。

右に左に首を振りながら、アーケードに覆われた商店街を見て歩く。そこまで長くはないが、ドラッグストアや小さなスーパー、百円ショップも並んでいる。日用品はここで手に入れられそうだ。

商店街を抜けて道なりに進み、閑静な住宅街に行き当たったところでUターンした。帰りは商店街に入らず、大通り沿いを歩く。日が傾き始めた頃に、路面店の小さなカフェに入った。照明はかぎりなく絞られていて、机に置かれたランプのやわらかい灯りが壁に人影を映している。個性的な形のソファーにアンティークの調度品と、なんとなく、飛鳥くんと初めて出会った日に入ったカフェのような雰囲気だ。飛鳥くんも好きそう。ここでばったり、なんてことはないだろうか。キーマカレーとチャイを注文する。本を読みながら閉店の七時まで滞在してみたけれど、さすがにそうかんたんには出会えなかった。

ホテルに帰り、文通の返事を書き、早めにベッドに入る。

明日は朝から動こう、と思っていたのに、目覚めると雨が降っていた。

天気予報では曇りだったのに。冷えきったカーテンを開けて外の様子を見る。大粒の雨が窓に当たって、次から次へと雫《しずく》が垂れていく。雨の勢いのわりに空は明るい。三月にしてはめずらしい、夏の夕立のような雨だ。

基本的に気が合うことが多い私たちだが、雨に関しては飛鳥くんと意見が割れた。

私は雨の日がきらいではない。濡れてつや光る景色は目にやさしい。雨音に耳をすましていると、自分の中から雑味のようなものが消える感覚もある。つまり、私は雨の「よいところ」に先に意識がいく。

飛鳥くんは逆だ。暗いし寒いし頭が痛くなる。足元は悪くなるし荷物も増えると、とくに梅雨の時期は憂うつそうで、手紙を書く手を止めては、「やっぱりさ、晴れてるのがいいよ、俺は」と畳の上で大の字になって濡れそぼる庭をうっとうしそうに見ていた。

「そんなにいや？」

「イヤ。水分吸って体がずうんって重くなるかんじがするんだよ。出かけるのもおっくうになるし」

「私は逆だなあ。吸うっていうか、うるおうって感覚。乾いてるほうが苦手かも」

「じゃあ俺らあれですね、海外旅行だけは一緒に行けないですね。俺、モンゴルとか中東とか行きたいもん」

「なるほど。南国はだめってことね」

「そう。じめじめしてるのも嫌だし、スコールとかもってのほか」

「間とってヨーロッパとか北米は？　今まで行ったことあるのってトルコとウズベキスタンだっけ？」

「えっ、なんでみなとさん知ってんの？　言ったことあったっけ」

飛鳥くんがぱっと起き上がる。「手紙に書いてたじゃん」と笑って返す。

「〝地球感〟が強かった、みたいなこと書いてたよ」

「ええー？　そんなこと書いたっけな……」

頭をぐしゃぐしゃと掻いて、もう一度寝転がる。「そっか、言ってたか、俺」とつぶやいてこちらを見上げた。「なんか、へんなかんじですね。自分でも覚えてないようなこと覚えてもらえてるのって」

そう言って、飛鳥くんは少しはにかんでいた。

手紙を書く。ことばにして、書きとめて、記憶や感情を相手に預けておく。そうすれば、こうやって、ふとした何気ない瞬間に手元に戻ってくることもある。

自分では見抜けない自分のこと。覚えていられない気持ち。私もきっと、いくつか飛鳥くんに預けている。

飛鳥くんはこんな日に外には出ないだろうと思いつつも、念のため昼食の時間帯にスーパーやコンビニだけざっと見て回る。自分のぶんの昼食も買って、一時過ぎにはホテルに戻った。部屋にこもって文通の返事に集中する。

天気予報では明日からずっと晴れ続きだ。明日は海に行ってみよう。飛鳥くんが森本先生に宛てた手紙には波止場で釣りを教えてもらったと書いてあった。現時点で飛鳥くんの足取りを確実にたどれるのはそこだけだ。


翌朝、ポストに手紙を投函してから海に向かった。昼浦の地形はわかりやすい。とにかく南に進めば、どこかしらの道から海に出られる。しばらく波止場を歩いていると、海釣りをしている人たちが見えてきた。速度を落として、後ろ姿を眺めながらゆっくり歩く。端から端まで見たが、飛鳥くんらしい人はいない。ここまでは想定内だ。問題はここから。飛鳥くんに釣りを教えた人を見つけたい。

手紙には「じいさん」と書いてあった。高齢に見える人はそれなりにいる。みんな背を向けていて話しかけにくいけれど、躊躇している時間はない。下野さんのときと違って、ここにしか手がかりがないわけじゃない。飛鳥くんが行きそうな場所はほかにも山のようにある。

あの、といちばん近くにいた七十代ぐらいの二人組に声をかける。「お忙しいところすみません。ここらへんで、この男の子を見かけませんでしたか？」

振り向いた二人に携帯の画面を見せる。「高校生で、背は百七十三センチぐらいです」。二人は顔を見合わせて、さあ、と首を捻った。

「若い子もたまに来よるけど、顔まではなあ」

「なん、その子。家出でもしたんか」

「いや、家出とかではないんですけど。ちょっといろいろあって」

愛想笑いでごまかす。「いろいろ、ねえ」と、ひとりは不審そうに、もうひとりは興味津々という顔でつぶやいた。しまった。適当な理由を考えてから話しかければよかった。

「あの、じゃあ、ここでよく見かける方とかっていらっしゃいますか。常連さん、みたいな」

急いで話を変えると、二人はまた顔を見合わせた。

「やったらシマさんちゃう？」

「置物かっちゅうぐらいずっとおるしな」

「見える？　あのいっちゃん端で釣りよる人。あれ。シマさん」

海に突き出た堤防の先端に座っている男の人を指さした。

「おいで。連れていったろ」

紫のベストを着けた（興味津々顔の）男性が立ち上がった。

「いえ、あの、自分で」

「大丈夫大丈夫、ついといで」

断る暇もなく、さっさか歩いていく。小走りでついていくと、男の人が「シマさーん」と呼びかけた。歩きながらどんどん声量を上げていく。三、四度呼んだところで、小柄な老爺《ろうや》がくるんと振り向いた。卵のようなつるんとした頭が光を気前よく反射させている。人のよさそうな笑みを浮かべながら、のんびりとした口調で「なんね」と言った。

「ちょお、この子が訊きたいことあるんやて。な？」

「あ、はい」

急いで携帯を見せる。「最近この男の子を見かけませんでしたか？　どなたかに釣りを教わっていたみたいで」

シマさんが「ほお」と大きく頷いた。眉根をぎゅっと寄せて画面から顔を離し、飛鳥くんの写真を見つめた。お願い、と固唾を呑んだが、祈りむなしく、「見てませんなあ」首を振り、申し訳なさそうに言った。

「あかんか」

「うん」

「あかんわ。シマさんが見てへんのやったら誰も知らんと思う」

紫のベストの男性が首を振った。

「あの、でしたら、ほかに釣りができるところはありますか？」

「まあ釣り堀とかもあっちらへんにあるけど。波止釣りやったらこのへんちゃうかなあ」

「そうですか……」

期待が大きかったぶん落ち込みそうになったが、逆に考えればエリアは絞られたということだ。

「あの、でももう少し捜してみます。ここに来たことがあるのは確実なので」

お礼を言って波止場に戻ろうとしたら、「連絡先ってもらえます？」とシマさんが胸ポケットから携帯を取り出した。

「僕が釣り仲間に訊いといてあげます。お困りみたいやし」

「ほんとですか？」

「ええ。どうせ暇やし、僕毎日おるし」

知り合ったばかりの人にこんなに甘えていいのだろうかという躊躇もなくはないけれど、今からひとりひとりに訊いて回ることを思うと、かなり助かる申し出だ。

メッセージはあまり打たない、と言われたので電話番号を伝える。

「お名前は？」

「みなと、です」

「みなとさんね」

みなとさん、みなとさん、とシマさんが呪文のように何度も繰り返した。

「ほんで、さっきの子の名前は？」

「あすか、です」

「あすかくんね。はい、たしかに。なにかわかったら連絡します」

「ありがとうございます！」

声をかけてみてよかった。シマさんにお任せできたぶん、浮いた時間で他の場所を捜せる。

近くの公園でおにぎりを食べて、昼からは昼浦郵便局の前を当たってみることにした。

飛鳥くんはこちらに来てからも『鳥と港』の活動を続けている。どこかのポストから投函されていたらお手上げだが、郵便局にまとめて手紙を出しにくる可能性はある。

郵便局の向かいにあるファミリーレストランに入り、ひたすら人の出入りを見続ける。本を読んだり手紙を書いたりも考えたが、目を離した隙に来たらと思うと落ち着いて取り組めない（トイレやドリンクバーもそうだ。席を外している間に来たらどうしようと思うとなかなか行けない）。

イヤホンを耳に挿し、何度も観たことのある映画を流し見しながら意識は窓の外においておく。日当たりのいい席で眠気とたたかいながら二本観終える。三時半。入店してから四時間近く経つ。このまま待ち続けるか、違う場所も当たってみるか。

飛鳥くんが郵便を出すとしたら、朝イチかこの時間ぐらいまでだ。前日に書きためたものを日暮れ近くまで持っておける子じゃない。席を立とうとして、中腰の状態で思い出した。

今日は金曜日だ。

土日が休みと考えると、日中書いたぶんもまとめて、営業時間ぎりぎりに駆け込みでやってくるかもしれない。

もうすこしだけ、と腰を落とした瞬間、視界の端に、郵便局に入っていく男の子が見えた。白いシャツ。黒い髪。後ろ姿で一瞬しか見えなかったけれど背恰好が飛鳥くんとそっくりだった。

荷物を脇に抱え、大急ぎで会計を済ませて店を飛び出る。信号のない狭い道路なのに、車の行き来がなかなか絶えない。車間が開いた瞬間に手を挙げて無理やり渡る。自動ドアに体を割り入れるようにして郵便局に駆け込むと、五番まであるカウンターの一番奥にそれらしい人が見えた。手前に家族連れがいて姿がきちんと見えない。長椅子の後ろを回っている間に、男の子は逆方向に歩いて出口に向かい始めた。あわてて返す。ななめ後ろから、シルバーの丸いピアスが光っているのが見えた。

「あすかくんっ」

思わず呼びかける。

呼びかけてから気づいた。

違う。

飛鳥くんじゃない。

髪型や雰囲気は似ているけれど、まったくの別人だ。振り返った、大学生らしき男の子がぎょっと目を見ひらいている。

視線が集まった。頰が熱い。すみません、と頭を下げて郵便局を走り出た。逃げ帰るようにファミレスに入る(店員さんに「また?」という顔をされた)。そこから一時間半、五時まで待ったけれど、結局飛鳥くんは現れなかった。

今さらだけど、ひとつの町から「偶然」と「運」だけでひとりの人間を見つけるなんて途方もないことだ。ホテルに戻り部屋に入った瞬間、どっと疲れが押し寄せてきた。

上着だけはなんとかハンガーに掛けて、綺麗にメイキングされたベッドに倒れ込む。髪から体から飲食店の油っぽい臭いがする。早く起き上がらないと、と思うものの起き上がれない。下野さんを待っていたときもそうだったが、同じ場所にとどまって人を待ち続けるのは動き回るよりも遥かに疲れる。

鞄から携帯を取り出す。届いているメッセージを確認して返事を打っていく。ひととおり返し終えて、飛鳥くんとのトーク画面を開く。

このまま飛鳥くんに連絡してしまえば。

昼浦に来ていると告げれば、さすがに返事をしてくれるだろう。

誰にも禁止されていない。すればいい。そのほうが手っ取り早いし確実だ。連絡をしないのは私の意地。飛鳥くんならどこへ行くだろう。どういう行動をとるだろう。そういうことを考えて考えて、飛鳥くんのためにきちんと骨を折りたかった。がんばりたかった。自己満足といえばそれまでだけど、私と飛鳥くんとのことで、手間と時間をかけて相手を大事に思うことだけは端折ってはいけない気がする。

それに、その人のことを思いながら見知らぬ土地を練り歩くのは結構おもしろい。自分の頭で想像して、自分の体で確かめる。町の解像度を上げていく。今、ひさしぶりにきちんと、自分で自分の状況をおもしろがれている。

あと四日。連絡をとるとしたら、全力で「おもしろく」捜してからだ。

昼浦でいちばん大きい書店は駅前のショッピングビルの三階にあった。書店に入ると、飛鳥くんはまず新刊コーナーから見る。それから文芸書を見て、文庫、漫画、雑誌、画集のコーナーと移動していく。私も最初はなんとなく一緒に見て回るけれど、途中から別れて新書のコーナーや絵本のコーナーに行く。めいめい好きなところに散っても、なんとなくここにいるかなというところで自然と落ち合えた。

地元のチェーン店らしい書店の、入ってすぐの新刊コーナーには森本先生の小説が平積みにされていた。思わずしげしげと見入ってしまう。「森本実、最新長編」と書かれた顔写真入りの大きなポップはかなり目立つ。飛鳥くんがここに来ていたら。真っ先に目に入るだろう。「げ」と顔をしかめているところが想像できる。この作品は読んだんだろうか。「飛鳥くんって森本先生の小説は読んだことあるの？」と訊いたときは、しぶしぶ、というように「ある」と答えていた。「二、三冊だけな」と言い訳のように付け足して。

「どれ？『青の祝福』とか？」

「それは読んでない。なんかキモそうだったから」

「ええっ、アオシュク読まないとかある？　森本実の代表作じゃない。めちゃくちゃおもしろいよ」

「いやわかってる、わかってるんだよ。本好きなら絶対読んどいたほうがいいって。でも、あいつが書く男子高校生とか無理。読んでらんない。どうせ上手いんだろ？　でも、思春期の心情描写とか的確であればあるほど心臓が、こう、かゆくなるんだよ。絶対無理」

褒めているのか貶《けな》しているのかわからない。しかも、続けて言ったのが「俺の不幸のひとつは、森本実の息子に生まれたことだよ。おもしろいってわかってる小説が読めないんだから」だ。

私は「そうだね」と調子を合わせながら、笑いをかみ殺すのに必死だった。飛鳥くん、自分がなにを言っているのかわかっているんだろうか。やれやれ、というポーズを取っているけれど、それって最大級の賛辞だ。森本先生に伝えたら本気で泣いちゃうんじゃないだろうか。あのときは口元がゆるまないようこらえるのが大変だった。

新刊コーナーを離れて店内を二、三周する。飛鳥くんはいなかった。でも見ておこうと思った。再会してから飛鳥くんと話し合うために。今はいないけれど、飛鳥くんは絶対にここに足しげく通っている。本のラインナップや陳列の仕方、ポップの雰囲気からそれがわかるぐらいの時間を、私たちは過ごしてきた。

この書店も、その次に訪れた文具店も、着いた日に入ったカフェも、潮の匂いも夜の汽笛も昼の路地風も川面のきらめきも。

気に入った場所や素敵だったものを無性に飛鳥くんに伝えたくなって、手近なカフェに入り買ったばかりの便箋に書きつけていく。

手紙をもらえてうれしかったこと。昼浦に来てからのこと、行った場所、思ったこと、思い出したこと。飛鳥くんと会えていない間のこと。書いても書いても筆がとまらなかった。

＊

飛鳥くんへ
こんにちは、みなとです。元気にしていますか？　飛鳥くんに手紙を書くのはずいぶん久しぶりで、なんだかかしこまってしまいます。『鳥と港』のふたりがお互いに手紙を書き合うのが一年ぶりって、どうなんでしょう（笑）。毎日会ってたって、手紙は書いてもいいのにね。

お手紙読ませてもらいました。まずは、こちらこそありがとう、という気持ちでいっぱいです。

あの郵便箱に手紙を入れてくれて。そして私に出会ってくれて。私の話を聞いてくれて。『鳥と港』のことを提案してくれて。いろんなところに一緒に出かけて、いろんなことを話してくれて。飛鳥くんとでなければできなかったこと、得られなかったよろこびがたくさんあります。

そして誕生日のこともありがとう。覚えててくれて本当に嬉しい。なによりのプレゼントです。去年は飛鳥くんの誕生日を知らずに祝いそこねてしまったけれど、今年こそは盛大に、丁寧にお祝いさせてください（森本先生も巻き込んだら怒るかな？　そのほうが絶対楽しいと思うんだけど……）。


さて、じつは私は今、昼浦に来ています。そう、昼浦！　見間違いじゃないです。顔が見たくて、ここまで来てしまいました。「ちょっとキモい」かな？　まあでも、早く会いたくて。それに、会える人には会えるうちに会わないと、だしね（あ、ちなみに飛鳥くんの手紙はぜんぜんキモくないから！　これからも破かないで渡してください笑）。

昼浦はいい町ですね。風も道もゆるやかで、緑が多く空は広い。自然と上を向いて歩いてしまいます。さえぎるものがあんまりないからかな？　川も木々もショーウィンドウのガラスも、陽の光をたっぷり受けとめて、のびのびきらきら輝いているように感じます。

まだ四日目ですが、毎日すてきなお店に出会えてときめきがとまりません。このアネモネの便箋も「陽文堂」というお店で買いました。昔の洋館のようなレトロな店構えで、よそのお店では見ないような古い便箋や切手がたくさん置いてありました。飛鳥くん、きっと行ったことあるよね？見た瞬間、絶対好きだろうなと思いました（なぜなら私も好きだから笑）。


こんなふうにして、飛鳥くんに出会えないかなと色んなところを見てまわっています。あ、そういえば今日は「モーニング」というものを初めてしました。実家にいるとなかなか行く機会がなくて。「喫茶スピカ」というお店、知ってるかな？　クロックムッシュとミニサラダとコーヒーのセットで五百円！　すごいよね。静かな店内の窓辺でゆっくり本を読みながら過ごしました。今、行きたくなったでしょ？　今度一緒にモーニングしましょう。帰りは運動がてら少し遠回りして、朝の光が差すうちは歩いたりしてね。

飛鳥くんとは出会えていないけれど、昼浦を歩けば歩くほど、飛鳥くんがこの町のどこかにいることをしずかに感じます。

なじんでるっていうのかな？　飛鳥くんがいそう、って思う瞬間が多いというか。同時に、飛鳥くんが今ここにいたらなあ、とも思います。もちろん、ひとりでも充分楽しいんだけどね。このちょっとしたさみしさ、もどかしさが文通のみそなのかも。こんなにおもしろいことがあった、わくわくした、どきどきした。生活が変化した。やりきれないことがあった。今ここにいない人にも、そのとき感じたこととか気持ちを知ってほしい。言葉にして書き残しておきたい。から筆を執る。ってことだよね、たぶん。だから私も、この手紙に今の私の心をぎゅうぎゅうに詰めて贈りたいと思います。

なによりもまず、最初に伝えたいのは、飛鳥くんに出会えて本当によかったということ。飛鳥くんも手紙に書いてくれてたけど、あなたに出会えていなかったら今ごろどうしてたんだろうって私もたまに思います。泣く泣く再就職？　また「会社燃えろーっ」て思いながら出勤してた？　苦しくてもつらくても、働くってこういうものなんだ、仕方がないことなんだって言い聞かせて。それってきっと、おもしろい状態ではないよね。

もちろん、『鳥と港』の活動も、どこもかしこも万全で、いつでも順調だったわけではないと思います。苦しいことも、上手くいかないこともありました。返しにくいお手紙が来て悩んだり、苛立ったり。後悔したり。仕事になんかしなければよかったと思った瞬間もありました（言ってなかったけど、じつは『鳥と港』のことで柊ちゃんとも一度けんかしました。あと、手紙を紛失しかけたことも。振り返ってみたら、どたばたしてたのは私だけなのかも。それとも飛鳥くんも私に内緒にしてたことあるのかな）。

でも、私には飛鳥くんがいた。それって、奇跡みたいに幸せなことだったんだと、今ならわかります。たぶん、ひとりだったらだめだった。自分の仕事のそばに誰かがいてくれる。仕事の先で誰かが待っててくれる。私の場合、その実感が土台にあれば、上手くいかないことがあっても続けていけるのかもしれません。

私よりも私の気持ちを考えてくれて、大切にしたいものが似ていて、しょうもないことでも笑い合えて、のびやかなことばで話し合える人。

私の隣にいてくれる人が飛鳥くんでよかった。そしてそれと同じくらい、私もあなたにとってそうであればいい、ありつづけたいと、心から思います……

*

待って待って待ち続けるのはやめた。

次の日からは、飛鳥くんと出会えそうな場所にとにかく足を運んだ。

コンビニやスーパー、ショッピングビルや商店街をはじめ、公園や図書館、文化センター、カフェ、雑貨店、文具店、四、五駅先の街にある美術館や博物館にも行った。昼浦や近郊の街で開催されているお祭りやイベントにも赴いた。

二日かけて、思いつくところは回りきった。今日は自分で決めたリミットの七日目だ。昼をすませて、最後に昼浦をぐるっと一周するか、もう一度海に出てみるか道端で悩んでいると、デニムのポケットの中で携帯が震えた。知らない番号だ。出るか無視するか。悩んで、五秒ほど画面を見つめる。営業や勧誘かもしれない。ネットで番号を検索してからかけ直そうとポケットに携帯を戻しかけて、はた、と手を止めた。

これ、もしかしてシマさんじゃない？

「はい！」

あわてて電話に出る。続けて、みなとです、と名乗ろうとした瞬間、『みなとさん？』と知った声が聞こえてきて、「えっ」と固まる。

「あ、飛鳥くん⁉」

『みなとさん！　今どこ！』

ひどく切羽詰まった声だ。気圧されて「今は、あの……じつは、昼浦まで来てて」と白状する。

もっとおどろくかと思ったのに、飛鳥くんはノーリアクションで続けざまに『昼浦のどこ？』と訊いてきた。

『近くになにがある？　建物とかお店とか！』

「えーっと、さっき小学校を通りすぎたところ。で、今歩いてる道の角に大きめの花屋さんがあって、道路を渡ったところに公園がある」

『公園って球形のジャングルジムがある公園？』

「あ、うん。赤いやつ」

『そのまま花屋の角を曲がって、公園を左手に見ながら直進してもらっていい？　確か信号三つぐらい渡ったところに横道っぽい横道があるから、そこから海に向かって進んでって。俺も今から向かうから』

「待って待って、電話つないだままじゃだめ？」

『ごめん、今俺の携帯壊れてんの。最悪波止場まで出てくれたら俺が見つけるから！』

それだけ言って、飛鳥くんが電話を切った。

携帯を耳に当てたまま頭の中で地形を思い起こす。一週間うろうろしたおかげで、飛鳥くんの指示に従えば海まで出られるのは感覚的にわかるが、どのあたりに着くかまでは正直わからない。というか携帯壊れたって言ってた？　じゃあ誰の携帯から私の番号にかけてきたんだろう。わけがわからないが、もう連絡が取れない以上、行くしかない。

言われたとおり、花屋さんを曲がって小走りで直進する。信号を渡るたびに右側の道を確認するけれど、どれも横道っちゃ横道だ。横道っぽい横道ってなに？　ざっくりすぎない？　心の中で突っ込みを入れたけれど、三つ目の信号にさしかかったとき、なるほどこれは横道だ、という道が現れた。

端には石碑が建てられ、灰褐色の石畳は車がぎりぎり通れるかどうかという道幅だ。民家が立ち並んでいて、足を踏み入れると通りの音が自然と消えた。

突き当たりまで真っすぐ進み、角を曲がって道なりに歩いていると、家と家の間から光る海が見えてきた。石畳の道を抜けて右に曲がる。幅広の道路の脇を歩いて、車両止めのポールを越える。海に突き出た堤防の手前で止まった。静かな昼の波止場にはひとっこひとりいない。

ここで待っていて大丈夫なんだろうか。似たような堤防が見えるだけでも二、三か所ある。なるべく目立つように、堤防の真ん中らへんまで進み出て、辺りをきょろきょろと見回し続ける。

そのまま五分ほど待っていると、上着を脇に抱えて海沿いに走ってくる飛鳥くんの姿が見えた。

心臓がばくばく鳴り始める。

さっきまで電話で喋っていたはずなのに急に緊張してきた。

どうしよう。なんて言おう。

ひさしぶり？　元気だった？

私、飛鳥くんとどういうふうに話してたっけ。

どうしようどうしようと焦っている間にも飛鳥くんの姿は大きくなっていく。スピードをまったく落とさず、堤防を曲がって一直線、あっという間に私のところまで走って、

「すげー！　まじでいる！」

開口一番、肩で息をしながら頰を紅潮させて叫んだ。

心底うれしそうな、邪気のない笑みに、肩の力がふっと抜けた。


ポールに腰かけて、飛鳥くんが「シマさんからさあ」と話の口火を切った。

「なんかめっちゃ思い詰めた感じの女が俺を捜してたって聞いて。いや誰だよってすげービビったんだけど、名前聞いてさらにビビった」

「……待って、確認なんだけど飛鳥くんとシマさんって……」

「え？　ああ、友だち。友だちって言い方合ってんのかわかんないけど。釣り仲間って感じ。今日ひさしぶりに会いにいったら〝やっと来た！〟って。何事かと思ったわ」

「……なるほど」

そういうことか。森本先生宛ての手紙に書かれていた「いつも波止場にいるじいさん」はシマさんだった。そしてシマさんは終始私の味方ではなく、飛鳥くんの味方だった。「思い詰めた感じ

の」私を飛鳥くんの脅威とみなして、しらを切ったのだ。そして私の連絡先と名前を手に入れて、飛鳥くんに危機を知らせていた。

ちっとも気づかなかった。まぬけな私はシマさんに任せておけば大丈夫と安心して、あれから海には足を運んでいなかった。

ふふふ、と笑いがこみ上げてくる。

「私、そんなに深刻そうな顔してたのかな」

「いや、俺が知りたいよ。〝あれはかなりきてるぞ〟って言ってたんだけど。ちょっと見たいから再現してよ」

「えー、こんなかんじ？」

眉間と口角に力を入れ、しめっぽくていかめしい顔をつくってみせる。笑っていた飛鳥くんが、「あれ」と顔をのぞきこんできた。「みなとさん、ちょっと焼けた？」

手の甲を見る。確かにちょっと黒くなったかもしれない。

「そうかも。ここ日差しけっこう厳しいね」

「昼浦にはいつから？」

「今日でちょうど一週間」

「けっこういるじゃん」

飛鳥くんが目を見はった。

「もしかして連絡くれてた？　ごめん今携帯壊れてて」

「さっき言ってたね。修理とかは？」

「や、もうこの際だから買い換えようかなって。ただ名義が実だからさ、ちょっとややこしくて。もうそろそろ帰ろっかなって、それこそシマさんには最後の挨拶しにいったんだよ。ていうかよく俺の居場所わかったね。実から？」

「うーん……そうと言えばそうだし、そうじゃないと言えばそうじゃない。私の根性と先生の恩情と、みたいな」

「ぜんぜんわからん」

からっと笑う。けんか別れしたのがうそみたいな、「なにもなかった」ような口調にふと不安になる。

もう遅かったんだろうか。飛鳥くんは怒りも悲しみも呑み込んでしまったのだろうか。

「ねえ、訊いてもいい？　飛鳥くんがどうしてここにいるのか」

ポールから少し腰を浮かせて、飛鳥くんのほうに向き直る。飛鳥くんは「言わなきゃだめ？」と眉を下げた。

「これ言葉にするの死ぬほど恥ずかしいんだけど」

「恥ずかしいだけなら聞きたい。嫌なら聞かない」

前の私なら「じゃあいいよ」と流していた。でも、ここに来てまで飛鳥くんの心の外側で足踏みし続けるつもりはない。

見つめていると、飛鳥くんはふいっと目を逸らして、ぼそっと「……ひとり暮らし」と言った。

「今、マンスリーマンション借りてひとり暮らししてんの。名義は実に頼んだけど、家賃とか食費とかそういうのは自分で出してる」

予想外の答えに一瞬言葉を失う。

「ちょっと、そんなまじまじ見ないで」

「ご、ごめん。てっきり親戚とか知り合いのおうちにいるものだと……。えっと、そのお金ってまさか」

「クラファンの収入。折半して貰った分でやりくりしてる。あと短期のバイトも」

「そんな、せっかく稼いだお金なのに。もっと欲しいもの買うとか……」

「いや、それでキレたのみなとさんじゃん。俺のお金の遣い方じゃみなとさんの不安はわかんないんだろ？　今の俺じゃなに言っても届かないんだろ？　ならこうするしかないじゃん」

そうだ。私が言った。言ったけれど、あれは八つ当たりに近い。子どもの飛鳥くんにはわかりようもないことを、わかれと言うほうが横暴な話だ。

「〝守られてる子ども〟は〝大人〟になんにも言っちゃいけないわけ？　じゃあ子どもやめてやるよ、って、半分くらいはやけくそみたいな気持ちで出ていったのもある。一方的すぎてふつーにむかついたし」

少しふてくされたように言って、すぐに「ま」と口調を切り替えた。

「期間限定だし、年金とかは払ってないし、こんなのみなとさんからしたらままごとの延長かもしれないけど。でも、俺もちょっとはわかったよ。残高が減っていくヒリヒリ感とか、外食ためらっちゃう感覚とか。けっこうお金かかんのな。生きてるだけなのに」

そう言って、飛鳥くんがポールから腰を上げた。

「俺は〝鳥と港〟の活動のこと、みなとさんほどは切実に仕事だと思えてなかったたし、たぶん今もそう。部活とかゲームの延長みたいな感覚。そりゃみなとさんも怒るよな、って。だから、これからの〝鳥と港〟のことについては、みなとさんの都合のいいようにしていくべきだし、マッチング制にして手放すって方法しか道がないなら、俺はもう口を出すべきじゃないなって」

なにかを決意し終えたような、静かな口調だった。思わず「飛鳥くん」と遮る。その上から、「思ったけど」と飛鳥くんが力強い声をかぶせてきた。

「もっとどうにかしたいな、とも思った。正月のときのみなとさん、出会った頃みたいな苦しそうな顔してた。ひとりで苦しくてたまらない、って顔。だから、俺が譲ってみなとさんに〝投げる〟のはかんたんだけど、それじゃだめだよなって。これからどういう形にしていくにしろ、俺はギリギリのところまでみなとさんと一緒に悩んで考えて苦しみたい」

飛鳥くんが、うん、と自分に確認するように頷いた。

「みなとさん、俺は特等席に座りたいわけじゃないよ」

きっぱりと言って、目の奥の光で私の目をとらえた。強くて、こなれることのない光に、まばたきもできない。

かなしい思いをさせたくない、とずっと思ってきた。

胸の裡を上手に読んで、こわいこと、痛いこと、恥ずかしいこと、苦しいことから遠ざけてあげたいと。がまんも本音も私が吐き出させてあげたいと。

ほかならぬ、私の手で。

私はずいぶんといびつな、大人の証明を求めていたらしい。

私が手助けしなくても、見守らなくても。

私の知らないところで飛鳥くんは勝手に強くなっていく。成長していく。しなやかに、ぐんぐんと。

うん、と頷き、パン、パン、と両手で頰を叩いた。

「私もそれを話しに来たんだ。話そうよ、飛鳥くん。どうしていきたいか。探そう、私たちの〝鳥と港〟を」

堤防の先端に向かって歩いていると、汽笛の音が深く長く響いた。飛び交う海鳥たちがハミングのように鳴く。湾曲した護岸の向こうから白波を引く大きな船が現れた。歩を速めて見にいく。

「昼浦の海って賑やかだね。同じ海でも、うちの近所の海とはまた違う雰囲気」

「あそこは景色の一部って感じだもんな。この辺は生活に組み込まれてる海なんだと思う。どっちかっていうと貿易港寄りだし。もっと向こうのほうだとコンテナの積み卸しもしてるよ」

飛鳥くんが船を指して、水平に指を動かした。

「そういえばなんで昼浦？　かなり遠いよね、ここ」

ひとり暮らしするだけならどこでもいいはずだ。親戚や知人がいるわけでもなさそうな昼浦を選んだ理由はなんなんだろう。

「……言わなきゃだめ？　これもけっこう恥ずかしいんだけど」

「恥ずかしいだけなら聞きたい」

「もー、その言い回しずるいって」

飛鳥くんが勢いよくしゃがんでそのまま胡座をかいた。

「ここ、りっちゃんと一回だけ来たことあるんだ。そのときの雰囲気がすげえよかったから。以上」

「べつに恥ずかしくなくない？　思い出の土地じゃない」

「……思い出にしがみついてる感じしない？」

「そういうのは〝しがみつく〟んじゃなくて〝大事にしてる〟って言うんだよ」

私もお尻をつく。ごつごつとした感触がデニム越しに伝わってくる。ポケットから携帯を抜いて後ろに置いた。

「来たのは旅行で？」

「旅行っていうか家出？　小三ぐらいだったかな。実がりっちゃんを怒らせたことがあってさ。次の日にはりっちゃんも機嫌直ってたんだけど、どうせだから家出したいって言い始めて。おもしろそうだから俺もついてったんだよ。和室の壁に日本地図貼って、俺がダーツ投げて決めた。めちゃくちゃ楽しかったな。出発直前まで実に気づかれないようにふたりでこそこそ準備して」

見ていないのに、その光景が目に浮かぶようだ。

飛鳥くんのお母さん。どんなことでも楽しめてしまう、自由で、闊達で、森本先生をも振り回してしまう人。会いたかった。会って話して、私もとりこになってみたかった。

「ねえ、ここ、もしかして森本先生にとってはトラウマの地なんじゃ」

「だろうな。あんま覚えてないけど、四、五日経って実がとんでもなく情けない顔で迎えに来た記憶はあるから」

知らなかったとはいえ、あのとき〝りっちゃん〟の名前を出したのは、先生にかなり効いてしまったのかもしれない。

「飛鳥くん、今回よくＯＫもらえたね」

「あいつ、おおらかぶりたがるから。そういうのに反対するようなみみっちいやつだと思われたくないんだろ。まあ頬引き攣ってたけど。みなとさんにも見せてやりたかったな」

意地の悪い顔でにやっと笑った。

「みなとさんはいつまでこっちの予定？」

「ホテルは明日の朝チェックアウトかな」

「ほんとにギリギリじゃん」

会えてよかったー、と飛鳥くんが伸びをした。ぐーっと、気持ちよさそうに。

「あれ、飛鳥くんまた背伸びた？」

「みなとさん、ちょっと間あくたびそれ言ってない？」

言いながらも立ち上がってくれた。ど？　と両腕を広げる。白いオーバーサイズのシャツが風にふくらんだ。見ているこちらの体がうずうずするような、今にも踊り出しそうなかろやかな動きだった。

「伸びてるね。百センチぐらいは伸びてる」

「それ立ったからじゃん。まあ、伸びてるかもね。なんたって〝生き物〟だし？」

まぜっかえすように笑って、口元に笑みを残したまま「だから、大丈夫だよ」と続けた。

「言ってよ、みなとさん。俺、一年前にくらべれば、ちょっとは大人になってるはずだから」

やわらかいまなざしを差しのべられて、立ち上がる。

「私、答えは持ってないよ。あるのは不安と悩みだけ。それでもいい？」

「いいよ。俺もそうだから。言ってよ。俺も言うから」

飛鳥くんがすっきりとした笑みを浮かべた。そうだね、と頷く。ことばにして、私たちは始める。

「私は、今の形のままで〝鳥と港〟を続けていくのはやっぱり不安。生活面もそうだし、〝筆力〟って意味でもそう。経験って意味でも興味って意味でも、対応できる話題って限られるじゃない。そのうち、申し込んでくれた人にとってベストじゃない、ただ返すためだけの手紙を書く日が来ちゃう気がしてる。というか、なんなら今もちょっとそう」

相手が私じゃなければ、この人はもっと楽しく文通できているんじゃないだろうか。秋頃から、そう思うことが増えてきた。選択肢が私か飛鳥くんしかないから私を選んだだけで、この人にとっての最良の文通相手はもっとほかにいるんじゃないか、と。

「マッチング制に移行させるのも正直ちょっと引っかかってるけど、でもそれがいちばん理想の形態に近いのかなとは思う。飛鳥くんは？」

「俺は可能なかぎり今の形で続けたい。会員同士のマッチング制にして〝場〟だけ提供するなら、誰がやっても一緒じゃんって思うから。すでに出てるサービスとの差別化もできないし、〝鳥と港〟でそれやる意味ある？って。でも、みなとさんが抱えてる不安もないがしろにはしたくない。だから、俺は、俺とみなとさんが〝しりぞかない〟形でなら、変えてしまってもいいと思ってる。それがどういう形かはわからないけど」

そう言って飛鳥くんは腕を組み、「どうしようか」と笑った。「どうしようね」と笑い返す。

「ちなみに、みなとさんがマッチング制で引っかかってるポイントってどこ？」

「返事がもらえないかもしれないってところ。当人同士でご自由にって、言い換えたらいつ文通が終わっても責任はとりませんってことじゃない。それは嫌だなあって。その人が今どういう状況にいても、手紙さえ出せば返ってくる。コミュニケーションツールとして、そこは担保してあげたいって思う」

名前は出さなかったけれど、飛鳥くんもゲンさんのことを思い出したのだろう。「そうですね」と目を伏せて頷いた。

「俺、ひとりでも結構平気なほうだと思ってたんだけど、ひとりでいることと、誰かとつながりたい気持ちって余裕で両立しちゃうんだなってひとり暮らししてみて思ったよ。楽だし自由だけどふつーにさみしいし。実でもいないよりはいたほうがいいなとか思ったり」

「それはやばいね。だいぶ弱ってたね」

「だろ？　毎日〝鳥と港〟の手紙書いてなかったらもっとやばかったと思う。末期だよ末期」

深刻そうに眉間にしわを寄せた飛鳥くんの腕を笑いながら軽くはたく。飛鳥くんが「今のはみなとさんも共犯でしょ」と笑った。

指先が少し冷えてきた。手を揉みながら空を見上げる。雲のない空は風のとおりがよく感じる。

「私ね、〝鳥と港〟を始めたときは、自分の好きなことを仕事にしたいって気持ちが大きかったんだけど」

「うん」

「今はどっちかって言うと文通をしてる人たちの〝楽しい〟って感情を、私の〝好き〟より優先して守ってあげたいんだよね」

「それならやっぱりマッチング制は難しいんじゃない？　〝楽しい〟って、安心感の上に成り立つもんだと思うよ」

「そうなんだよねえ。返す側を私と飛鳥くんで固定して書けばそこは確実なんだけど。でも書き手がふたりだけじゃ限界が……」

頭のすみで、なにかがチカッと光った。

今、すごく大事なことを言った気がする。

飛鳥くんを見つめる。

拾った？　と。

飛鳥くんが頷いた。「なんかあったよな、今」と。

「あった。あったよね、今」

「もっかい言える？」

「えっと、文通を安心して楽しんでほしくて、だから……待って、どっかいったかも。飛鳥くん、私なんて言ってた？」

「返す側の人間は固定する。返事が確実に届くように。でも、書き手がふたりだけじゃ限界が来るし対応ができないから……」

「できないから」

「ふたりでできないなら？」

「書き手が足りないなら」

増やせばいい。

ほとんど同時だった。

私も飛鳥くんも口を開けたまま、無言で見つめ合う。

今、私たちはぶ厚いカーテンを片方ずつ持って、一緒に思いきり開けた。

「今さ」

「うん」

「出たよね」

「出た」

そうだよ、と飛鳥くんが声を興奮気味に震わせた。

「〝できない〟から始める、だよ。みなとさん。ふたりでできないなら、増やせばいいんだって」

「まって、認識合ってるよね？　増やすって、書き手側を募るってことだよね」

「合ってる合ってる。俺たち以外にも〝鳥と港〟の公式な書き手を増やすってことだろ？　で、クラファンのときみたいに、顔写真とか趣味とか得意な話題とかのプロフィールも載っける」

「それを申し込む側に見てもらって、文通の相手を選んでもらえば」

「ミスマッチが防げる。俺とみなとさんが書き手から外れることもないし、申し込みが分散されれば負担が減ってみなとさんも別の仕事ができる」

「それに、公式の書き手が相手だから、返事も確実に来るし、クローズドなやり取りになりすぎない。顔も素性もわかってる人相手だから、マッチング制よりずっと安心感がある……」

どうして思いつかなかったんだろう。

今の形か、完全にフリーのマッチングに変えるかの二択しか頭になかった。大事なことはいつも二択の間にこそあるのに。

「それこそ、実の知り合いで書き手になれそうな人、山のようにいると思う」

「私も大学時代の知り合いでいっぱいいるよ」

「最初はそういうのが得意そうな人に声かけて、あとあと公募スタイルに変えてもいいし……選考とか研修とかの準備もいるかな？」

「ある程度は絞らないとだめだよね。あ、ねえ、支払いは？　基本は書き手に還元スタイルでいいよね」

そうすれば、手紙を書くことで収入を得られる人がたくさん出てくる。陽ちゃんや下野さんのように会社員をしている人でも、お母さんのように今は家事に専念している人でも、無理なく楽しくお金を稼いでいける。人気次第では、それで生計を立てられる人も出てくるかもしれない。

「還元でいいと思う。でも、何割かは〝鳥と港〟の運営手数料として貰わないと回んないよな」

「確かに。そのへん柊ちゃんが詳しそうだよね」

「帰ったら意見聞こうか。つか俺もそこらへんちょっと勉強するわ。数字系いつまでも戸田さん頼みっていうのもあれだし」

うん、と言って飛鳥くんが上着を羽織った。

「俺、帰るわ。速攻で部屋片して荷物まとめてくる」

「私も。もう今日チェックアウトしちゃう」

「じゃあ、また」

「あ、待って」

今にも駆け出していきそうな飛鳥くんに、昼浦に着いてから書きためた手紙を渡す。

「なにこれ」

「〝だいぶキモい〟手紙。〝ちょっとキモい〟手紙へのお返事だよ」

なんたって便箋十枚ぶん、封筒はぱんぱんだ。

ピンときていなかった飛鳥くんだったが、思い当たったのか顔を赤くして「あれ読んだんだ」と手の甲で顔を隠した。

「読んだよ。なんなら今もここに……」

「うわっ、なんで持ち歩いてんの！」

「いや、御守りがわりっていうか。心が折れそうになったときに、ほら、こうやって」

便箋を取り出そうとしたら飛鳥くんに封筒ごと奪われた。

「あっ、返してよ」

「本人の前で読むのはさすがにナシだろ！　みなとさんの手紙も音読するからな⁉」

「いいよべつに。読み合いっこする？」

「みなとさんへんなとこ羞恥心ないよな。まじでかんべんして！」

飛鳥くんがダッシュした。波止場に戻っていく。追いかけようとした瞬間、あたたかくやわらかい突風に背中を押された。わ、とつんのめるほどの。

飛鳥くんが振り返ってつぶやいた。

「春は海から、だなあ」

私も光りかがやく水平線の向こうに目をやる。

春は海から。

「良い言い回しだね」

褒めると、飛鳥くんがいやいやと言った。

「これ、みなとさんが手紙で書いてたんだよ」

「えっ、ほんと？　覚えてないなあ……」

「なんで自分で書いて覚えてないわけ」

飛鳥くんが笑う。いつかの私ごとつつむようにやさしく。

私も笑う。いつかの飛鳥くんのために。

「いいじゃない。私がわすれても、飛鳥くんが覚えててくれるなら」

心をことばに。

ことばをあなたに。

送って交わして、私たちはそこにいる。

頭上を海鳥が飛んでいく。よく晴れた海と空の境目を縫うように。

息を吸うと、春の匂いがした。

初出誌「STORY BOX」
二〇二三年三、五、九、十一～二〇二四年三月号

佐原ひかり　さはら・ひかり
1992年兵庫県生まれ。2017年「ままならないきみに」でコバルト短編小説新人賞受賞。2019年「きみのゆくえに愛を手を」で氷室冴子青春文学賞大賞を受賞し、2021年、同作を改題、加筆した『ブラザーズ・ブラジャー』で本格デビュー。他の著書に『ペーパー・リリイ』『人間みたいに生きている』、共著に『スカートのアンソロジー』『嘘があふれた世界で』がある。

本書のテキストデータを提供いたします
視覚障害・肢体不自由などの理由で必要とされる方に、本書のテキストデータを提供いたします。こちらの二次元コードよりお申し込みのうえ、テキストをダウンロードしてください。

鳥《とり》と港《みなと》

2024年6月3日　初版第1刷発行
2024年6月26日　第2刷発行

著　者　佐原ひかり

発行者　石川和男
発行所　株式会社小学館
〒101-8001
東京都千代田区一ツ橋2-3-1
編集 03-3230-4265　販売 03-3230-3555
DTP　株式会社昭和ブライト
印刷所　TOPPAN株式会社
製本所　牧製本印刷株式会社

造本には十分注意しておりますが、印刷、製本など製造上の不備がございましたら
「制作局コールセンター」(フリーダイヤル 0120-336-340)にご連絡ください。(電話受付は、土・日・祝休日を除く 9:30〜17:30)

　ISBN 978-4-09-386719-1